ullstein

Leichen, Luxus, Limoncello – ein neuer Mordfall in der Toskana

Willkommen zurück in Viareggio! Bei ihrem ersten gemeinsamen Fall sind Kleptomanin Antonia und Privatdetektiv Rick sich nähergekommen. Als die beiden nun am Hafen mit Dackeldame Daisy spazieren gehen, begegnen sie einem ehemaligen Kollegen von Rick. Edigio deutet an, dass seine aktuellen Ermittlungen mit Ricks Entlassung aus dem Polizeidienst zusammenhängen. Doch bevor Rick ihm mehr Informationen entlocken kann, wird Edigio erstochen am Yachthafen aufgefunden. Der Hauptverdächtige: Rick. Nun setzt Antonia alles daran, den Mord auf eigene Faust aufzuklären und Ricks Namen reinzuwaschen. Zum Glück helfen ihr dabei ihre kauzigen Großeltern und Dackel Daisy, denn bald wird es brenzlig unter der toskanischen Sonne.

CARLA DI LUCA ist das Pseudonym der USA-*Today*-Bestsellerautorin Beate Boeker. Sie hat eine Schwäche für Bücher mit Humor und einem Hauch von Verrücktheit. Neben dem Schreiben arbeitet sie als Marketingberaterin und lebt im Raum Dresden, wenn sie nicht gerade die Welt erkundet. Sie freut sich auf den Kontakt mit ihren Leser*innen, egal, ob über Facebook, Instagram oder ihre Webseite www.happybooks.de.

Bereits erschienene Titel in der Reihe:

Tote sagen nicht Buongiorno (Mord in Viareggio 1)

CARLA DI LUCA

Für Tote gibt's kein Dolce Vita

Kriminalroman

Ullstein

Besuchen Sie uns im Internet:
www.ullstein.de

Originalausgabe im Ullstein Taschenbuch
1. Auflage Mai 2022

Umschlaggestaltung: zero-media.net, München
Titelabbildung: © FinePic®, München
Gesetzt aus der Quadraat Pro powered by *pepyrus*
Druck und Bindearbeiten: CPI books GmbH, Leck
ISBN 978-3-548-06362-1

~ 1 ~

Tonia

»Na, ich fasse es nicht!«, rief ein stämmiger Mann mit Backenbart und starrte meinen Begleiter an. »Das ist doch Riccardo Damiani!«

Rick zuckte zusammen, und sein ganzer Körper wurde steif. Ich konnte es fühlen, obwohl mindestens zwanzig Zentimeter zwischen uns waren.

Auch Upsy Daisy merkte sofort, dass etwas nicht stimmte. Sie war mit wedelndem Schwanz im Sand vor unseren Füßen herumscharwenzelt, doch nun drehte sie sich abrupt um und drängte sich an meine Beine. Ich hob die kleine Dackeldame hoch und drückte sie an meine Brust. Warum hatte ich plötzlich den Eindruck, dass sich eine dunkle Wolke vor die heiße Junisonne geschoben hatte?

Der Holzpier von Viareggio lag vor uns, dahinter glitzerte das ligurische Meer verlockend. Kinder jagten lachend durch den Sand, ihre Eltern schliefen bäuchlings auf Liegen oder plauderten entspannt miteinander, und draußen zogen einige Motorboote sanft ihre Runden. Die leichte Brise wehte uns nicht nur die salzige Meeresluft, sondern ab und zu auch den Duft der Pizzeria hinter uns um die Nase. Und vor allem: Das *gelato al limon* in meiner Hand schmeckte herrlich erfrischend. Ein ganz normaler Sommersonntag in Viareggio.

Und doch.

Ricks Gesicht war unbewegt, fast harsch. So hatte ich ihn noch nie gesehen. Verunsichert blickte ich von Rick zu dem jovialen Mann, der ihm nun die Hand schüttelte, als ob er Geld dafür bekäme, und ihm gleichzeitig voller Begeisterung auf die Schulter klopfte.

Rick sah aus wie ein deutscher Nussknacker, sein Schokoladeneis vergessen in der linken Hand. Nur seine blonden Haare bewegten sich leicht in der Brise, aber seine blauen Augen, die so strahlen konnten, waren kalt wie Gletscher. »Egidio.« Er schien den Namen nur mit Mühe über die Lippen zu bringen.

Egidio lachte und gab Rick noch einen spielerischen Klaps auf den Arm. »Na also! Ich dachte schon, dich hat der Schlag getroffen! Wie geht es dir, altes Haus? Das ist ja schön, dich wiederzusehen! Was machst du so? Erzähl doch mal! Ist ja ewig her, dass wir in Kontakt waren, ich glaube, seit –« Er brach ab und schaute entsetzt, als ob er fast etwas Unanständiges gesagt hätte.

»Seitdem ich bei der Polizei rausgeflogen bin.« Ricks Stimme klang ganz anders als sonst, flach und hart.

Upsy winselte leise.

Egidio nahm Ricks Arm und schüttelte ihn. Es sah ein wenig aus, als ob eine kleine Hafenbarkasse versuchte, einen Ozeandampfer zu bewegen. »Mein lieber Junge! Ich hab's immer schon gesagt. Damals wie heute, ich bin überzeugt, dass du nichts damit zu tun hattest. Ein Bauernopfer warst du, jawohl!«

Ricks bewegte sich immer noch nicht. Die Muskeln an seinem Kiefer zeigten, dass er die Zähne fest zusammengebissen hatte. »Was tust du hier, Egidio?« Es klang nicht besonders freundlich, doch Egidio schien das nicht zu bemerken.

»Ich bin hier in Doppelfunktion, mein lieber Junge, in Doppelfunktion.«

Was auch immer das heißen mag. Ich runzelte die Stirn.

Egidio legte theatralisch einen Finger auf den Mund. »Offiziell mache ich Urlaub mit meiner Frau.« Er machte eine weit ausholende Bewegung mit dem Arm. »Das Meer, die Sonne, die himmlische Ruhe ...«

Ich blickte auf das kreischende Kind in den Wellen, das gerade von seiner Mutter in voller Lautstärke an Land gerufen wurde. Wenn er das Ruhe nannte, fragte ich mich, wo er sonst lebte.

Egidio zwinkerte übertrieben. »Und dann habe ich auch einen kleinen, gemütlichen Fall hier zu bearbeiten. Nicht ganz unser normaler Job, aber ich habe mich bereit erklärt auszuhelfen. Doch darüber sprechen wir nicht. Nein, nein, offiziell mache ich Urlaub und sonst gar nichts.« Er strahlte Rick an. »Schließlich sollte man niemals Nein sagen, wenn eine Gelegenheit kommt, die einen an einen so wunderbaren Urlaubsort wie Viareggio verschlägt.«

»Ist ... ist sonst noch jemand hier?« Es klang, als ob Rick sich zwingen müsste, die Frage zu stellen.

Egidio starrte ihn überrascht an. »Sonst noch? Du

meinst von dem alten Team? Nein, nein, ich bin ganz alleine hier. Von Paolo hast du ja bestimmt gehört, oder?« Seine Augen blickten Rick für einen Augenblick scharf an.

Plötzlich fiel mir auf, dass diese Augen viel zu eng zusammenstanden.

Rick runzelte die Stirn. »Was ist mit Paolo?«

Egidio zuckte mit den Schultern. »Na ja, kurz nachdem du weg warst, haben sie auch noch behauptet, dass Paolo mit dir unter einer Deckte steckte.«

»Paolo?« Rick starrte Egidio an. »*Paolo?*«

»Ja. Er wurde ein paar Wochen nach dir suspendiert. Ist knapp um 'ne Gefängnisstrafe herumgekommen, weil die Beweise fehlten.«

»Paolo?« Rick war so blass, dass ich für einen Augenblick fürchtete, er würde in Ohnmacht fallen.

Egidio schaute betreten aufs Meer und dann auf seine Füße. »Na ja, ist lange her.« Er lachte nervös. »Wasser unter der Brücke, würde ich mal sagen. Lass uns nicht über alte Geschichten reden.«

Rick packte Egidio bei den Schultern. »Egidio, es ist völlig ausgeschlossen, dass Paolo etwas mit dem Drogenschmuggel zu tun hatte. Glaub mir!«

Egidio wand sich unter dem Griff und verzog das Gesicht. »Mein lieber Junge, ich weiß, dass ihr befreundet wart. Ich glaube, das war der Grund, warum sie ihn ...« Er brach ab. »Aber was rede ich denn da. Jedenfalls ist es alles lange her, und wir brauchen nicht mehr darüber zu sprechen. Meine Meinung kennst du. Ich habe immer wieder gesagt, dass weder du noch Paolo es gewesen sein können.«

»Aber wer war es dann?«

Egidio schüttelte den Kopf. »Ich weiß es nicht, Rick. Ich habe mir monatelang den Kopf zerbrochen, aber ich bin kein Stück weitergekommen.« Für einen Augenblick erschlafften seine Wangen, und er sah wie eine traurige Bulldogge aus. »Darum haben sie mir auch nicht geglaubt.«

»Aber –«

Egidio blickte über meine Schulter, machte einen kleinen Sprung und fing an, wild zu winken.

Ich drehte mich um, doch ich konnte nicht erkennen, wem er zuwinkte.

»Da ist meine Frau! Mein lieber Junge, ich muss los. Sie ist ein wenig ungeduldig. Wir sehen uns! Ich wohne im Hotel Superior Royal Splendide. Komm mal auf einen Drink vorbei! Dann plaudern wir über die alten Zeiten, bevor … na ja, also, bis bald! *Arrivederci!*« Ohne mich auch nur eines Blickes zu würdigen, stob er davon.

Ich setzte Upsy vorsichtig wieder auf den Boden und sah nachdenklich zu Rick.

Er blickte starr aufs Meer hinaus.

Ich hatte nicht den Eindruck, dass er sich meiner Gegenwart überhaupt noch bewusst war. Schon vor diesem bizarren Gespräch war mir klar gewesen, dass er wegen irgendeines Skandals aus der Polizei geflogen war. Mehr hatte Rick mir allerdings noch nicht verraten, und ich wollte ihn nicht drängen. Ich hatte meine eigenen Dämonen zu bekämpfen und war dankbar, dass Rick sie nicht ständig zur Sprache brachte. Letzten Endes kannten wir uns noch gar nicht lange, obwohl er sich so vertraut anfühlte.

Ich schaute zu Upsy Daisy, die gerade mit wehenden Ohren ein Loch in den Sand buddelte. Eigentlich hatte ich es ihr zu verdanken, dass Rick so oft bei mir war. Er hatte sich Hals über Kopf in die kleine Dackeldame verliebt und versprochen, mich bei ihrer Erziehung zu unterstützen. Und so waren wir oft zu dritt unterwegs. Ich hatte Rick viel von meiner Jugend als Zirkuskind erzählt, von meinen verrückten Großeltern und meinem exzentrischen Vater, doch er hatte sich ausgesprochen bedeckt gehalten. Ich wusste nur, dass er irgendwo aus der Nähe von Rom kam, der Älteste von vier Geschwistern war und drei Schwestern hatte.

Plötzlich drehte sich Rick mit einem Ruck zu mir um. Seine blauen Augen waren immer noch hart, doch es war ein anderes Element dazugekommen – eine Art wütendes Feuer, das mir für einen Augenblick die Luft nahm. Mir fiel das Eis aus der Hand.

»Paolo hätte sich niemals für Rauschgifthandel hergegeben«, sagte er. »Niemals.« Er berührte meine Schulter. »Entschuldige bitte, Tonia, aber ich muss einen Augenblick alleine sein.« Damit drehte er sich auf dem Absatz um und eilte über den Strand davon.

Sprachlos starrte ich hinter ihm her. Er hatte sich noch nicht einmal von Upsy verabschiedet. Das war noch nie vorgekommen.

~ 2 ~

Rick

Ich ließ Tonia hinter mir und lief wie blind über den Sand. Irgendwo hatte ich mal gelesen, dass eine schlechte Nachricht sich so anfühlt, als ob man direkt in den Magen geboxt wird. Ich hatte das immer für reichlich übertriebene Prosa gehalten, bis Egidio mir sagte, dass Paolo vom Dienst suspendiert worden war.

Paolo, der noch nicht mal Kopfschmerztabletten nahm, weil seine Tochter von einer Entziehungskur in die nächste stolperte. *Es kann einfach nicht wahr sein.* Dazu kannte ich Paolo zu gut. Nicht einmal der Hauch eines Zweifels schoss mir durchs Gehirn. Paolo war genauso unschuldig wie ich und hatte definitiv nichts mit dem Drogenhandel zu tun, dessen war ich sicher. Er hatte sich nach meiner schmählichen Entlassung nie wieder bei mir gemeldet, und auch sonst war dieses Kapitel meines Lebens so abrupt und vollständig beendet worden, als ob es nie stattgefunden hätte. Das war mir ganz lieb gewesen. Wenn etwas zu sehr schmerzt, macht man einen weiten Bogen darum.

Doch jetzt ... jetzt war alles anders. Ich ging rascher den Strand entlang. Das klare Meerwasser spülte um meine

Füße, und ab und zu musste ich einem Kind ausweichen, das gerade durch die seichten Wellen hüpfte, doch ich nahm meine Umwelt kaum wahr. Ich musste in meine Wohnung, zu meinem Rechner, musste herausfinden, wo Paolo heute war, und dann musste ich mit ihm reden, auch wenn er sich zunächst weigern sollte. Vermutlich war er von meiner Schuld überzeugt, sonst hätte er sich längst bei mir gemeldet. Der Gedanke fraß sich wie ein glühender Schmerz in mich hinein. Wir hatten gut zusammengearbeitet, Paolo und ich, damals in Rom im Drogendezernat. Wie schnell die Menschen bereit waren, ein Urteil zu fällen und sich abzuwenden. Das war der Hauptgrund gewesen, warum ich nie wieder versucht hatte, Kontakt aufzunehmen. Ein Jahr war es jetzt her.

Ich fing an zu rennen, um schneller nach Hause zu kommen. Völlig egal, dass es eigentlich viel zu heiß war. Es war Zeit, den Drachen der Vergangenheit aus seiner Höhle hervorzuholen und ihn zum Kampf aufzufordern. Wenn es nur nicht so verdammt wehtun würde, die alten Wunden aufzubrechen.

~ 3 ~

Tonia

Als Upsy ihre Nase aus dem Sand hob, war Rick schon dreißig Meter entfernt. Sie schaute sich verwirrt um und blickte mich fragend an.

»Ich kann's dir nicht erklären«, sagte ich. »Der Wahnsinn hat ihn erfasst, und damit stob er davon. Am besten, wir zwei gehen jetzt erst mal nach Hause. Ich habe Hunger.«

Das Wort Hunger verstand sie schon, obwohl sie noch so klein war. Sie bellte einmal begeistert auf. Ich nahm sie hoch und wanderte mit ihr den Stand entlang bis zur Mole, die weit ins Wasser hineinragte und den Hafen vom Strand trennte. Dann bog ich links ab, Richtung Stadt, immer am Canale Burlamacca entlang. Es war nicht weit bis zu dem schmalen Fischerhäuschen in der Via della Saponiera, wo ich lebte.

Nachdem ich mir in der Küche im ersten Stock einen Salat und Upsy etwas Thunfisch gemacht hatte, setzte ich mich an die Nähmaschine in meinem Modeatelier im Erdgeschoss. Heute hatte ich keine Zeit für eine meiner selbst entworfenen Abendroben, stattdessen musste ich einen Sofabezug für die luxuriöse Innenausstattung der Jacht einer amerikanischen Schauspielerin nähen. Während meine Hände den festen Stoff mit geübtem Griff in die richtige Position zogen, wurde mir wieder einmal bewusst, wie gut es war, dass ich neben meiner Modemarke Toniella die Innenausstattung der Jachten als zweites Standbein hatte. Es brachte nicht nur Geld, sondern auch Abwechslung in mein Leben. Nur einen Nachteil gab es: Nachdem der Schnitt einmal fertig war, brauchte ich nicht mehr viel nachzudenken, und so kehrten meine Gedanken ständig zu Rick zurück. Was war damals bei der Polizei geschehen? Wieso war er dort rausgeflogen? Und wie kam es, dass er heute in Viareggio lebte und als Privatdetektiv arbeitete? Obwohl ich Rick erst so kurze Zeit kannte, war mir eines klar: Er hatte einen extrem stark ausgeprägten Sinn für Recht und Unrecht. Ich schluckte. Darüber dachte ich lieber nicht zu sehr nach.

Der Rest des Tages zog sich in die Länge. Ich hatte gar nicht gemerkt, wie viel Zeit Rick in den letzten Wochen mit uns verbracht hatte. Auch Upsy winselte häufig und schaute sehnsüchtig zur Tür.

»Es kann nicht sein, dass wir ihn so vermissen«, sagte ich streng zu ihr. »Er hat gesagt, dass er Zeit für sich braucht, und die sollten wir ihm jetzt geben.«

Sie legte den Kopf schief und blickte mich nur an.

»Na gut, ich finde auch, dass er uns ruhig ein wenig mehr hätte erzählen können. Aber er ist eben ein sehr privater Mensch und lässt sich nicht so leicht in die Karten sehen.« Ich schnappte mir Upsy und trug sie die steilen Stufen in den zweiten Stock hinauf. »Komm, lass uns schlafen gehen. Heute werden wir ihn wohl nicht mehr sehen.«

Die Nächte mit Upsy waren schon sehr viel einfacher geworden, doch gegen Mitternacht musste sie immer noch einmal nach draußen. Ich hatte mir eine Tragetasche genäht, die ich mir wie eine Babytasche um den Bauch binden konnte, und hatte mir angewöhnt, mich einfach von dem schmiedeeisernen Balkon vor meinem Schlafzimmer abzuseilen. Als ehemaliges Zirkuskind und Akrobatin kostete mich das keine große Anstrengung, und so vermied ich es, die Alarmanlage an- und auszuschalten, denn ich lebte in ständiger Sorge, sie versehentlich selbst auszulösen und damit die ganze Nachbarschaft aufzuschrecken.

Der heiße Tag war einer lauen Nacht gewichen. Als ich auf den Balkon trat, roch ich sofort den würzigen Duft der Pinien, die neben dem Haus standen. Wie schön Viareggio in der Nacht war. Ich steckte die aufgeregt tänzelnde Upsy in ihre Tasche, seilte mich rasch ab und ließ sie los. Anstatt zu ihrer üblichen Stelle zu rasen und sich zu erleichtern, sprang sie freudig bellend auf eine Pinie zu.

»Schhhh, Upsy! Willst du wohl leise sein!« Ich eilte ihr nach, doch prallte erschrocken zurück, als sich ein Schatten von der Pinie löste.

»Keine Angst, Tonia, ich bin es nur.«

Ricks tiefe Stimme hatte mich von Anfang an an eine Umarmung erinnert, und auch dieses Mal spürte ich, wie die Anspannung von mir abfiel.

Er bückte sich. »*Basta*, Upsy.«

Sie hörte zu bellen auf, hockte sich hin und produzierte einen kleinen See.

»Was machst du hier?« Ich fuhr mir durch die Haare, die

mir vermutlich schief vom Kopf abstanden, und zog mein Schlabberschlafhemd etwas tiefer. Wie gut, dass es dunkel war.

»Ich habe mich gefragt, ob du Lust hast, mit mir spazieren zu gehen.«

Ich blinzelte. »Jetzt? Um Mitternacht?«

»Ja. Du hast mal gesagt, dass du gern nachts unterwegs bist.«

Ich lachte leise. »Das stimmt. Für meinen Vater sind alle Menschen, die nachts schlafen, exotische Wesen, darum hat er mich oft nach den Vorstellungen durch die Gegend geschleppt. Als Theaterbesitzer war für ihn immer schon die Nacht der Tag.«

»Also kommst du auf eine Runde mit?«

»Gern. Bleibst du kurz bei Upsy? Ich ziehe mir nur schnell etwas anderes an.«

Keine zehn Minuten später spazierten wir den Kanal entlang Richtung Meer.

»Ich habe mal versprochen, dass ich dir irgendwann meine Geschichte erzählen würde«, sagte Rick langsam.

Ich blickte ihn an. In dem hellen Mondlicht konnte ich die Konturen seines markanten Gesichts gut erkennen, und selbst die blonden Haare waren als heller Fleck zu sehen. Doch der Ausdruck seiner Augen lag im Schatten.

»Ich denke, dass es jetzt so weit ist.« Seine Stimme klang gepresst.

Ich hätte gern seine Hand genommen, aber er hatte sie tief in die Taschen seiner Jeans gestopft. Vielleicht war es besser so.

»Du weißt ja schon, dass ich bei der Polizei gearbeitet habe. Genauer gesagt war ich *commissario* bei der Guardia di Finanza.« Er holte Luft. »Die Arbeit war genau das, wovon ich immer geträumt hatte, und ich habe leidenschaftlich und mit Überzeugung gearbeitet. So befand ich mich auf einem steilen Karriereweg nach oben. Da ich durch meine deutsche Mutter und meinen italienischen Vater ein wenig herumgekommen bin und auch fließend Englisch spreche, bin ich schnell in den internationalen Dienst gekommen.«

Wir waren am Strand angekommen, und das Geräusch unserer Schritte wurde vom Sand gedämpft. Nur das Meer rauschte mit jeder neuen Welle, die weich auf dem Strand ankam und dort auslief. Ein leichter Wind fuhr mir durch die kurzen Haare, doch ich bemerkte ihn kaum.

»Es ist ziemlich genau ein Jahr her. Ich hatte die Aufgabe, in Brasilien einen Drogenring zu sprengen. Das Ganze fand in Kooperation mit der lokalen Polizei und zwei Kollegen aus Italien statt. Der eine war Egidio, der Mann, den wir auf dem Pier getroffen haben. Der andere war Paolo.« Rick schluckte hörbar und wandte sich zum Meer.

Ich stellte mich neben ihn und beobachtete, wie das Mondlicht einen silbrig hellen Pfad über das Wasser warf. Es schimmerte wie Seide. Ich hatte nicht den Eindruck, dass Rick es überhaupt wahrnahm.

»Es war ein langwieriges Projekt und sehr geheim«, fuhr Rick schließlich fort. »Offiziell haben wir ein ganz anderes Thema bearbeitet und flogen deshalb zwischen Brasilien und Italien hin und her. Eines Tages, als ich ganz normal durch die Kontrolle am Flughafen ging, schlug einer der

Drogenhunde an.« Seine Schultern zogen sich nach oben. »Sie fanden dreihundert Gramm Heroin in meinem Koffer, und ehe ich michs versah, wurde ich vom Dienst suspendiert.« Er räusperte sich. »Von da an war ich draußen, und zwar in jedem Sinne. Ich bekam keine Informationen mehr, wurde ausgegrenzt, keiner sprach mehr mit mir. Ich habe alles versucht, doch ich bin immer nur auf eine Wand des Schweigens gestoßen. Einzig Egidio hat zu mir gehalten. Er hat immer gesagt, dass ich es nicht gewesen sein kann. Doch er konnte sich nicht durchsetzen, und er war auch so stark eingebunden, dass er nur selten mit mir sprechen konnte.«

»Dio mio.« Ich schluckte.

»Irgendwann habe ich einfach aufgegeben.«

»Aber gab es denn keine Anhörung, kein Urteil?«

Rick machte eine ungeduldige Bewegung. »Doch schon, aber man glaubte mir nicht. Die Beweise waren vernichtend. Man fand Spuren in meiner Wohnung und entsprechende Hinweise in meinen E-Mails.«

Ich riss die Augen auf. »In deinen E-Mails? Du meinst, wer auch immer dir die Sache ankreiden wollte, hat auch deinen Rechner gehackt?«

Er fuhr zu mir herum. »Wie kommst du auf die Idee, dass ich es nicht selbst war?«

Ich starrte ihn an. »Weil ich dich kenne.«

»Die Kollegen kannten mich auch.«

Ich zuckte mit den Schultern. »Offensichtlich nicht genug.«

Er packte meine Hände. »Jetzt mal im Ernst, Tonia. Woher willst du so genau wissen, dass ich es nicht war?«

Sein Griff war so fest, dass es schmerzte, aber ich ließ es mir nicht anmerken. »Ich ... ich kann es dir schlecht erklären. Vielleicht liegt es an meinem *babbo*. Mein Vater hat mich schon in frühester Jugend darauf getrimmt, mir die Leute genau anzusehen. Und so habe ich eine Art ... Instinkt entwickelt.«

»Einen Instinkt«, wiederholte er langsam.

Ich schluckte. »Vielleicht ist es auch ein Erkennen unter Gleichgesinnten. Gauner erkennen einander. Du bist keiner.«

Sein Griff verstärkte sich. »Du bist auch keine Gaunerin!«

Vorsichtig löste ich meine Hände aus seinem Griff. »Doch, ich bin eine *truffaldina*. Ich habe es dir schon vor Wochen gesagt.« *Und das war eine der mutigsten Entscheidungen meines Lebens.*

Selbst im Mondlicht konnte ich sehen, wie er die Zähne zusammenbiss. »Du kannst nur glitzernden Dingen nicht widerstehen.«

»Man nennt es auch Kleptomanie«, sagte ich trocken, doch mein Herz raste. So deutlich sprach ich es sonst eigentlich nie aus. Höchste Zeit, das Thema zu wechseln. »Und du, mein Lieber, bist so durch und durch korrekt, dass es schon fast wehtut.« Verdammt, so hatte ich es nicht formulieren wollen.

Jäh wandte er sich von mir ab und starrte wieder auf das glitzernde Meer hinaus. »Dass es wehtut.« Seine Stimme klang bitter. »Wehgetan hat es in jedem Fall. Mit einem Schlag war ich meinen Beruf und alle meine Kontakte los.«

»Hattest du denn keine Freunde außerhalb deiner Arbeit?«

Er hob die Schultern. »Doch. Ein paar. Aber ich fühlte mich so gedemütigt, dass ich auch ihre Nähe nicht ertrug. Also zog ich weg, in eine Stadt, in der ich niemanden kannte.« Er machte eine weit ausholende Bewegung die Küste entlang. »Hierhin.«

Ich schluckte. »Wieso Viareggio?«

»Zwei Gründe. Es ist am Meer, das ich immer schon geliebt habe. Und es hat die richtige Größe.«

»Die richtige Größe?«

»Ja. Kein Großstadt-Moloch und gleichzeitig auch nicht so klein, dass jeder Fremde sofort auffällt.«

»Verstehe.«

Er stopfte seine Hände wieder in die Taschen zurück. »Ich wollte einfach nur alles vergessen, das ganze Kapitel in mir vergraben und neu anfangen.« Er holte tief Luft. »Doch als wir vorhin auf Egidio getroffen sind und er sagte, dass Paolo auch suspendiert wurde, wurde mir klar, dass ich mit Paolo sprechen muss.«

»Warum?«

»Paolos Tochter war zu der Zeit, als wir an dem Projekt gearbeitet haben, auf ihrer dritten Entziehungskur. Er hat es mir einmal erzählt, als ich ihn fragte, warum er trotz seiner häufigen Migräne keine Kopfschmerztabletten nimmt. Außer mir wusste das aber keiner.«

Ich schluckte. »Ich verstehe nicht, dass Paolo nie Kontakt mit dir aufgenommen hat. Wenn er auch rausgeflogen ist ...«

Rick schüttelte den Kopf. »Vielleicht hat er gedacht, dass ich ihn mit reingezogen habe. Mit Absicht.«

»Dann wärst du ein merkwürdiger Freund gewesen.«

Rick hob die Schultern. »Es ist ganz egal, was er von mir hält. Aber eines weiß ich ganz genau: Er hatte mit dem Drogenschmuggel genauso wenig zu tun wie ich. Das will ich ihm mitteilen. Ob er mir das glaubt oder nicht, ist dann seine Entscheidung. Aber er ...« Er zögerte. »Er sitzt im gleichen Boot wie ich. Vielleicht freut er sich, wenn jemand kommt und sagt, dass er ihm glaubt.«

Ich nickte und verschränkte die Arme vor der Brust. Der Wind wurde langsam ein wenig kühl. »Das klingt gut. Wie willst du Kontakt mit ihm aufnehmen?«

Er wandte sich mir zu. »Da kommst du ins Spiel.«

~ 4 ~

Rick

Sie starrte mich an. Ihre Wimpern warfen im Mondlicht einen langen Schatten, und für einen Augenblick sah sie mit ihren großen Augen und ihrer schmalen Gestalt unglaublich zerbrechlich und zart aus. Ich wusste, dass sie das nicht war, doch für einen Moment fragte ich mich, ob ich sie lieber nicht in meine Geschichte hineinziehen sollte. Hatte ich das Recht dazu, sie in Gefahr zu bringen? Abrupt wandte ich mich ab. »Vielleicht ist es eine Schnapsidee. Ich kann mich auch direkt an ihn wenden.«

Ihre Hand packte meinen Arm. Ihre Finger waren kalt, und unwillkürlich bedeckte ich sie mit meinen. »Erzähl mir mehr von dieser Schnapsidee«, sagte sie ruhig.

»Na ja, ich habe vorhin im Internet nachgeforscht, wo Paolo heute steckt, und ich fand ihn auf der Webseite eines Stoffunternehmens in Prato. Er ist dort Vertreter, und er ist auch für die Provinz Lucca zuständig. Anscheinend ist er häufiger in Viareggio.«

Sie verstand sofort, worauf ich hinauswollte. »Prato ist ein Zentrum der Stoffindustrie, und es gibt sehr viele Hersteller dort. Ich kann nicht garantieren, dass ich bei dieser Marke schon einkaufe. Wie heißt das Unternehmen?«

»Tessutti Balini.«

Sie schüttelte den Kopf. »Die kenne ich nicht.«

Ich schaute sie an. »Ist nicht schlimm. Dann fahre ich einfach dorthin und … und versuche, direkt Kontakt aufzunehmen.«

»Was hättest du denn getan, wenn ich Tessutti Balini gekannt hätte?«

Ich zögerte. »Na ja, ich hatte mir überlegt, dass ich ihn vielleicht bei dir im Laden hätte treffen können, wenn er einen Vertreterbesuch macht. Quasi zufällig.«

»Weil du glaubst, dass er eine Verabredung ablehnen könnte?«

»Ja.«

»Wir können das gern so machen. Schließlich kommt es immer mal wieder vor, dass ich Kontakt zu neuen Lieferanten aufnehme.«

Ich zögerte. »Tonia, du musst eine Sache wissen: Bei Drogenhandel geht es um sehr viel Geld, und daher kann die Sache ausgesprochen gefährlich werden. Ich sollte dich eigentlich nicht in meine Probleme hineinziehen.«

Sie gab mir einen Schubs. »Red keinen Quatsch.«

~ 5 ~

Tonia

Mein Herz schlug heftig, als sich zwei Tage später die Ladentür öffnete und Ricks ehemaliger Kollege mein Atelier betrat. Er war so groß, dass er den Kopf senken musste, während er durch die Tür trat, und aus irgendeinem Grund musste ich an eine Banane denken … er war so lang und dünn und krumm, und selbst die dunklen Haare, die wie ein Büschel hochstanden, passten dazu. Wie treffend, dass sein Nachname »Lungo«, lang, war. Ich verkniff mir ein Lächeln.

Er schleppte große Musterbücher mit Kordeln als Griff in beiden Händen und hatte zusätzlich eine Aktentasche unter den Arm geklemmt. »*Buongiorno. Signora* Castagno?« Seine Stimme klang leise und angenehm.

»Ja, das bin ich. *Benvenuto da Toniella.*« Rasch ging ich auf ihn zu und nahm ihm eines der Bücher ab. »Legen Sie erst einmal die schweren Sachen weg. Darf ich Ihnen etwas zu trinken anbieten?«

Er wischte sich über die Stirn. »Ja, bitte. Es war ein heißer Tag heute.«

»Ein Wasser? Orangina? Bitter Lemon?«

»Ein Wasser, bitte.«

»Frizzante?«

»Nein, nein, bitte ohne Kohlensäure. Ich habe einen empfindlichen Magen.«

Ich brachte ihm ein großes Glas Wasser und lud ihn ein, auf meinem brotkatbezogenen Sessel Platz zu nehmen. Für mich selbst zog ich einen Hocker heran.

Upsy lief schwanzwedelnd auf ihn zu, doch ich fing sie ab. »Mögen Sie Hunde?«

Er schaute ein wenig ängstlich. »Ich bin mal von einem gebissen worden.«

»Kein Problem. *A cuccia*, Upsy!« Innerlich betete ich, dass sie gehorchen würde. Wir waren mit dem Hundetraining noch nicht wirklich weit gekommen.

Doch sie legte sich brav flach auf den Boden und streckte die Hinterbeine von sich.

Ich tätschelte sie stolz.

»Vielen Dank, dass Sie so kurzfristig einen Termin vereinbaren konnten«, sagte ich. Hörte er die Nervosität in meiner Stimme heraus? »Das ist nicht selbstverständlich.«

»Ich war sowieso gerade hier in der Gegend«, sagte Paolo Lungo. »Da konnte ich es problemlos noch ans Ende des Tages anhängen.« Er blickte sich in meinem Atelier um und sah die Modelle prüfend an. »Obwohl ich nicht weiß, ob unsere Ware so ganz zu Ihnen passt.«

Als ich mir die Webseite angeschaut hatte, war ich auch schon zu dem Schluss gekommen, dass das eher unwahrscheinlich war. Tessutti Balini schien vor allem billige Chinastoffe anzubieten. Ich hatte allerdings gehofft, dass Paolo das nicht ganz so schnell bemerken würde. »Ich würde mir die Kollektion gern anschauen«, schlug ich vor. Solange wir über Stoffe sprachen, hatte ich sicheren Boden unter den Füßen. Wir hatten vereinbart, dass Rick fünfzehn Minuten nach dem vereinbarten Termin ins Geschäft kommen sollte.

Etwas zögernd öffnete er das erste Musterbuch und fing an, mir die Kollektion vorzustellen.

Es fiel mir schwer, etwas Positives zu sagen, also blickte ich nur von Zeit zu Zeit zu ihm hoch und lächelte ihn ermutigend an, während er sprach. Die Preise waren natürlich sensationell, aber sobald ich die Stoffe anfasste, wusste ich, dass ich sie niemals kaufen würde. Sie waren billig gewebt und würden im Gebrauch im Nullkommanichts an den Nähten ausreißen.

Er sprach immer weiter, schaute mich dabei aber zunehmend verunsichert an. Schließlich versandete seine Stimme ganz. »Wie haben Sie eigentlich von uns gehört?«

Verdammt. Ich machte eine vage Handbewegung. «Äh. Ich ... ich weiß es gar nicht mehr so genau. Ich glaube, ich bin im Internet über Ihre Seite gestolpert.«

»Hm.« Er wirkte etwas hilflos.

»Wollen wir uns das zweite Buch noch anschauen?«

Er sah so aus, als ob er lieber ablehnen würde, nahm aber gehorsam das zweite Buch zur Hand und schlug es auf. Die Qualität in diesem Buch war noch schlimmer, obwohl ich das kaum für möglich gehalten hatte. Ich schluckte. »Interessantes Muster«, meinte ich schließlich, verzweifelt auf der Suche nach einer positiven Aussage.

»Hm.«

Ich konnte mich nicht erinnern, schon einmal so ein

trauriges Vertretergespräch geführt zu haben. Normalerweise quatschten Vertreter wie ein Wasserfall, benutzten so viel Aftershave, dass man es schon metallisch auf der Zunge schmecken konnte, wenn sie durch die Tür kamen, und platzten vor Jovialität. Dieser Vertreter hier war so inspirierend wie ein Bestatter. Wann kam Rick endlich?

Upsy hörte ihn wie immer schon lange vor mir. Sie kläffte einmal begeistert auf und rannte zur Tür.

Mein Herz schlug unwillkürlich höher, als er durch die Tür trat. Wie groß er war.

Rick begrüßte Upsy nur kurz, dann blickte er auf den Mann neben mir.

Paolo zuckte zusammen, als ob er einen elektrischen Schlag bekommen hätte. »Rick?«

»Paolo.« Rick lächelte.

Ich konnte ihm ansehen, dass es ihn Mühe kostete.

Paolo sprang auf, raffte seine Bücher zusammen und schnappte sich seine Aktentasche. »Ich fürchte, das ist nicht ganz das passende Material für Toniella«, sagte er kurz. »*Arrivederci.*«

Bevor ich auch nur den Mund öffnen konnte, war er schon halb zur Tür hinaus, mit gesenktem Kopf, ohne Blickkontakt zu Rick aufzunehmen.

Rick warf mir einen verzweifelten Blick zu, dann fuhr er herum und packte Paolo am Arm, kurz bevor er das Atelier verlassen konnte. »Warte! Ich hatte nichts mit dem Drogenhandel zu tun! Und du auch nicht, das weiß ich!«

Paolo blieb ruckartig stehen. Er riss den Kopf herum und starrte Rick an.

Ich sah, wie ihm das Blut aus den Wangen wich, dann verdrehten sich seine Augen, und er brach in sich zusammen.

Entsetzt sprang ich zu ihm hin, doch Rick war schneller. Er fing Paolo auf und ließ ihn sanft auf den Boden sinken.

Ich warf mich neben ihm auf die Knie und suchte an seinem Handgelenk nach einem Puls. »*Madonna*, was hat er? Ist es ein Herzinfarkt?«

»Ich weiß es nicht.« Rick hatte schon sein Telefon hervorgezogen. »Ich rufe einen Arzt.«

Vorsichtig tastete ich das dünne Handgelenk ab. Da! Der Puls schlug schwach, aber regelmäßig. Ich sprang auf, zog die Kuscheldecke aus Upsys Korb, faltete sie zusammen, und schob sie sanft unter Paolos Kopf.

Rick sprach mit dem Notruf.

In diesem Augenblick flatterten Paolos Augenlider. Seine Wangen waren schneeweiß, sodass die dunklen Bartstoppeln, die ich vorher kaum wahrgenommen hatte, wie schwarze Strichelchen auf seiner Haut standen.

Ich nahm seine Hand. »Es wird alles wieder gut«, flüsterte ich.

Seine Augen suchten mein Gesicht. »Rick«, murmelte er. »Er sagt, ich war es nicht?«

»Er ist überzeugt, dass Sie es nicht waren«, sagte ich fest.

Sein Gesicht zuckte.

»Und Rick selbst war es auch nicht.« Ich wusste gar nicht, warum ich das hinzusetzte. Paolo war vermutlich gar nicht in der Lage, irgendwelche Informationen zu verarbeiten.

Er schloss die Augen.

Dann sah ich, wie sich seine Lippen bewegten, doch ich konnte ihn nicht verstehen.

»Was sagen Sie?« Ich beugte mich näher an ihn heran, so nahe, dass ich seinen Atem an meinem Ohr spüren konnte. Trotzdem waren seine Worte nur ein Hauch, kaum wahrzunehmen.

»Warum?«

»Warum?«, wiederholte ich.

Er schien um die Worte zu kämpfen. »Warum jetzt?«

»Warum Rick das erst jetzt gesagt hat?«

Er nickte leicht.

»Rick wusste bis vor einigenTagen noch nicht einmal, dass Sie von der Polizei suspendiert worden waren.«

Seine Augen öffneten sich und durchforschten mein Gesicht.

Ich versuchte, ihm die Fragen zu beantworten, von denen ich glaubte, dass er sie stellen wollte. »Er hat Egidio am Sonntag zufällig getroffen. Ich weiß nicht, wie er mit Nachnamen heißt. Er gehörte mit zum Team damals. Egidio hat erzählt, dass Sie auch suspendiert wurden. Das wusste Rick nicht. Er war völlig entsetzt.«

Paolos Hand bewegte sich schwach in meiner. »Egidio?«

»Ja. Er macht gerade Urlaub hier, er ist im Hotel Splendide, unten an der Promenade.« Was faselte ich denn da? Als ob das irgendjemanden interessierte.

Doch Paolo schaute mich immer noch mit diesen weit aufgerissenen Augen an. Er schien die Worte zu verstehen, ja, sogar in sich aufzusaugen, also sprach ich weiter. »Rick sagte, es sei völlig ausgeschlossen, dass Sie an dem Drogenschmuggel beteiligt waren.«

Paolos Gesicht zuckte. »Wieso?«

»Wegen … wegen Ihrer Tochter.«

Plötzlich entstellte eine solche Wut Paolos Gesicht, dass ich zurückfuhr. »Egidio!«, flüsterte er heiser. Ein Ruck ging durch seinen Körper, dann fielen ihm die Augen zu.

»Signor Lungo? Paolo?« Ich schüttelte ihn leicht. »Was ist mit Egidio?«

Er reagierte nicht mehr, und sein Puls schien unregelmäßiger zu werden. Hilflos hielt ich seine Hand.

Rick war auf die Straße gestürzt, vermutlich, um auf die Ambulanz zu warten und ihr in der schmalen Gasse den Weg zu weisen. Da, ich hörte schon das Heulen der Sirene in der Ferne.

Upsy winselte und kroch näher an Paolo heran. Dann leckte sie vorsichtig seine Wange.

»Aus, Upsy«, sagte ich sanft und schob sie weg. »Paolo hat schlechte Erfahrung mit Hunden gemacht. Wenn er die Augen öffnet und direkt in dein Mäulchen schaut, bekommt er sofort den zweiten Schock des Tages.«

Zweifelnd schaute ich auf Paolo hinab. Er schien noch blasser geworden zu sein, obwohl ich vorher nicht gedacht hatte, dass das überhaupt möglich sei.

Das Martinshorn wurde lauter, dann schien es pulsierend den Raum zu erfüllen. Ich unterdrückte den Impuls, mir die Ohren zuzuhalten.

Plötzlich wurde es still, und Sekunden später stürzten die Helfer durch die Tür. Erleichtert überließ ich ihnen meinen Platz, nahm Upsy auf den Arm und verzog mich in den Hintergrund. Auf dem Bürgersteig versammelten sich Neugierige.

Dann stand Rick neben mir. Er war fast genauso blass wie Paolo.

Die Sanitäter prüften Paolos Puls, legten ihm eine Infusion und brachten eine Trage herein, alles innerhalb von zwei Minuten.

Sie luden Paolo auf, dann wandte sich einer der zwei Sanitäter an uns. »Wir bringen ihn zur Überwachung ins Krankenhaus. Vermutlich ein Kreislaufkollaps. Die Hitze, nicht genug getrunken ...«

Ich warf einen Blick auf das große Wasserglas, das Paolo schon geleert hatte.

»In welches Krankenhaus bringen Sie ihn?«, fragte Rick. Seine Stimme klang fremd.

»Ins Ospedale San Luca in Camaiore.«

Der Sanitäter sprach so schnell, dass ich den Namen nicht verstanden hätte, wenn meine Oma nicht schon einmal dort behandelt worden wäre. Wir hatten keine Gelegenheit, weitere Fragen zu stellen, denn bevor wir auch nur den Mund öffnen konnten, waren sie schon – mitsamt Paolo auf seiner Bahre – davongeschossen.

Rick starrte mich an wie ein Gespenst. »Habe ich ihn umgebracht?«

~ 6 ~

Rick

Tonia riss ihre braunen Augen auf. »Wie kommst du denn auf die blöde Idee?«

Ich fuhr mir durch die Haare. »Ich hätte es ihm vorsichtiger beibringen müssen. Hätte mir mehr Zeit nehmen sollen, hätte ihn sanft vorbereiten sollen.«

»Die Zeit hat er dir doch gar nicht gegeben. Er war ja schon fast an dir vorbei, als du ihn gerade noch am Ärmel erwischt hast.«

Mein Mund war trocken. »Warum wollte er nicht mit mir reden?«

Tonia warf mir einen Blick zu, in dem sich Mitleid mit Bedauern mischte. »Vermutlich hat er wirklich geglaubt, dass du ihm damals eine Falle gestellt hast.«

Ich biss die Zähne zusammen. »Nett von ihm.«

»Rick.« Ihre Stimme klang geduldig. »Du weißt nicht, was alles in deiner Abteilung geschehen ist, nachdem du weg warst. Ich schlage vor, dass wir abwarten und ihn besuchen, sobald es möglich ist. Dann könnt ihr in Ruhe über alles sprechen.«

»Falls er sich nicht weigert, mit mir zu reden.« Meine Stimme klang bitter.

»Warum sollte er.« Tonia gab mir einen aufmunternden Knuff in den Arm. »Jetzt weiß er ja, dass du ihn für unschuldig hältst.«

»Damit gewinne ich aber noch keinen Blumentopf.«

»Er weiß übrigens ebenfalls, dass auch du unschuldig bist.«

Ich starrte sie an. »Wie bitte?«

»Ja.« Sie nickte und lächelte mich an. »Ich habe es ihm gesagt.«

»Wann?«

»Na, gerade eben. Als er da lag.«

»Da hast du ihm schnell noch gesteckt, dass ich unschuldig bin?«

»Ja.«

»Hat er es geglaubt?«

Sie zögerte. »Ich weiß nicht. Er wollte wissen, wieso du erst jetzt darüber sprichst.«

Ich starrte Tonia an, dann schluckte ich mühsam. »Und was hast du gesagt?«

»Ich habe ihm erklärt, dass du gerade erst die Info von Egidio erhalten hast.«

»Und wie hat er es aufgenommen? Hat er überhaupt etwas aufnehmen können?«

Sie hob zweifelnd die Schultern. »Ich hatte schon den Eindruck. Nur am Ende ...«

»Ja?«

»Da ... da hat er für einen Augenblick wie der Teufel persönlich ausgesehen. Die Wut hat sein Gesicht richtig entstellt.« Sie schauderte und rieb sich über die Oberarme. »So etwas habe ich noch nie gesehen.«

»Denkst du, er war wütend, weil ich mich so lange nicht gemeldet habe?«

Sie schüttelte zögernd den Kopf. »Nein. Es schien etwas mit Egidio zu tun zu haben. Er hat seinen Namen voller Abscheu ausgesprochen.«

»Egidio? Aber er war der Einzige, der die ganze Zeit zu uns gehalten hat.«

Sie blickte mich unergründlich an. »Hmm.«

»Hat Paolo sonst noch etwas gesagt?«

Sie schüttelte den Kopf.

Ich schlug mir mit der Faust in die Hand. »Verdammt. Ich muss ihn einfach zum Reden bringen.«

»Wie gesagt, wir werden ihm jetzt eine Nacht Zeit geben, bis er wieder stabil ist, und morgen gehen wir hin und besprechen die Lage in Ruhe.«

Es tat mir gut, dass sie so vernünftig blieb. Ich fühlte mich völlig aus dem Gleichgewicht gebracht. Das Treffen war schlimmer gelaufen, als ich erwartet hatte. Irgendwie hatte ich zumindest gehofft, dass Paolo mir die Zeit für ein paar Erklärungen geben würde. Hoffentlich wurde er wieder gesund. Hoffentlich war es kein Herzinfarkt. Ich fuhr auf. »Mist, das haben wir ja total vergessen!«

»Was denn?«

»Wir hätten uns seine *carta d'identità* ansehen sollen, um seine Adresse herauszubekommen. Dann hätten wir seine

Familie informieren können. Sie werden sich Sorgen machen.«

Tonia runzelte die Stirn. »Wir könnten bei ihm in der Firma anrufen. Die Nummer steht im Internet.«

»Gute Idee.« Ich zögerte. »Würdest du das tun?«

Sie warf mir einen raschen Blick zu. »Klar.«

Sobald die Verbindung hergestellt war, bat sie darum, mit der Personalabteilung verbunden zu werden.

Eine dröhnende Stimme meldete sich zu Wort, so laut, dass Tonia mit einer Grimasse den Hörer vom Ohr weghielt und ich jedes Wort verstehen konnte. »Sie wollen die Personalabteilung? Ich bin hier Inhaber, Geschäftsführer und Personalabteilung in einem. Worum geht's?«

»Mein Name ist Tonia Castagno, und ich rufe von meinem Atelier Toniella in Viareggio an. Ich hatte gerade Besuch von Ihrem Vertreter Paolo Lungo, und –«

»O nein, nicht schon wieder.«

Tonia blinzelte. »Wie bitte?«

»Es passiert in letzter Zeit ständig, und ich bin es wirklich leid.« Die tiefe Bassstimme klang entnervt.

»Sie ... Sie sind es leid?«, stammelte Tonia.

»Ja. Das kann so nicht weitergehen. Ständig rufen die Leute hinterher an und sagen mir, dass er entweder in Tränen ausgebrochen ist oder gesagt hat, dass unsere Ware nicht geeignet ist, oder überhaupt nicht gesprochen hat. Was hat er diesmal getan?«

»Er ist zusammengebrochen.«

»Wie bitte? Also das schlägt dem Fass wirklich den Boden aus!«

»Ich glaube nicht, dass er es mit Absicht getan hat. Die Sanitäter vermuten einen Hitzeschlag.«

»Aber es ist doch noch nicht einmal August!«

Tonia rollte mit den Augen. »Ich habe eigentlich nur angerufen, damit Sie seine Familie informieren können.«

»Ich soll was?«

»Er wurde ins Ospedale San Luca in Camaiore eingeliefert. Könnten Sie das bitte seiner Familie mitteilen?«

Der Mann am anderen Ende seufzte. »Na gut, das mache ich. Wirklich, wenn's nicht das eine ist, dann ist's das andere ... *Arrivederci.*« Ein Tuten beendete das Gespräch.

Tonia schaute verdutzt auf den Hörer. »Scheint nicht gerade eine ideale Chef-Mitarbeiter-Beziehung zu sein«, murmelte sie.

Ich schluckte. Bis jetzt hatte ich immer gedacht, dass es mir bei der Polizei schlecht ergangen war. Aber ich hatte zumindest nicht noch für eine Familie zu sorgen und war nur für mich selbst verantwortlich. »Armer Paolo«, sagte ich.

Sie blickte auf. »Ja, armer Paolo«, bestätigte sie. »Aber ab jetzt geht's bergauf. Wir werden uns gemeinsam mit dem Fall beschäftigen, und dann wollen wir mal sehen!«

Etwas in mir machte einen Sprung. Ich räusperte mich. »Tonia, ich weiß wirklich nicht, ob ich dich da mit hineinziehen sollte.«

Sie wedelte mit einer Hand. »Zu spät. Mich wirst du nicht mehr los.«

Das will ich auch gar nicht.

~ 7 ~

Tonia

Eine feuchte Zunge fuhr mir durchs Gesicht. »*Basta*, Upsy«, murmelte ich und schob den kleinen Dackel zu Seite. »Lass mich noch ein wenig schlafen.«

Sie kläffte einmal auf.

Vorsichtig öffnete ich ein Auge und versuchte, die Zeit auf dem Wecker neben meinem Bett zu erkennen. »Madonna.« Ich ließ den Kopf wieder sinken. »Es ist fünf Uhr, du Untier. Schlaf!« Doch ich wusste genau, dass ich diesen Kampf verlieren würde.

Eigentlich hatte Upsy striktes Bett-Verbot und sollte die Nacht in dem Körbchen in meinem Schlafzimmer verbringen. Doch seitdem sie ein paar Zentimeter gewachsen war, hatte sie tatsächlich die nötige Größe erreicht, um im vollen Galopp bis zur mir hochzuspringen, vorzugsweise mitten auf meinen Bauch. Diese Nacht musste sie es unauffälliger geschafft haben, denn ich erinnerte mich nur noch daran, dass sie kurz vor dem Einschlafen in ihrem Körbchen gelegen hatte. Ich hatte die Hand aus dem Bett hängen lassen, damit ich ihren Kopf kraulen konnte.

Plötzlich schossen mir wieder die Ereignisse des vorherigen Tages in den Kopf. Ich hatte mich für heute um zehn Uhr mit Rick am Krankenhaus verabredet. Noch fünf Stunden. Zeit genug.

Upsy bellte und winselte und hüpfte um mich herum.

»Ja doch, ja doch.« Stöhnend rollte ich mich aus dem Bett. »Ich komme schon.«

Zehn Minuten später stand ich mit Upsy am Kanal. Die Sonne war schon aufgegangen und glitzerte frisch und verheißungsvoll auf dem Wasser. Weiter unten schaukelte eine Jacht auf dem Wasser, und Upsy, die an ihrer langen Leine das taufrische Gras abschnupperte, schien gerade Freundschaft mit drei Spatzen zu schließen. Ich setzte mich auf eine Bank und lehnte zufrieden den Kopf zurück. Vielleicht konnte ich in der Morgensonne noch ein kleines Nickerchen machen.

»Du siehst aus wie eine Obdachlose.«

Ich weigerte mich, die Augen zu öffnen, denn ich wusste nur zu gut, zu wem diese Stimme gehörte: Es war Bernardo, der Albtraum meiner Teenagerjahre. Er hatte zuerst beschlossen, dass ich die Frau seines Lebens war, und als ich diesen Traum nicht mitträumen wollte, hatte er seine Meinung angepasst und beschlossen, dass ich das Hassobjekt seines Lebens war. Sollte er mich ruhig mit schief stehenden Haaren und im Schlabberoutfit sehen.

»Oder bist du so besoffen, dass du noch nicht einmal antworten kannst?« Ein Ächzen der Bank verriet, dass er sich neben mir niedergelassen hatte.

»Ich bin nicht betrunken«, sagte ich mit geschlossenen Augen. »Nur müde.«

»Vielleicht solltest du nachts mal schlafen.«

»Was ich nachts tue, geht dich gar nichts an.«

»Ach, nein?« Seine Stimme klang süffisant.

»Nein.« Ich öffnete meine Augen und schaute, ob Upsy fertig war. Sie schien ein intensives Gespräch mit den Spatzen zu führen.

»Na, aber jetzt mal im Ernst, Tonia«, sagte Bernardo. »Was tust du um diese Uhrzeit hier draußen?«

Angriff ist die beste Verteidigung. »Viel interessanter ist die Frage, was du eigentlich um diese Uhrzeit hier machst. Ich dachte, als supererfolgreicher *commissario* hast du einigermaßen geregelte Arbeitszeiten.« Ich konnte mir das Sticheln einfach nicht verkneifen, denn Bernardo ließ keine Gelegenheit aus, mir seinen Erfolg und seine vermeintliche Kompetenz unter die Nase zu reiben. Wie gut, dass meine Weste gerade blütenrein war. So beschleunigte sich mein Puls ausnahmsweise einmal nicht, und ich konnte ihm entspannt begegnen. Cooles Gefühl.

Seine Brust schwoll an. »Ich habe natürlich keine geregelten Arbeitszeiten, wenn ein dringender Fall anliegt. Aktuell ist viel los, denn –« Sein Telefon klingelte. Er unterbrach sich und nahm das Gespräch an.

»*Commissario?*« Die Stimme klang laut und deutlich durch den Apparat. »Es gab einen Mord an der Mole.«

Bernardo riss die Augen weit auf. »Ich komme.« Er sprang auf, doch in der Eile übersah er Upsy, die gerade mit hängender Zunge auf mich zugerannt kam. Er stolperte über sie, fiel der Länge nach hin, sein Handy knallte auf den Boden, und aus dem Gerät kam blechern die Stimme: »Es handelt sich um einen Touristen. Sein Name ist Egidio Marchetto.«

Ich erstarrte. Egidio. *Konnte es sein, dass ...?*

Bernardo warf Upsy einen bösen Blick zu, dann raffte er sich fluchend auf und eilte davon.

Ich drückte Upsy an mich und kletterte zurück in mein Schlafzimmer. Dann rief ich Rick an.

»Tonia? So früh? Ist alles in Ordnung?« Er klang erschrocken.

»Ja, also mit mir.« Ich musste mich unterbrechen und einmal tief Luft holen. »Heißt Egidio mit Nachnamen Marchetto?«

»Ja. Wieso weißt du –?«

»Er wurde gerade an der Mole gefunden. Ermordet.«

»Wie bitte?«

»Ich war mit Upsy draußen, und da kam Bernardo, der *commissario*, du weißt schon.«

»Oh Gott, ja.«

»Er wollte mich eigentlich nur nerven, doch während wir sprachen, bekam er einen Anruf, und so habe ich mitbekommen, dass Egidio ermordet worden ist.«

»Egidio ermordet.« Rick klang erschüttert. »Das ... das ist unglaublich. Und gestern erst hat Paolo erfahren –« Er unterbrach sich. »Ich muss mit Paolo sprechen. Ich fahre sofort ins Krankenhaus. Kommst du mit?«

»Gern.«

»Ich hole dich in fünfzehn Minuten ab.«

Ich nutzte die Viertelstunde, um mich zu waschen, anzuziehen und meine kurzen Haaren rasch in die richtige Form zu bringen. Dann blickte ich aus dem Fenster. Gut. Wie jeden Morgen machte meine Nachbarin Franca gerade ihre Yogaübungen auf dem Stückchen Gras, das sich zwischen ihrem Haus und dem Kanal befand. Heute trug sie dabei ein leuchtend rosa Zeltkleid mit quietschgrüner Borte.

Ich eilte nach unten, mit Upsy an der Leine. »Franca, ich habe gerade gehört, dass ein Bekannter im Krankenhaus ist, und ich muss dringend zu ihm fahren. Wäre es möglich, dass du so lange auf Upsy aufpasst?«

Franca, deren Figur einer weichen Gummikugel ähnelte, holte ihren rechten Fuß hinter ihrem linken Ohr hervor und strahlte mich an. »Kein Problem, Tonia. Ich hoffe, es ist nichts Schlimmes?«

»Nein, ich glaube nicht«, sagte ich eilig.

»Lass dir ruhig Zeit«, sagte Franca. »Ich freue mich, wenn diese kleine Hundedame mir ein paar Stunden Gesellschaft leisten kann.«

»Danke!« Ich drückte Upsy einen schnellen Kuss auf den Kopf, dann eilte ich zum Ende der Straße, damit Rick nicht in der engen Gasse wenden musste. Ich musste nicht lange warten, und ein Auto hielt mit quietschenden Bremsen vor mir. Ich blinzelte. Ich hatte nie darüber nachgedacht, was für ein Fahrzeug Rick nutzte, und hätte ihn eher für einen Sportwagen-Typen gehalten. Doch weit gefehlt. Er fuhr einen Leichenwagen.

Ich schluckte.

Er beugte sich quer über den Sitz und öffnete mir die Tür. »Sag nicht, dass du ein Problem damit hast, in einem Leichenwagen zu fahren!« Seine blauen Augen blitzten mich unter dem blonden Haarschopf an. Es war wirklich erstaunlich, dass er so sehr nach seiner deutschen Mutter gekommen war und man ihm seinen italienischen Vater überhaupt nicht ansah.

Ich sprang hinein und schnallte mich an. »Hab ich gar nicht. Finde es nur etwas ... ungewöhnlich.« Es roch nach Äpfeln. *Gott sei Dank.*

»War ein Sonderangebot«, sagte er kurz und fuhr an. »Hab überlegt, ob ich ihn umspritzen lasse, aber auch dafür hatte ich kein Geld.«

Ich schaute ihn an. »Welche Farbe?«

Er grinste. »Ferrari-Rot.«

Ich lachte. »Nicht schlecht.« Dann runzelte ich die Stirn. »Was weißt du über Egidio?«

»Fünfundfünzig Jahre alt, verheiratet, ein erwachsener Sohn, vor neun Monaten bei der Guardia di Finanza zwei weitere Ebenen nach oben befördert worden, lebt in Rom, hat ein Sommerhaus bei Napoli.«

Ich blinzelte. »Wow. Das kam ja wie aus der Pistole geschossen.«

»Ich habe im Internet recherchiert, nachdem wir ihn am Strand getroffen hatten. Doch leider ist das noch nicht sehr umfassend. Das sind nur die dürren Fakten. Ich weiß zum Beispiel nicht, was für eine Art Ehe er führt, wie er mit seinem Sohn zurechtkommt, welche Hobbys er hat, wer seine Freunde sind, ob er medizinische Probleme hat, was seine Kollegen von ihm halten und –«

»Und wer ihn ermordet hat«, fiel ich ihm ins Wort.

Er warf mir einen schnellen Blick zu. »Ich war es nicht.«

Ich schaute zurück. »Hab ich auch keine Sekunde angenommen.«

Mit einer Hand lenkte er den schweren Wagen um eine Ecke. Die Muskeln an seinem gebräunten Arm waren deutlich sichtbar. »Wieso nicht?«

»Wieso ich nicht davon ausgegangen bin, dass du ihn ermordet hast?«

»Jepp.«

Ich holte tief Luft. »Kann ich dir nicht sagen. Ich weiß es halt.«

»Du hast ganz schön viel Vertrauen.«

Es ist kein Vertrauen. Es ist eine innere Gewissheit. Aber ich wusste selbst nicht, woher sie kam.

Er sah aus, als ob er noch etwas sagen wollte, aber in diesem Augenblick kamen wir beim Krankenhaus an. Mit Schwung fuhr er in eine der Parklücken vor dem Hauptgebäude und sprang aus dem Auto. Ich folgte ihm, und keine fünf Minuten später standen wir vor der Rezeption.

»Ich möchte gern wissen, in welchem Zimmer Paolo Lungo liegt«, sagte ich zu der hellgrün gekleideten Frau hinter der Glasscheibe. »Er wurde gestern hier eingeliefert.«

»Es ist noch keine Besuchszeit«, sagte die Rezeptionistin streng.

»Wir haben auch nur nach der Nummer gefragt«, sagte Rick sanft und lächelte sie an.

Ihre Augen weiteten sich. Ich verkniff mir ein Lächeln. Wenn man so aussah wie Rick, kam man mit ein wenig Charme erstaunlich leicht ans Ziel.

»Ach so. Na gut.« Sie nickte und tippte auf einer Tastatur

herum. Dann runzelte sie die Stirn. »Wie schreibt sich Lungo?«, fragte sie.

»L come Livorno, U come Udine, N come Napoli, G come Genova, O come Otranto«, antwortete ich.

»So habe ich es auch eingegeben. Trotzdem erscheint er hier nicht als Patient.«

Rick und ich wechselten einen Blick.

»Aber die Sanitäter haben uns gesagt, dass sie ihn hier in dieses Krankenhaus bringen würden«, sagte er. »Was können wir jetzt tun?«

»Einen Augenblick. Ich schaue noch einmal woanders nach.« Sie klickte wieder auf der Tastatur herum. Dann nickte sie energisch. »Richtig. Er ist hier gestern am frühen Abend eingeliefert worden, doch er hat sich nach nur zwei Stunden wieder ausgecheckt.«

»Wie bitte?«

Sie blickte auf. Das Licht der Deckenlampe funkelte auf dem Metallrahmen ihrer Brille. »Anscheinend hat er gesagt, dass er putzmunter sei, hat alle Papiere unterschrieben, die bestätigten, dass er auf eigene Gefahr das Haus verlässt, und hat sich selbst entlassen.«

Ich starrte Rick an. Er sah genauso überrascht aus, wie ich mich fühlte.

»Gut. *Mille grazie.*« Ich wandte mich ab und zog Rick zur Tür. »Das ist ja was!« Ich hatte ein scheußliches Gefühl im Magen. Das hassverzerrte Gesicht von Paolo, als er Egidios Namen gesagt hatte, ging mir nicht aus dem Kopf. »Und ich Idiotin habe ihm auch noch gesagt, wo er wohnte!«, murmelte ich.

Rick bliebt abrupt stehen. »Was hast du getan?«

»Ich habe Paolo gesagt, dass Egidio im Hotel Splendide wohnte.«

Rick blieb der Mund offen stehen. »Soll das heißen, du verdächtigst Paolo, Egidio umgebracht zu haben?«

»Na ja …«

»Aber warum? Warum sollte er das tun?«

Ich hob beide Schultern und ließ sie wieder fallen. »Ich … ich glaube, dass Paolo einen großen Hass auf Egidio hatte. Und zwar seit gestern, seit unserem Gespräch.«

»Wie kommst du darauf?«

»Es wirkte so.«

Rick schaute mich prüfend an. »Aber gesagt hat er es nicht?«

»Nein. Er hatte nur so einen seltsamen Gesichtsausdruck.«

Rick blickte mich hart an. »Nur auf Basis eines Gesichtsausdrucks solltest du niemand verdächtigen.«

Ich hob das Kinn. »Das tue ich auch nicht. Ich fühle mich nur … unwohl.«

Rick berührte meinen Arm. »Entschuldige. Ich … ich bin in dem Punkt nicht ganz neutral.«

Ich lächelte ihn an. »Ich weiß. Aber wir sollten uns unabhängig von den Gefühlen die Fakten ansehen. Und die sagen, dass Paolo durchaus die Möglichkeit hatte, sich vom Krankenhaus schnurstracks zum Hotel Splendide zu begeben und ihm dort aufzulauern.«

»Aber Egidio wurde auf der Mole ermordet, oder? Nicht im Hotel.«

»Richtig. Doch die Mole ist nicht weit weg vom Hotel Splendide. Vielleicht wollte Egidio noch einen Spaziergang machen, und dabei kam ihm Paolo in die Quere.«

Rick schüttelte den Kopf. »Ich kann mir wirklich nicht vorstellen, dass Paolo ...«

Ich sagte gar nichts. Ich hatte nur Paolos wutverzerrtes Gesicht vor Augen.

Er schaute mich an. »Du meinst es ernst, oder?«

»Vielleicht im Affekt ...«, murmelte ich.

Er fuhr sich mit der Hand übers Gesicht. »Ich glaube das einfach nicht.« Dann schüttelte er sich. »Ich *muss* mit Paolo sprechen. So schnell wie möglich.«

»Dann bleibt uns nichts anderes übrig, als noch einmal bei Paolos Chef anzurufen. Er ist unser einziger Kontakt, der mehr über ihn weiß.« Ich schaute auf die Uhr. »Aber dazu ist es noch zu früh. Er wird vor neun Uhr nicht im Büro sein.«

»Dann schlage ich vor, dass wir zwei jetzt erst einmal frühstücken gehen.«

»Frühstücken?«

Er lachte. »Ja, und damit meine ich ein deutsches Frühstück. Mit Brot und Marmelade und Ei und Käse und Wurst und Müsli.«

Ich blinzelte. »Wow. Und das alles so früh am Morgen?«

Er schaute mich schmunzelnd an. »Ich vermute, dein Frühstück besteht aus einer Tasse starkem Kaffee?«

»Fünf«, antwortete ich würdevoll. »Oder besser noch sechs.«

»Sechs Tassen starker Kaffee?« Er schüttelte den Kopf und schloss den Leichenwagen auf. »Furchtbar. Steig ein.«

Ich schwang mich in den Leichenwagen. Er war so hoch gebaut, dass ich tatsächlich fast meine akrobatischen Fähigkeiten dafür brauchte. Vielleicht war ich auch einfach nur zu klein. Vermutlich gab es keine Leichenbestatter mit meiner Statur. »Und wo in Viareggio gibt es dieses sagenhafte deutsch-opulente Frühstücksmahl?«

Er lächelte in sich hinein. »Wirst du gleich sehen, ist nur ein paar Minuten von hier.« Er bog direkt hinter dem Krankenhaus in eine Seitenstraße ein und fuhr Richtung Meer, quer durch eine Wohnsiedlung. Dann bog er in eine lange Straße ein. »Schon da«, sagte er. »Dies ist die Via Goffredo Mameli.«

»Müssen wir jetzt die Nationalhymne singen?«

Er bog in eine Einfahrt ein, die von einem niedrigen schmiedeeisernen Gitter begrenzt war. »Wie kommst du darauf?«

»Na, Goffredo Mameli hat doch die Nationalhymne komponiert, *il Canto degli Italiani*.« Ich summte die ersten Takte vor mich hin.

»Was du alles weißt.« Er kurbelte das quietschende Fenster neben sich herunter, streckte den Arm aus und drückte auf einen Knopf.

»Mit einem Vater als Varietébesitzer ist das kein Wunder.« Ich schaute mich um und betrachtete die üppigen Tellerpinien und Bougainvillea-Büsche, die links und rechts der Einfahrt standen. »Chic. Sieht wie ein Privathaus aus.«

»Das ist es auch.« Das Tor öffnete sich mit einem Summen, und Rick gab behutsam Gas. »Aber es ist nicht meines.

Ich wohne in einem Ein-Zimmer-Apartment, das alles andere als attraktiv ist.«

Er parkte neben dem niedrigen Haus, das im typischen Stil der Toscana gebaut war: quadratisch, mit einem Dach, das aus vier gleich großen Dreiecken bestand, die sich oben in einer Spitze trafen. Die Wände waren in einem hellen Orange gestrichen, und die grünen Fensterläden waren weit geöffnet. Durch das dichte Dach der Pinien wurde das Morgenlicht der Sonne gefiltert, und ein wunderbarer Duft nach frisch gebackenem Brot zog durch die Luft, als ich die Beifahrertür öffnete.

Eine rundliche Frau mit einem geflochtenen Zopf, der über ihre Schulter nach vorne gefallen war und ihr fast bis zur Hüfte reichte, kam um die Ecke des Hauses geschossen. Sie öffnete die Arme weit. »Riccardolino, *finalmente!*«

Ich musste ein Lächeln unterdrücken. Riccardolino? Kleiner Riccardo? Das war nun wirklich kein passender Spitzname für den muskulösen Mann neben mir.

Er sprang aus dem Auto, hob sie hoch und schwenkte sie einmal im Kreis. »Mariella, wir haben großen Hunger.«

Sie lachte und warf ihren dicken Zopf über die Schulter. »Das will ich hoffen!« Dann wandte sie sich mir zu. »*Benvenuto* in meinem kleinen Restaurant.«

»*Grazie.*«

Sie strahlte Rick an. »*Una colazione tedesca*, wie immer?«

Er grinste. »Natürlich. Was sollte ich sonst um diese Uhrzeit essen?«

»Du bist verrückt.« Sie schüttelte den Kopf und verschwand im Haus.

Rick nahm mich leicht am Arm und führte mich um die Ecke des Hauses herum zu einer Terrasse mit vier Sitzplätzen. Quer über die Terrasse waren Drahtseile gespannt, die von Weinreben bewachsen waren. Das Morgenlicht fiel grünlich schimmernd auf die dunklen Metallmöbel.

Ich ließ mich in einen der Metallstühle fallen, stützte die Hände auf den Tisch und schaute ihn an. »Ist sie eine Tante von dir?«

»Aber nein.« Er setzte sich hin und streckte die langen Beine aus. »Ich habe das Restaurant vor einigen Wochen durch Zufall entdeckt, als ich im Internet herumgesucht habe. Da stand, dass sie gern auch mal nicht-italienische Dinge kocht, und da ich mir vor allem ein deutsches Frühstück wünschte, bin ich kurzerhand hierhin gefahren und habe sie gefragt, ob sie mir eines zubereiten kann. Sie meint zwar, dass es eine nordische Unsitte sei, so früh so viel zu essen, weil man sich damit den Appetit für das Mittagessen verdirbt, aber dann hat sie sich doch mit Feuereifer der Herausforderung gestellt. Wenn ich sie rechtzeitig vorwarne, macht sie sogar Birchermüsli.«

»Das kann ich noch nicht mal aussprechen. Und wieso machst du dir das nicht selbst, zu Hause?«

Er zuckte mit den Schultern. »Mein Apartment ist nicht so nett, wie gesagt. Und außerdem esse ich gern in Gesellschaft.«

Ich schaute mich um. »Es sieht eher wie ein Privatgarten aus. Draußen war noch nicht einmal ein Schild. Wie viele Leute bekommt Mariella denn hier gleichzeitig unter?«

»Maximal vier Tische hier draußen und sechs drinnen«,

sagte Rick. »Sie hat mir erzählt, dass sie finanziell mit dem Rücken an der Wand stand, als ihr Mann starb, und daraufhin hat sie kurzerhand angefangen, in ihrem eigenen Haus zu kochen. Heute ist es ein Geheimtipp, und ihre Bewertungen im Internet sind sagenhaft. Man muss Wochen im Voraus buchen.«

»Wenn man nicht gerade Frühstück bestellt.« Ich zwinkerte ihm zu.

Er lachte. »Noch ist das eine Nische. Aber das wird sich schnell erledigen, wenn die deutschen Touristen Mariella entdecken.«

In erstaunlich kurzer Zeit schleppte Mariella ein Frühstück heran, das eher einem Gelage ähnelte. Ich nippte an meinem exzellenten Kaffee, während Rick sich systematisch durch alle Gerichte futterte. Irgendwann nahm ich mir eine Scheibe des würzigen Bresaola-Schinkens, doch es war wirklich noch viel zu früh für mich, um eine richtige Mahlzeit einzunehmen. Die Sonne malte helle Kringel auf den Kiesboden rund um uns herum, die Piniendächer rauschten leise im Wind über uns, und ich genoss es, einfach neben Rick zu sitzen, vor allem, wenn der Wind den Hauch seines Aftershaves herüberwehte. Seltsam, dass ich trotz der Anspannung diesen Moment der Ruhe so genießen konnte.

Irgendwann kam Mariella mit der Rechnung und sagte uns, dass sie noch einmal wegmusste und wir einfach das Tor hinter uns zumachen sollten, wenn wir gingen. Rick wurde wirklich wie ein Sohn des Hauses behandelt. Wofür strahlend blaue Augen und jede Menge Charme doch gut waren.

Irgendwann war sogar Rick satt, und endlich war es auch spät genug, um bei Paolos Chef anzurufen. Diesmal bekam ich ihn sogar direkt an den Apparat.

»*Buongiorno*, könnten Sie mich bitte mit Paolo Lungo verbinden?« Ich versuchte, energisch und energiegeladen zu wirken.

»Den können Sie hier nicht mehr sprechen!« Paolos Chef schnaufte wütend ins Telefon. »Er hatte tatsächlich die Frechheit, heute Morgen hier anzurufen und fristlos zu kündigen! Fristlos!«

Ich schluckte. »Oh. Wie ... wie kam denn das?«

»Anscheinend hielt er es nicht mehr aus. Als ob man bei mir etwas aushalten müsste!« Der Firmenchef war offensichtlich so genervt, dass er sämtliche Datenschutzregeln vergessen hatte. »Ich weiß echt nicht, was ihm einfällt. Lässt mich hier einfach im Regen stehen! Das hab ich ihm auch gesagt, und da hatte er doch glatt die Frechheit zu behaupten, dass er sich auch hätte krankschreiben lassen können. Stattdessen fand er es fairer, sich direkt abzumelden. Ha! Fair! Dass ich nicht lache!«

»Hören Sie, ich muss ihn dringend aus privaten Gründen sprechen. Können Sie mir irgendeinen Tipp geben, wie ich ihn erreichen kann?«

»Nein, das kann ich nicht. Ich will nie wieder etwas mit Paolo Lungo zu tun haben, und wenn ich Ihnen einen Rat geben darf, dann sollten auch Sie einen weiten Bogen um ihn machen.« Ohne ein weiteres Wort unterbrach er die Verbindung.

Ich blickte zu Rick. »Hast du alles mitbekommen?«

Er nickte. »War ja nicht zu überhören. Krass.«

»Es sieht so aus, als ob Paolo abgetaucht ist und sich jetzt versteckt. *Maledizione*. Dadurch wirkt er noch viel schuldiger als ohnehin schon.«

»Das ist mir bewusst.« Rick runzelte die Stirn. »Doch wenn einer genau das weiß, ist es Paolo. Ich bin überzeugt, dass sein Verschwinden nichts mit dem Mord zu tun hat.«

Ich schaute ihn zweifelnd an.

»Du kennst ihn nicht, Tonia.«

»Das stimmt.« Ich nickte. *Aber ich habe sein hasserfülltes Gesicht gesehen.*

Rick blickte mir prüfend ins Gesicht. »Den Ausdruck kenne ich. Du bist nicht meiner Meinung.«

Ich hob eine Schulter. »Ich bin der Meinung, dass Leute im Affekt eine Menge Dinge tun, die sie normalerweise nicht tun würden. Und Paolo war mit seinen Nerven am Ende.«

»Ich muss ihm helfen.« Rick rieb sich die Stirn. »Ich kann nicht einfach dabei zusehen, wie die Polizei falsche Schlüsse zieht. Wieder einmal.« Seine Stimme klang bitter.

»Noch weiß die Polizei nichts von Paolo«, sagte ich. »Und von uns wird sie auch nichts über ihn erfahren. Damit sollte er relativ sicher sein.«

Rick schüttelte den Kopf. »Sie werden Egidios ganzes Leben durchwühlen und dabei insbesondere auf Auffälligkeiten in der jüngeren Vergangenheit achten. Wenn sie erst feststellen, dass Paolo zur gleichen Zeit wie Egidio in Viareggio war, werden sie sofort die komischsten Rückschlüsse ziehen. Glaub mir, ich kenne den Laden.«

Mein Mund wurde trocken. »Das gilt allerdings nicht nur für Paolo, Rick. Das gilt auch für dich.«

~ 8 ~

Rick

Mein Kopf fuhr zu ihr herum. *Maledizione.* Tonia hatte recht. So weit hatte ich tatsächlich noch nicht gedacht, weil ich komplett von Paolos Schicksal eingenommen gewesen war. Wie naiv von mir, zu glauben, dass ich irgendwann über diese dunkle Episode in meiner Karriere hinwegkommen würde. Sie klebte an mir wie zähes Pech. Ich fühlte mich wie ein Ertrinkender in einem Strudel. Ausweglos wurde ich immer wieder zurückgezogen, obwohl ich wie verrückt kämpfte, um aus dem Sog herauszukommen.

Tonia berührte meine Hand. »Schau nicht so verzweifelt. Wir müssen uns jetzt mit Egidio beschäftigen. Je mehr wir über ihn wissen, umso eher finden wir den wahren Mörder.«

Eine Welle an Mutlosigkeit überkam mich. »Wie sollen wir das tun? Wenn ich noch bei der Polizei arbeiten würde, wüsste ich genau, welche Schritte ich einleiten muss. Aber so? Wir haben keinerlei offizielles Standing.«

Sie hob die Augenbrauen. Ihre braunen Augen funkelten vor Vergnügen. »Wer braucht denn offizielles Standing?« Sie sprang auf. »Wir haben doch meine Großeltern!«

»Deine Großeltern?« Für einen Augenblick hatte ich Giulia und Giuseppe vor Augen, wie ich sie das letzte Mal gesehen hatte. Er mit einer selbst gestrickten Mütze auf seiner Glatze, sie in einer selbst gestrickten Strickjacke. Im Partnerlook, hellgelb, mit Gänseblümchen-Borte. »Ich gebe gern zu, dass sie keine 0815-Rentner sind, doch was genau qualifiziert sie dazu, einen Mörder zu fangen?«

Sie grinste mich an. »Meine Großeltern sind die inoffizielle Spionageabwehr hier in Viareggio. Sie wissen einfach alles. Und wenn sie etwas nicht wissen, gehen sie dienstags zum *mercato della coldiretti* und finden es heraus.«

»Der *mercato della coldiretti?*«

»Ja. Er wird auch *mercato di campagna amica* genannt, vielleicht hast du unter dem Namen schon von ihm gehört?«

Ich schüttelte den Kopf.

»Wenn du wirklich sensationelle Salami haben willst, musst du dahin gehen. Frag meine Oma.« Sie packte mich am Arm und schleppte mich zum Auto. »Wir fahren sofort zu ihnen. Ich kann dir den Weg zum Theater zeigen.«

»Danke. Ich weiß nur, dass es irgendwo da hinten an der Promenade links ist.« Ich zeigte vage Richtung Süden und schloss das Auto auf.

»Genau. Es ist an der Ecke Via Giuseppe Zanardelli.« Sie runzelte die Stirn und kletterte auf den Beifahrersitz. »Mal schauen, ob wir für dieses Monstrum von Auto einen Parkplatz finden.«

»Es ist kein Monstrum«, sagte ich. »Sie heißt Bella.«

Sie warf mir einen Blick zu. »Nicht dein Ernst.«

»Ich finde, es passt.«

»Biggy wäre besser gewesen.«

»Bella Biggy.« Ich grinste. »Geht auch.«

Es dauerte nicht lange, bis wir beim Theater ankamen, und entgegen den düsteren Prophezeiungen von Tonia fanden wir sogar sofort einen Parkplatz für Bella. Ich warf Tonia einen triumphierenden Blick zu.

Sie hob das Kinn und sagte »Püh«, doch in ihren Augenwinkeln saß ein Zwinkern.

Einen wilden Augenblick lang wollte ich mich zu ihr herüberbeugen und sie küssen. *Kannst du vergessen,* rief ich mich zur Ordnung. *Sie hat deutlich klargemacht, dass sie Frauen vorzieht.* Das war an dem allerersten Abend gewesen, als wir uns kennengelernt hatten. Wie lange das her zu sein schien, dabei waren es nur einige Wochen.

»Meine Großeltern und mein Vater wohnen dort in dem Haus direkt neben dem Theater.« Tonia zeigte zur Seite. Sie blickte auf die Uhr. »Mein Vater wird noch schlafen, aber *nonna* und *nonno* sollten gerade vom Markt zurück sein. Bestimmt haben sie die Neuigkeiten über den Mord schon gehört.«

Sie öffnete die Tür mit ihrem eigenen Schlüssel, dann rief sie: *»Nonna! Nonno! Sono io!* Ich bin's!«

Der Flur des Hauses wirkte wie eine Halle, mit breiten Steinfliesen im Schachbrettmuster, einem Kronleuchter, der mein Ein-Zimmer-Apartment komplett ausgefüllt hätte, und einer dunklen Holztäfelung. Die Sonne fiel durch ein mehrfarbiges Fenster, das wie ein Fächer über der Eingangstür angebracht war, und warf bunte Kringel auf den Boden. Es roch nach Bienenwachs.

Am hinteren Ende des Flurs öffnete sich eine Seitentür,

und Giulia schoss hervor. Ich hatte die temperamentvolle Oma von Tonia schon früher kennengelernt, aber sie blickte mich trotzdem kritisch an. »Aha«, sagte sie mit ominöser Stimme anstelle von einer Begrüßung. »Du willst also Rick offiziell vorstellen.« Sie klang nicht sonderlich begeistert.

Tonia umarmte sie und schüttelte lachend den Kopf. »Natürlich nicht. Hör auf, den armen Rick zu verunsichern. Wir brauchen eure Hilfe.«

Der Kopf mit den eisengrauen Löckchen fuhr herum. »Was hast du wieder angestellt, Tonia?«

Sie wedelte mit einer Hand. »Gar nichts, absolut gar nichts. Ich bin unschuldig. Aber hast du schon von dem Mord gehört, der an der Mole begangen wurde?«

Giulias Augen funkelten. »Aber ja! Es war ein Tourist, aus Rom.« Sie wackelte mit dem Kopf, dass ihre Löckchen bebten. »Bei den Leuten aus Rom weiß man ja nie.«

»Rick stammt auch aus Rom«, sagte Tonia sanft.

»Ha!« Giulia beäugte mich. »Aber er lebt.«

»Er ist auch im Raum«, sagte ich. »Es ist also nicht nötig, von ihm in der dritten Person zu sprechen.« Ich lächelte sie an.

Giulia lachte krähend auf und schlug sich auf die Schenkel, dass ihr Blümchenkleid flatterte. »Frech ist er auch noch! Na, kommt erst mal rein. Ich habe ein Gläschen Limoncello für euch.«

Sie ging durch die Seitentür, die direkt in eine geräumige Küche führte. An einem Holztisch, der locker zehn Personen Platz bot, saß Giuseppe und putzte Bohnen. Er beugte sich nach unten, als wir hereinkamen, und schaute sich um, dann blickte er verdutzt hoch. »Wo ist Upsy?«

»Ich habe sie kurz bei Franca gelassen«, sagte Tonia. »Wir mussten etwas Dringendes erledigen.«

Giuseppe verzog den runzeligen Mund. »Man sollte kleine Kinder und kleine Hunde nicht zu lange in fremde Obhut geben, Tonia. Das traumatisiert sie.«

»Aber ich habe sie doch schon stundenlang mit dir alleine gelassen.«

»Das ist etwas anderes. Wir sind doch Familie.« Ihr Opa schüttelte missbilligend den Kopf.

»Tonia und Rick wissen mehr über den Mord!« Giulia klatschte begeistert in die Hände, dann stellte sie jedem von uns ein Glas hin und goss eine gehörige Portion Limoncello hinein. »Salute!«

Tonia ließ sich auf einen Stuhl fallen und wedelte einladend mit einer Hand, dass ich mich auf den anderen freien Stuhl setzen sollte. »Na, das würde ich so nicht unterschreiben. Wir wissen ein wenig, aber vermutlich habt ihr auf dem Markt schon mehr erfahren als wir.«

Ihr Opa legte sorgfältig die fertigen Bohnen in eine flache Schale. »Salvatore hat ihn gefunden. Heute Morgen um fünf. An der Mole.«

Tonia runzelte die Stirn. »Welcher Salvatore?«

»Der Fischer.«

»Ist fünf Uhr nicht ein wenig spät für Fischer?«, fragte ich. »Ich dachte immer, dass sie schon um vier oder so aufs Meer hinausfahren.«

Giulia wackelte mit dem Kopf. »Salvatore hatte gestern eine Besprechung mit dem Karnevalsverein.«

Ich blinzelte. »Im Juni?«

»Ma certo!« Giulia schaute mich entgeistert an. »Man muss früh mit der Planung und Umsetzung der Karnevalswagen anfangen, wenn man rechtzeitig im Februar fertig werden will.«

Tonia zwinkerte mir zu. »Kein Karnevalsfan?«, flüsterte sie mir zu.

Ich schüttelte den Kopf.

Giulia schaute prüfend auf die Bohnen, die Giuseppe schon geputzt hatte, dann nickte sie zustimmend, offensichtlich mit der Qualität von Giuseppes Arbeit zufrieden. »Immer wenn Salvatore sich mit dem Karnevalsclub trifft, kann er am nächsten Morgen nur eine kleine Tour fahren, wie er es nennt.«

»Kleine Tour«, grummelte Giuseppe. »Dass ich nicht lache. Er fährt nur aufs Meer hinaus, um ohne das Gemecker seiner Frau seinen Rausch auszuschlafen.«

»Tja, er hat eben keine so tolle Frau wie du.« Giulia kippte die Bohnen mit geübter Hand in einen Topf und stellte ihrem Mann wieder die leere Schale hin.

Tonia grinste.

Giuseppe seufzte.

Ich bemühte mich, nicht mit der Wimper zu zucken. Hier konnte alles gegen einen ausgelegt werden.

»Habt ihr mit Salvatore gesprochen?«, fragte Tonia.

»Ja, er war auf dem Markt. Ganz aufgelöst. Sagte, er müsse sich von dem Schock erst einmal erholen, und nach der ganzen Warterei auf die Polizei sei es auch viel zu spät, um aufs Meer rauszufahren. Aber in Wirklichkeit wollte er natürlich nur mit seinem Wissen protzen.« Giulia lächelte zufrieden. »Wir haben ihm einen Grappa gekauft.«

»So früh?«

»Na, es war ja ein Notfall! Jedenfalls hat er uns alles erzählt.«

»Schade um den Grappa.« Giuseppe seufzte. »Perlen vor die Säue.«

»Ach was.« Giulia wischte die Bemerkung mit einer weit ausholenden Handbewegung vom Tisch. »Das nennt man Investition.«

Tonias Grinsen wurde breiter. »Und was hat die Investition bis jetzt gebracht?«

Giulia beugte sich vor. »Das Opfer hatte ein Messer im Herzen«, flüsterte sie dramatisch.

»In der Brust«, korrigierte Giuseppe trocken.

»Im Herzen!« Tonias Oma richtete sich auf. »Genau hier, auf diese Stelle hat er gezeigt!« Sie schlug sich mit der Faust mittig etwas tiefer als ihre flachen Brüste.

Giuseppe beäugte sie. »Ich weiß ja nicht, wo du dein Herz hast, Giulia. Da ist es jedenfalls im Normalfall nicht.«

»Doch!« Giulia sprang auf. »Ich zeig es dir.«

Tonia seufzte. »*Nonna*, wir können doch –«

»Ich bin gleich wieder da!« Ihre Oma eilte aus der Tür und kehrte ein paar Sekunden später zurück, eine dicke Enzyklopädie in der Hand.« Hektisch fing sie an, in dem Band zu blättern. »*Cuore, cuore*. Gleich hab ich's! Hier!« Triumphierend drehte sie den Band herum, der nun eine Illustration des Herzens zeigte. »Da siehst du's!«

Giuseppe warf nur einen gelangweilten Blick darauf, dann wandte er sich wieder seinen Bohnen zu. »Das Herz sitzt auf der rechten Seite. Du hast auf deinen Magen gezeigt, meine Liebe. Wobei es ja heißt, Liebe geht durch den Magen. Vielleicht ist es auf Dauer so, dass das Herz dann in den Magen rutscht.« Er blickte hoch und zwinkerte mir zu. »Meinen Sie nicht auch, Riccardo?«

Ich enthielt mich lieber.

»So ein Blödsinn! Schau doch mal hier ...!« Giulia schob das Buch so weit nach vorn, dass es fast bei ihrem Mann auf dem Schoß landete.

»*Nonna*, es ist total egal, wo das Herz sitzt. Stimmt es denn, dass das Messer an dieser Stelle saß, *nonno*? Hat Salvatore es so gezeigt?«

Ihr Opa nickte. »Ja, das stimmt. Aber das Herz ist da nicht, das weiß ich genau.«

»Und ob es da ist! Ich werde –«

»*Nonna*!« Tonia schlug mit der Hand auf den Tisch. »Was hat Salvatore noch erzählt?«

Die beiden schauten sich verblüfft an, dann sagte ihr Opa: »Hatte eine ziemlich grünliche Gesichtsfarbe. Meinte, es war nicht so schön. Viel Blut und so.«

»Wo genau hat er ihn gefunden?«

»Am Lungo Molo«, antwortete ihr Opa. »Direkt neben der Statue von Ettore.«

»Was ist das denn für eine Statue?«, fragte ich. »Ich war schon oft am Pier, aber die kenn ich nicht.«

Tonia lächelte. »Sie ist ziemlich klein, denn Ettore war eine Katze. Sie wurde in einem Karton am Pier ausgesetzt. Fischer haben sie gefunden und hochgepäppelt. Sie hat dann fast zwanzig Jahre lang am Pier gelebt und wurde von allen Fischern gemeinsam gefüttert. Sie starb 2016, und danach hat man eine Bronzestatue für sie an die Stelle gesetzt, wo sie meistens auf die Fischer gewartet hat.«

Giulia nickte. »Mit einem Fisch im Maul.« Sie warf ihrem Mann einen giftigen Blick zu. »Oder willst du jetzt etwa auch behaupten, dass ich nicht weiß, wo das Maul sitzt?«

Er grinste sie an und zeigte dabei ein paar krumme Zähne. »Aber nein, *carissima*.«

»Hat Salvatore etwas über das Messer gesagt?«, fragte ich.

Alle drei starrten mich an. »Das Messer?«

»Ja. War es lang und dünn wie ein Stiletto oder eher ein breites Messer?«

Giulia schüttelte bedauernd den Kopf. »Das haben wir ihn nicht gefragt. Aber wir können ja zu ihm gehen und es herausfinden.«

»Würde er das nicht seltsam finden?«, fragte Tonia.

»Aber nein. Solange man ihm einen Grappa bezahlt, findet er gar nichts seltsam.« Giulia schaute mich an. »Nur ich finde es seltsam, dass euch das Messer so sehr interessiert.« Sie warf ihrer Enkelin einen scharfen Blick zu. »Bist du sicher, dass alles in Ordnung ist, Tonia?«

»Es interessiert vor allem mich, nicht Tonia«, warf ich schnell ein. »Sehen Sie, ich war früher bei der Polizei und arbeite jetzt als Privatdetektiv. Das ist aber vertraulich.« Ich schaute sie fest an. Kannte sie das Wort überhaupt? Oder würde diese Information morgen in der ganzen Stadt verbreitet sein? »Und ich muss dringend mehr über diesen Mord herausfinden.«

Giuseppe hob den Kopf. »Warum?«

Diesmal sprang Tonia ein. »Weil wir auf einer heißen Spur sind.«

Wir sind wirklich ein gutes Team.

Ihr Opa runzelte die Stirn und blickte Tonia an. »Wieso wir? Du bist schließlich kein Privatdetektiv.«

Tonia zuckte mit den Schultern. »Wir arbeiten im Team.«

Für einen Augenblick blieb mir die Luft weg. War es unheimlich, dass sie meine Worte aussprach, in dem Moment, in dem ich sie dachte? Oder schön? Ich schluckte. *Beides.*

Giuseppe schaute mich unter seinen buschigen Augenbrauen hervor an. »Passen Sie auf unsere Enkelin auf, Riccardo. Wir haben nur eine.«

Ich nickte. »Ich werde alles dafür tun, dass ihr nichts geschieht.«

»Na, und außerdem ist sie ja auch ganz gut in der Lage, auf sich selbst aufzupassen.« Giulia schnappte sich eine Tasche und sprang auf. »Lasst uns zum Hafen gehen. Ich weiß, dass Salvatore bei seinem Boot ist. Und ich weiß, dass er gern Grappa trinkt. Wie gut, dass es nicht Limoncello ist. Den hätte ich nicht so gern geopfert.«

Giuseppe folgte ihr brummelnd. »Du bist nur neugierig.«

»Natürlich.« Sie grinste ihn an, sodass sich ihr ganzes Gesicht in tausend Fältchen legte. »An dem Tag, an dem ich nicht mehr neugierig bin, kannst du mich getrost begraben.«

Es war nur eine kurze Strecke zu Fuß zum Hafen. Als wir zum Kanal kamen, der direkt vor dem Hafen ins Meer mündete, zeigte Tonia nach vorne. »Da ist die Statue von Ettore.«

Ich betrachtete die kleine Figur. Sie war nicht ganz mit der üblichen italienischen Eleganz angefertigt worden, aber die Zeiten von Michelangelo waren ja auch schon eine Weile vorbei. Am besten war noch der Fisch gelungen, den die Katze im Maul hielt.

»Hier wurde er gefunden.« Giulia starrte fasziniert auf einen dunklen Fleck, der sich klar von dem hellen Betonboden abhob, dann schaute sie zu mir hoch. »Was sagt Ihnen dieser Fleck?«

Ich betrachtete den Boden nachdenklich. »Dass das Opfer nicht sehr stark geblutet hat.«

»Aber Salvatore hat gesagt, dass es fürchterlich war, ganz fürchterlich!«

»Dann sollten wir den Aussagen von Salvatore nicht allzu weit trauen.«

»Ha.« Giulia runzelte die Stirn, drehte sich auf dem Absatz um und lief die Fußgängerbrücke hinauf, die quer über den Kanal hinweg zum Hafen führte. Ihre Schuhe klapperten auf den Holzbohlen.

Wir folgten ihr und standen kurze Zeit später am Hafenbecken. Dicht an dicht lagen die Jachten, und wieder packte mich die Faszination, die ich immer spürte, wenn ich in der Nähe von Booten war. Die Segelboote – schlanke, beeindruckende, verwitterte, brandneue, kleine, es waren Hunderte

– schaukelten sanft im Wind. Der auffrischende Wind vom Meer sorgte dafür, dass Ösen klapperten und Flaggen flatterten. Es roch leicht nach Fisch, nach Diesel, nach Tang. Meine Brust weitete sich. Am liebsten hätte ich mir sofort ein Boot geschnappt und wäre aufs Meer hinausgefahren, in die blaue Weite. Vielleicht konnten wir ja Salvatore überreden, eine kleine Tour mit uns zu machen?

Giuseppe schaute sich kopfschüttelnd um. »Das ist ja, als ob man die Nadel im Heuhaufen sucht«, sagte er. »Weißt du denn, wo das Boot von Salvatore liegt?«

»Na klar.« Giulia zögerte keinen Moment, sondern ging mit langen Schritten den Pier entlang. »Außerdem erkennt man sein Boot sofort. Es ist knallorange.«

Sie hatte recht: Das Boot war so grell gestrichen, dass es ohne Sonnenbrille kaum auszuhalten war.

»Puh.« Tonia hielt sich die Nase zu. »Das ist ziemlich ... intensiv.«

»Nun stell dich nicht so an. Ein Fischerboot riecht nun mal nach Fisch.«

»Aber nicht nach vier Wochen altem Fisch.«

Giulia baute sich direkt vor der orangenen Bedrohung auf. »Salvatore!«, rief sie mit Donnerstimme. »Bist du da?«

Auf dem Boot rührte sich nichts.

»Ich habe Grappa mitgebracht!«

Die Tür der Kabine flog auf, und ein kleiner Mann mit krummem Rücken schoss hervor. »Was wollt ihr?«

Giulia griff nach einem der Taue, mit denen das Boot befestigt war, und machte einen beherzten Schritt nach vorn auf das Boot. »Das kann ich hier nicht durch die Gegend schreien.« Sie trat nahe an ihn heran. »Wir möchten mit dir über den Mord sprechen. Und dafür haben wir dir ... eine schöne Flasche Grappa mitgebracht.«

Der alte Mann kniff die Augen zusammen. »Wo ist die?«

Giuseppe holte eine Flasche aus der Leinentasche, die er sich quer über die Brust gehängt hatte, und hielt sie hoch.

»Ah.« Salvatore schmatzte. »Dann kommt an Bord.«

Wir kletterten alle an Deck und gingen auf eine Handbewegung von Salvatore hin ans Heck, wo diverse Rollen aus Tau und Körbe herumlagen.

Salvatore verschwand in der Kajüte und kehrte nach kurzer Zeit mit fünf Schnapsgläsern zurück, die er Giulia einladend hinhielt. Sie füllte die Gläser ohne einen Kommentar.

Ich lehnte mich an die Reling und schaute den alten Fischer an. »Ein schönes Boot.«

Er spuckte ins Wasser und tätschelte die Reling. »Sie ist treu. Das kann man nicht von vielen Frauen behaupten.«

Tonia blinzelte.

Ich verkniff mir ein Lächeln.

Salvatore kippte sich das Glas hinter die Binde und schloss für einen Augenblick genussvoll die Augen. Dann hielt er Giulia sein Glas wieder hin. Sie warf ihm einen scharfen Blick zu, schloss den Mund mit einem hörbaren Geräusch und schenkte ihm erneut ein. Er wiederholte sein Ritual. Schließlich schaute er uns mit zusammengekniffenen Augen an. »Warum wollt ihr etwas über den Mord wissen?«

»Ich schreibe ein Buch«, sagte Tonia schnell. »Einen Krimi. Und heute Morgen haben wir diskutiert, was für eine

Art Messer man braucht, um einen Menschen zu erstechen. Wir waren uns überhaupt nicht einig, und da ja der Mord nun einmal quasi vor unserer Haustür geschehen ist, wollten wir gern von einem Augenzeugen hören, wie es war.«

Salvatore hielt Giulia sein Glas erneut hin. Sie tat so, als ob sie es nicht sehen würde, und blickte ihn unverwandt an.

Er seufzte. »War ein Riesenmesser. Wirklich fürchterlich. Ich glaub, ich werd' mich den Rest meines Lebens nicht von dem Anblick erholen.« Er breitete die Arme aus. »Riesig.«

»Das, was du da zeigst, sieht eher wie ein Säbel aus«, meinte Giulia kritisch.

Er warf ihr einen bösen Blick zu und reduzierte den Abstand zwischen den Händen.

Giulia zog die Augenbrauen hoch. »Ein Schwert?«

Salvatore ließ die Hände fallen und verdrehte die Augen. »Nein, es war kein Schwert. Wir haben noch nicht Karneval, und es würde doch auffallen, wenn man mit einem Schwert spazieren geht!«

»Also sah es wie ein normales Messer aus?«

Er hob die Schultern.

»Ein Brotmesser? Oder lang und dünn wie ein Stiletto?«, fragte ich.

»Ein Filetiermesser«, meinte Salvatore mürrisch.

»Ein Filetiermesser?« Giulia beäugte ihn misstrauisch. »Wie willst du das denn erkannt haben? Hast du es etwa herausgezogen?«

Salvatore hob sein Glas höher, sodass sie es nicht mehr

übersehen konnte. Widerwillig goss Giulia einen winzigen Schluck ein.

Er starrte auf das Glas, auf Giulia, dann schüttelte er den Kopf und wackelte gleichzeitig mit dem Glas, ohne einen Ton zu sagen. Giulia goss noch einmal nach.

Er kippte den Grappa mit Schwung in seine Kehle. »Es schaute noch 'n Stück oben raus. Ich kenn ein Filetiermesser, wenn ich's sehe. Hab das gleiche.« Er machte eine Handbewegung zum anderen Ende des Boots. »Für die Fische.«

Eine große Frau näherte sich auf dem Pier mit zögernden Schritten. Sie blieb neben dem Boot stehen, dann sagte sie: »Entschuldigung, ich suche den Fischer Salvatore.« Ihr Gesicht war eingefallen, ihre Figur hager.

Salvatore schob seine Brust hervor und beäugte die Frau. »Wer will ihn sprechen?«

»Mein Name ist Livia Marchetto.«

Ich zuckte zusammen und tauschte einen raschen Blick mit Tonia. Egidios Frau?

Salvatore schaute die Witwe kurz an, dann sagte er: »Mein Beileid. Ich bin Salvatore. Was kann ich für Sie tun?«

Sie hatte ihre Hände um ihre Handtasche geklammert und blickte mit weit aufgerissenen Augen zu Salvatore. »Ich ...« Ihre Stimme versagte, und für einen Augenblick sah es aus, als ob sie schwanken würde.

Mit erstaunlicher Geschwindigkeit sprang Tonias Oma auf den Pier, schnappte sich den Ellenbogen der Witwe und ermutigte sie, an Bord zu treten. Dann begleitete sie sie zu einer Rolle Tau, drückte sie auf den provisorischen Sitz und sagte zu Salvatore: »Wir brauchen noch ein Glas.«

Er zögerte einen Augenblick, dann zuckte er mit den Schultern und verschwand hinter der Holztür, die in die Kajüte führte.

Ich unterdrückte ein Lächeln. Vermutlich war es ihm noch nie zuvor passiert, dass er so schnell vom Kapitän zum Befehlsempfänger degradiert worden war. In Sekundenschnelle war er wieder da und hielt beide Gläser – sein eigenes und das neue – Giulia entgegen.

Sie warf ihm einen entnervten Blick zu und füllte nur das frische Glas, das sie sofort Livia Marchetto in die Hand drückte. »Trinken Sie einen Schluck«, sagte sie mit sanfter Stimme. »Es wird Ihnen guttun.«

»Aber ich ...«

»Später.«

Livia schloss die Augen und schluckte ergeben den Grappa.

Ich erwartete einen Hustenanfall, doch die einzige Reaktion war ein wenig Röte auf ihren blassen Wangen. Dann schaute sie uns der Reihe nach an. »Es ist ziemlich voll hier. Ich ... ich wollte Sie gern wegen einer privaten Sache sprechen.«

Salvatore seufzte. »Fragen Sie ruhig. Das sind Freunde von mir, die sind verschwiegen.« Damit hielt er Giulia erneut sein Glas hin. Sie goss es randvoll.

»Hm. Ach so. Also ... Ich ...« Livia knetete ihre Handtasche so erregt, dass ich mich fragte, wie lange das Material das noch überstehen würde, ohne sich in seine Bestandteile aufzulösen. Sie räusperte sich und blickte Salvatore mit weit aufgerissenen Augen an. »Sie ... Sie haben meinen Mann gefunden.«

»Ja.«

Wieder rupften ihre fahrigen Hände an der Handtasche herum. Ein kleiner Windstoß löste eine graue Strähne aus ihrem strengen Dutt und ließ sie flattern. Sie steckte sie mit zitternden Händen wieder fest. »Ich ... ich wollte wissen, ob er noch etwas gesagt hat.«

Salvatore schüttelte den Kopf. »Nein. Ich glaube, er war schon eine ganze Weile tot, als ich ankam.«

Die Farbe auf ihren Wangen vertiefte sich. »Wirklich?«

»Ja.«

»Sind Sie ganz sicher?«

Salvatore hielt wieder sein Glas zum Nachfüllen hin, ohne überhaupt in Giulias Richtung zu sehen. »Ja.«

Sie goss gehorsam nach.

Livia knetete die Handtasche und starrte ihn an, als ob sie ihn hypnotisieren wolle. »Wieso sind Sie so sicher?«

Salvatore kippte sich den Grappa hinter die Binde, dann räusperte er sich. »Ich hab ihn zuerst nicht gesehen. Bin über ihn gestolpert. Und dann ... dann hab ich bemerkt, dass er ganz steif war.«

Egidios Witwe erstarrte. Rasch füllte Giulia ihr Glas erneut und half ihr, es zu trinken. Salvatore schaute bedauernd zu.

»Eines verstehe ich nicht«, sagte Giulia langsam und blickte Salvatore kritisch an. »Wieso ist er nicht schon früher von den anderen Fischern gefunden worden, wenn er bereits länger dort lag?«

»Es war noch dunkel«, antwortete Salvatore. »Und die meisten kommen mit ihren Autos von der anderen Seite an den Hafen heran und gehen nicht über die Fußgängerbrücke.« Er zuckte mit den Schultern. »Außerdem schaut man nicht in jede Ecke, wenn man zur Arbeit geht. Man schaut einfach nur nach vorn.« Er spuckte über die Reling. »Nur die Touristen haben Zeit, sich für jede Kleinigkeit zu interessieren. Wer arbeiten muss, schnüffelt nicht in den Ecken herum. Und für die Jogger war es noch zu früh.« Er hielt Giulia sein Glas hin. Sie rollte mit den Augen und kippte den letzten Rest hinein.

»Und was haben Sie dann getan?«, fragte Tonia.

Er zuckte mit den Schultern. »Hab die Polizei gerufen. Gewartet. Fragen beantwortet. Das war's.« Er schaute auf den Stand der Sonne, trank sein Glas aus und nahm ihnen der Reihe nach die Gläser ab. »Ich muss jetzt wirklich los.«

»Jetzt, wo der Grappa alle ist«, murmelte Giulia.

Er ignorierte sie und machte eine einladende Handbewegung Richtung Pier.

»Kommen Sie.« Giulia schob ihre Hand unter den dünnen Arm der Witwe. »Mein Mann und ich begleiten Sie ins Hotel zurück. Ich heiße übrigens Giulia Castagno, und das ist mein Mann Giuseppe.«

Die Witwe ließ sich bereitwillig auf den Pier zurückbugsieren und ging langsamen Schrittes Richtung Stadt, Giulia an der einen, Giuseppe an der anderen Seite.

Ich wandte mich an Salvatore. »Steckte das Messer noch, als Sie das Opfer fanden?«

Er runzelte die Stirn. »Haben Sie irgendwo noch 'ne Flasche Grappa?«

Ich schüttelte den Kopf.

Er seufzte. »Es steckte noch. Ich hab es nicht angefasst.« Er zeigte auf den Pier. »Nun machen Sie sich vom Acker. Hab Ihnen alles gesagt, was ich weiß.«

Ich bewegte mich kein Stück. »Steckte es gerade oder schräg im Körper?«

Salvatore verengte die Augen. »Sie stellen komische Fragen.«

Tonia lächelte. »Für eine Autorin kommt es auf Details an, verstehen Sie? Je detaillierter, umso besser können die Leser sich alles vorstellen.«

Salvatore zeigte erneut auf den Steg. »Ich muss los.«

Ich unterdrückte einen Seufzer und sprang auf den Steg, dicht gefolgt von Tonia.

Salvatore hob kurz die Hand zum Gruß, dann blickte er Tonia an und sagte: »Schräg von oben.«

»*Grazie*.«

Sobald wir ein paar Schritte gegangen und außer Hörweite waren, blickte ich Tonia an und sagte leise: »Deine Großmutter hat uns sehr elegant abgehängt.«

Sie nickte. »Ja. Aber ich glaube, es ist gar nicht so dumm, dass *nonna* und *nonno* alleine mit Livia losgezogen sind. Man vertraut eher zwei Leuten als einer ganzen Horde. Du hast ja gesehen, wie schnell *nonna* sich durchsetzen kann. Sie wird es schaffen, sich mit Livia anzufreunden, bevor die überhaupt weiß, wie ihr geschieht.«

Hinter uns warf Salvatore den Motor seines Bootes an. Das Boot löste sich vom Pier und fuhr wie eine aufgehende Sonne leuchtend orange auf das offene Meer hinaus.

Sehnsüchtig blickte ich hinterher.

Tonia seufzte. »Zu blöd, dass wir nichts Nützliches erfahren haben.«

»Das stimmt so nicht.« Ich schlenderte neben ihr her Richtung Stadt.

Ihr dunkler Kopf fuhr zu mir herum. »Was meinst du?«

»Wir wissen, dass es kein professioneller Killer war, denn Profis laufen in der Regel nicht mit Filetiermessern in der Gegend herum.«

»Nein?«

Ich grinste. »Nein. Die sind ziemlich unpraktisch. Klappmesser lassen sich besser verstauen.«

»Aha.«

»Außerdem wissen wir, dass er mehrere Stunden tot gewesen sein muss, weil der Körper bereits steif war. Falls man dieser Aussage von Salvatore trauen kann.«

»Ich hatte schon den Eindruck, dass er in dem Punkt die Wahrheit gesagt hat. Livia musste ja mehrmals fragen, bevor er sich die Info aus der Nase ziehen ließ.«

»Ja. Ich denke, er hat heute Morgen auf dem Markt den großen Zampano gespielt, aber vis-à-vis mit der Witwe wurde ihm klar, dass er besser nicht zu große Reden schwingen sollte.«

»Was ihn sympathisch macht.«

»Unbedingt. Ich fand auch großartig, wie er eine ganze Flasche Grappa aus deiner Oma herausgekitzelt hat. Und besser noch, dass er in der Sekunde, wo sie geleert war, uns alle im Nullkommanichts von seinem Boot komplimentiert hat.«

Tonia grinste in sich hinein. »Ein gewiefter Mann. Wir werden ihn im Auge behalten müssen.«

»Jedenfalls ist der Mord nicht am frühen Morgen passiert, als er gefunden wurde, sondern schon irgendwann in der Nacht. Vielleicht schon gegen Mitternacht. Ich kenne mich mit Rigor mortis nicht hundertprozentig aus, aber es dauert eine Weile, bis die Totenstarre einsetzt.«

»Was um alles in der Welt hat Egidio um Mitternacht an der Mole gemacht?«

Ich zuckte mit den Schultern. »Keine Ahnung. Aber eine andere Sache macht mir viel größere Sorgen.«

»Was denn?«

»Egidio hat seinen Mörder gekannt.«

~ 9 ~

Tonia

Ich starrte Rick an. Seine blonden Haare leuchteten in der Sonne, doch sein gebräuntes Gesicht war ernst. »Woher weißt du das?«

»Er wurde von vorn erstochen, mit einem einzigen Messerstich, sonst hätte er weitaus mehr geblutet. Wenn man mitten in der Nacht spazieren geht, lässt man Fremde nicht so nahe an sich heran, ohne zumindest auf der Hut zu sein. Ein Messer in den Rücken ist eine andere Sache. Aber von vorn … das ist zwar kein Beweis, aber es deutet zumindest auf eine nähere Bekanntschaft hin.«

Ich schluckte. »Denkst du an Paolo?«

Er nickte langsam. »Paolo hat bei dir im Laden einen Schock erlebt.« Er schaute mich an. »Und kurze Zeit später hat er sich aus dem Krankenhaus entlassen. Ich mache mir große Sorgen. Außerdem steckte das Messer in einem schrägen Winkel von oben.«

Mir wurde kalt. »Du meinst, das spricht für Paolo, weil er so groß ist?«

»Ja. Egidio war eher untersetzt.«

Ich holte tief Luft. »Es gibt auch andere große Menschen

in Viareggio. Und außerdem glaube ich einfach nicht, dass er mitten in der Nacht ins Hotel gegangen ist und Egidio um ein Gespräch gebeten hat.«

»Hm.«

Ich schüttelte den Kopf. »Und selbst wenn, wäre Egidio dann der Typ gewesen, der sich auf einen Mitternachtsspaziergang eingelassen hätte?«

Rick runzelte die Stirn. »Auf einen Spaziergang wohl kaum. Aber wenn Paolo ihm eine nette Bar versprochen hat ... vielleicht.«

»Wir müssen mit dem Hotelpersonal sprechen. Am besten mit der Person, die gestern Nacht Dienst an der Rezeption hatte.«

Er seufzte. »Das wird die Polizei schon tun. Leider haben wir keine Möglichkeit, an diese Informationen heranzukommen, weil wir nicht offiziell ermitteln. Bearbeitet dein alter Freund Bernardo den Fall?«

»Er war nie mein Freund«, sagte ich mit Würde. »Aber es gibt einen anderen Mann, der einmal mein Freund war ... und der arbeitet zufälligerweise im Hotel Superior Royal Splendide. Als Rezeptionist.«

Rick hob die Augenbrauen und schaute mich durchdringend an. »Er war dein Freund, sagst du?«

Ich lächelte zurück. »Und heute ist er mein Ex. Was hältst du davon, wenn ich bei ihm vorbeischaue und ihn ein wenig ausfrage?«

»Klingt gut.« Er sprach zögernd, als ob er abgelenkt sei, und verzog ein wenig das Gesicht. »Verstehe ich es richtig, dass du das Gespräch alleine führen willst?«

»Na klar.« Ich lachte ihn an. »Sonst wird Michele nicht ungebremst mit mir flirten können, und das würde ihm seinen ganzen Schwung nehmen.«

»Er flirtet gern?«

»Er kann gar nicht atmen, ohne zu flirten.«

Rick schluckte sichtbar. »Na, dann viel Spaß.«

»Kann ich dich in der Zwischenzeit um einen Gefallen bitten?«

Er zögerte, dann lächelte er mich an. »Immer.«

In puncto Flirten kann Rick Michele durchaus das Wasser reichen. Ich drückte in Gedanken eine feste Hand auf mein plötzlich flatterndes Herz. »Würdest du Upsy abholen? Ich kann Franca unmöglich den ganzen Tag mit ihr alleine lassen. Ich komme dann direkt nach dem Gespräch nach Hause, um dich abzulösen.«

Er nickte. »Mach ich.«

»Danke. Hier ist der Schlüssel.« Ich reichte ihm meinen Schlüssel und lief dann rasch die breite Promenade entlang Richtung Hotel. Es war schon fast Mittag, und die Sonne brannte auf den Asphalt. Eigentlich wäre es schlauer gewesen, wenn ich am Meer entlanggegangen wäre, aber nun war ich schon hier und wollte nicht noch mehr Zeit verlieren. Die kleinen Restaurants entlang der Promenade füllten sich, und überall standen Leute vor den Menüs, die die Inhaber auf Ständern vor ihren Restaurants aufgebaut hatten. Mein Magen knurrte. Vielleicht sollte ich Michele zum Lunch einladen? Aber nein, das wäre zu persönlich, zu intim. Ich wollte nicht, dass er auf dumme Ideen kam.

Mit großen Schritten ging ich an den edlen Boutiquen

vorbei, die die Promenade säumten, und betrat unter den Augen des Türstehers in Livree die geräumige Eingangshalle des Hotel Superior Royal Splendide. Es duftete nach Lilien, die auf einem riesigen Tisch direkt vor mir so dekoriert waren, dass sie wie ein Wasserfall aus zwei Metern Höhe herabrankten. Ich warf einen raschen Blick in die Lobby mit den tiefen Sesseln, doch weder meine Großeltern noch Livia waren zu sehen. *Gut.* Entschlossen drehte ich mich nach links. Hier befand sich der geschwungene Tresen mit dem goldenen Schriftzug des Hotels. Als ich an die polierte Marmorplatte herantrat, fiel mir sofort ein Brillenetui ins Auge, das über und über mit glitzernden Steinchen besetzt war. Mein Herz machte einen Satz. *Wie hübsch.* Scheinbar hatte es jemand dort liegen gelassen, denn es war weit und breit kein Mensch zu sehen. Ich stellte mich direkt daneben und legte meinen Unterarm so auf den Tresen, dass er das glitzernde Etui berührte.

In diesem Augenblick kam Michele aus dem Büro, das hinter dem Tresen lag. »Na, das ist ja eine Überraschung!« Er strahlte mich an. »Eigentlich würde ich mich jetzt über den Tresen beugen und dich küssen, *bellissima*, aber mein Chef hat so komische Ansichten und findet, ich solle Frauen nur außerhalb der Lobby küssen.«

Ich musste lachen. »Damit kann ich umgehen. Wie geht es dir?« Gut sah er aus, wie immer. Die Uniform des Hotels brachte seine breiten Schultern zur Geltung.

Er wedelte mit den Händen. »*Tutto bene, bellissima!* Es ist Sommer, dieses Jahr sind einige wirklich attraktive Frauen unter unseren Gästen, und die hübscheste Frau von Viareggio steht direkt vor mir. Was mehr kann ich mir wünschen?«

»Ein wenig Spannung?« Ich ließ ihn nicht aus den Augen.

»Spannung!« Er richtete sich auf und strahlte mich mit seinen schokobraunen Augen an, während er sich durch sein dichtes Haar fuhr. »Meine Liebe, wir leben mitten in einem Krimi!«

Ich blinzelte scheinbar erstaunt. »Wirklich?« Mehr brauchte es nicht. Ich wusste, dass Michele für sein Leben gern Geschichten aus dem Hotel erzählte.

Er warf einen Blick auf die Uhr. »*Bellissima*, ich kann genauso gut jetzt meine Mittagspause nehmen. Was hältst du davon, wenn wir uns ein *panino* kaufen und draußen auf der Bank ein wenig plaudern? Wie früher?« Er warf einen Blick über seine Schulter. »Hier kann man ja nicht in Ruhe sprechen.«

Ich lächelte. »Perfekt.«

»Gib mir nur eine Minute.« Er verschwand wieder im Büro hinter dem Tresen und ließ mich mit dem glitzernden Etui allein.

Nimm mich mit, funkelte es verführerisch. *Ich bin vergessen worden.*

Ich öffnete meine Handtasche, klemmte sie zwischen meine Hüfte und den Tresen, und holte meine Handcreme hervor. Während ich mir die Hände einrieb, stieß ich an das Etui, das ganz von alleine in meine Tasche purzelte.

Michele stob aus dem Büro hervor. »*Andiamo?*«

»Kann losgehen.«

Der Panini-Mann war direkt um die Ecke, und in kürzester Zeit saßen Michele und ich auf einer der Steinbänke in der kleinen Grünanlage direkt vor dem Hotel. Neben uns raschelte eine dicke Palme im leichten Sommerwind, und vor uns plätscherte der Brunnen mit einer weißen Statue von einem Jungen, der auf einer großen Kugel saß und aufs Meer blickte. Vorsichtig wickelte ich mein duftendes *panino* aus dem Papier und biss hinein, während ich wie der Junge in die Ferne schaute, wo das Meer blau glitzerte.

»Na, dann erzähl mal.« Ich lachte ihn an. »Was ist aktuell so spannend? Hat eine der hübschen Frauen mehr als nur eine Affäre? Oder hat jemand versucht, einen Affen ins Hotel zu schmuggeln?«

Er lachte. »Daran erinnerst du dich, ja? Aber das ist ja schon Jahre her. Nein, nein«, er senkte die Stimme und warf mir einen verschwörerischen Blick zu. »Es ist ein Mord.«

»Ein Mord?« Ich biss erneut in mein Brot. Der geschmolzene Käse war köstlich. »Sag bloß, dieser Tourist aus Rom, der auf der Mole ermordet wurde, hat bei euch gewohnt?«

Er nickte und kaute energisch, bevor er seinen Bissen herunterschluckte. »Hat er. Schon seit drei Wochen, und gestern ... oh là là.«

Michele zog seine Geschichten gern in die Länge, und ich musste an mich halten, um ihm nicht einen Schubs zu geben. »Hattest du denn gestern Dienst?«

»Ja.« Er nickte langsam. »Ich war vermutlich der Letzte, der Herrn Marchetto lebend gesehen hat. Außer dem Mörder, natürlich.«

Bingo! »Wirklich?« Ich musste mir keine Mühe geben, ihn hingerissen anzusehen. »Erzähl mehr!«

»Nun«, er biss in sein *panino* und kaute bewusst langsam. »Ich hatte gestern Nachtdienst. Es war schon ziemlich ruhig, so gegen halb zwölf. Ich hatte gerade einen späten Gast eingecheckt, da stürzte er plötzlich aus dem Treppenhaus hervor, raste durch die Lobby und verschwand in Richtung Hafen.«

»Aus dem Treppenhaus? Warum hat er nicht den Aufzug genommen?«

»Keine Ahnung. Hier, willst du mal mein *panino* probieren?« Er beugte sich ganz nah zu mir. »Hmm. Du riechst immer noch so wunderbar wie damals.«

Ich schob ihn zur Seite. »Ja. Und du riechst nach geschmolzenem Käse.« *Ziemlich lecker.* Aber das verriet ich ihm besser nicht.

Er blinzelte mich an. »*Carissima*, du warst nicht immer so kühl zu mir.«

»*Carissimo*«, meine Stimme war betont ironisch, »die Zeiten, als ich nicht so kühl war, waren die Zeiten, als ich dachte, dass ich die Einzige in deinem Universum sei.«

»Du bist und warst die Einzige.« Er schaute mir tief in die Augen.

»Ach was.« Ich wedelte mit einer Hand. »Iss dein *panino*, bevor der Käse hart wird. Und dann erzähl mir mehr von dem Touristen, der wie ein Hase durch die Lobby gerast ist. Kam dir das nicht komisch vor?«

»Doch.« Er zupfte ein Stück geschmolzenen Käse aus seinem Brot und wickelte den langgezogenen Faden um seinen Finger. Dann leckte er ihn ab, während er mir tief in die Augen sah.

Ich seufzte genervt.

»Er war nicht so der sportliche Typ und hatte bis dahin, wie fast alle unsere Gäste, immer den Aufzug genommen. Ich hatte gar nicht gedacht, dass er sich überhaupt so schnell bewegen könnte.«

»Glaubst du, er war auf der Flucht?«

Er lachte. »Gewissermaßen.«

Ich setzte mich abrupt aufrechter hin. »Gewissermaßen?«

»Na ja, die Leute im Zimmer nebenan haben eine Minute später angerufen und sich bei mir beschwert.«

»Worüber?«

Michele schaute mich an und verengte die Augen. »Wie wäre es mit einem Kuss? Dann gebe ich dir alle Details.«

»Keine gute Idee. Ich schmecke nach geschmolzenem Käse.«

»Das würde mich nicht besonders abschrecken.« Er beugte sich näher an mich heran, sodass ich die Wärme seines nackten Armes an meinem spüren konnte. »Warum hast du mit mir Schluss gemacht, *carissima?*«

Ich rückte von ihm ab. »Das habe ich dir schon x-mal gesagt. Ich glaube, der Auslöser war die blonde Kollegin aus Dänemark.«

Er wedelte mit einer Hand. »Sie war nur zwei Wochen da. Ein Ausrutscher.«

»Der letzte in einer langen Reihe.« Meine Stimme klang trocken. Ich horchte in mich hinein. Damals hatte es verdammt wehgetan. Doch nun ... erstaunt stellte ich fest, dass es mich nicht mehr berührte. *Wie cool.* Ich drehte mich zu ihm hin, packte ihn an beiden Ohren und wackelte seinen Kopf hin und her. »*Carissimo*, du bist ein wunderbarer, ständig fremdgehender Mann, und du solltest dankbar sein, dass ich nicht der Typ bin, Szenen zu machen, sondern still und leise und gesittet Schluss gemacht habe. Anders als die Frau von Egidio Marchetto gestern Nacht.« Es war ein Schuss ins Dunkle, aber was sollte sonst schon geschehen sein, mitten in der Nacht in einem Hotelzimmer?

Michele musste lachen.

Immerhin hatte er einen Sinn für Humor und konnte sogar über sich selbst lachen. Das war eine der Sachen, die ich an ihm gemocht hatte. »*Dimmi!*«, forderte ich ihn auf. »Nun sag's schon.«

Er nickte. »Seine Frau hat ihm die Hölle heiß gemacht. Es war wohl ein großes Geschrei und Gebrüll.«

»Haben die Nachbarn verstanden, worum es ging?«

»Du bist ganz schön neugierig.«

Ich zuckte mit den Schultern. »Na klar. Wer wäre das nicht, wenn man aus allererster Hand von einem Mord hört?« Ich wusste, dass ich ihn damit wieder zum Thema zurückbringen konnte.

Er lächelte und breitete die Arme aus wie ein Marktschreier. »*Signore, signori*, meine sehr verehrten Damen und Herren! Neuigkeiten, direkt aus dem Mordhotel! Ich stehe Ihnen jederzeit zur Verfügung!«

»Nun sag schon. Was haben die Nachbarn verstanden?«

»Gar nichts.«

»Nichts?«

»Fast nichts. Sie hat wohl mehrmals geschrien, dass er unfair sei.«

»Unfair?« *Eine komische Wortwahl.* »Nicht untreu?«

»Nö. Zumindest haben die Nachbarn das so erzählt. Das Streitgespräch fanden sie gar nicht so schlimm. Sie haben erst angerufen, als die Frau so laut geschluchzt hat, dass keiner mehr schlafen konnte.«

»Und anstatt hinzugehen und zu fragen, ob sie helfen können, haben sie sich an der Rezeption beschwert. Tolles Volk.«

Er blinzelte mich an. »Na ja, so konnte *ich* sie trösten.«

»Was?« Ich starrte ihn an, das Bild der hageren Witwe vor Augen. »Das ist nicht dein Ernst.«

Er hob beide Hände. »Also doch eifersüchtig?«

»Michele!«

»Ist ja schon gut!« Er grinste und steckte sich den letzten Rest seines Brotes in den Mund. »Aber ich *habe* sie wirklich nur getröstet.«

Misstrauisch blickte ich ihn an. »Ach ja?«

Er nickte. »Ich bin hochgegangen und habe leise geklopft.«

»Und sie hat geöffnet?«

Er nickte. »Hat 'ne Weile gedauert, aber dann hat sie doch geöffnet. Völlig verheult. Ich habe sie gefragt, ob sie Hilfe braucht, und sie meinte, nein, es sei alles in Ordnung. Daraufhin habe ich ihr angeboten, ihrem Mann ein anderes Zimmer zu geben, wenn er wiederkommt.«

»Ernsthaft?«

Er zuckte mit den Schultern. »Die Wahrscheinlichkeit, dass der Krach sich fortgesetzt hätte, wenn er wiedergekommen wäre, war ja ziemlich hoch. Und die Leute im Zimmer nebenan sind Influencer, die gerade eine Fotodokumentation über das Hotel machen sollen.«

»Autsch. Und was hat sie gesagt?«

»Sie meinte, das sei nicht nötig. Es würde keine weitere Szene geben. Ich habe ihren Arm getätschelt, rein platonisch, ich verspreche es! Und dann hab ich ihr eine Flasche Champagner aufs Zimmer gebracht.«

»Wow.«

Er nickte weise. »War eine Absicherung, damit es nicht wieder losgeht, wenn er wiederkommt. Die meisten Frauen werden mit Champagner fröhlicher und lockerer.«

»Du wirst es wissen.«

Michele legte den Kopf schief. »Ich habe tatsächlich erst einmal in meinem Leben erlebt, dass der Champagnerplan nach hinten losging. Aber das lag vermutlich daran, dass sie vorher schon kräftig getankt hatte.« Nachdenklich rieb er sich das Kinn.

Ich verengte meinen Augen und holte ihn zum Thema zurück. »Wie ging es dann weiter? Hat sie den Champagner alleine getrunken, oder hast du ihr geholfen?«

Er riss die Augen auf. »Wo denkst du hin? Sie hat ihn in ihre Minibar gestellt. Und dann ist sie mit mir nach unten gekommen.«

Ich starrte ihn an. »Echt? Warum?«

Er hob die Hände. »Ich bin völlig unschuldig und habe

absolut gar nichts gemacht. Sie war sowieso nicht mein Typ.«

»Was wollte sie dann in der Lobby?«

»Sie ist nicht in der Lobby geblieben, sondern rausgegangen. Sie wollte ihren Mann suchen, hat sie gesagt.«

»Wie bitte?« Meine Gedanken rasten. »Glaubst du, dass sie ihn ermordet hat?« *Diese traurige, ruhige Frau?*

Er schaute mich mit einem kleinen Lächeln auf seinen fein geschnittenen Lippen an. »Weißt du eigentlich, wie schön deine Augen sind, wenn du sie so aufreißt?«

»Ja.« Ich versuchte, möglichst trocken zu klingen. *Warum hat mich diese ständige Flirterei damals eigentlich nicht genervt?* »Nun lenk nicht vom Thema ab.«

Er seufzte.

»Du bist im Moment so ziemlich der wichtigste Zeuge der Polizei!« Ich starrte ihn an. »Erst siehst du, wie das Opfer nach einem Streit aus dem Hotel stürzt, und dann, wie die Ehefrau ihm stante pede folgt!«

»Es war nicht stante pede. Es war bestimmt eine halbe Stunde später.«

»Um wie viel Uhr genau?«

»Kurz nach zwölf.«

»Und wann kam sie zurück?«

Er zuckte mit den Schultern. »Keine Ahnung. Ich steh ja nicht die ganze Nacht am Tresen rum, auch wenn ich Nachtschicht habe. Ich bin hinten im Büro auf Abruf.«

Der Stoß kam schräg von oben. Livia war um einiges größer als ihr Mann. *Egidio kannte seinen Mörder. Es passt alles zusammen.* »Was hat die Polizei zu deiner Aussage gesagt?«

Michele rollte mit den Augen. »Hat mich viermal das Gleiche gefragt. War ziemlich nervig.«

Ich rieb mir die Arme. »Ich frage mich, ob sie sie verhaften werden.« Dann fuhr ich hoch. *Dio mio*, ich hatte meine Großeltern mit einer möglichen Mörderin alleine gelassen! »Hast du sie heute schon gesehen? Die Mö... ich meine die Ehefrau?«

Er schüttelte den Kopf.

Maledizione. Rasch stopfte ich mir das letzte Stückchen *panino* in den Mund und sprang auf. »War total schön, wieder mal mit dir zu plaudern, Michele. Aber nun muss ich los!«

Er schaute mich mit traurigem Hundeblick an. »Ich fühle mich ausgenutzt. Du bist nur zu mir gekommen, um die neuesten Nachrichten aus mir herauszukitzeln.«

O Gott, das stimmt.

Er schlug sich dramatisch auf die Stirn. »Und ich Idiot falle darauf herein!«

Puh. Also doch nur Theater. »Mein lieber Michele, gib einfach zu, dass du's genossen hast, im Zentrum des Interesses zu stehen. Denk daran, wie toll es wirken wird, wenn du erst vor Gericht deine Aussage machst. Alle Frauen werden hingerissen sein.«

Sein Gesicht erhellte sich. »Glaubst du, es wird im Fernsehen übertragen?«

»Bestimmt!« Ich klopfte ihm auf die Schulter. »Wir sehen uns! Und vergiss nicht, mich über alle neuen Entwicklungen auf dem Laufenden zu halten!«

Sobald ich außer Hörweite war, rief ich meine Oma an. Keine Antwort.

Dann versuchte ich es bei meinem Opa, ohne viel Hoffnung. Er ging eigentlich nie an sein *telefonino* und verließ sich vollständig darauf, dass *nonna* ihn mit allen Neuigkeiten versorgte. Es klingelte noch nicht einmal.

Verdammt. Vermutlich hatte er es wieder einmal nicht aufgeladen.

Was nun? Instinktiv wandte ich mich nach Hause. Vielleicht hatte Rick eine gute Idee.

Völlig verschwitzt stürmte ich in mein Atelier und wurde von einer ekstatischen Upsy empfangen. Ich ließ mich auf die Knie fallen und umarmte den kleinen Dackel. »Ist ja gut, Upsy, ist ja gut.« Sie sprang um mich herum, bellte aufgeregt, leckte mir das Gesicht ab und war komplett aus dem Häuschen.

Rick lehnte an meinem Tresen und schaute lächelnd zu.

Ich blickte zu ihm hoch. »Waren meine Großeltern hier?«

»Nein, wieso? Ich dachte, sie sind mit Livia losgezogen? Vielleicht sind sie einen Kaffee trinken gegangen?«

Ich schlug mir mit einer Hand vor die Stirn. »Das ist gut möglich! Und ich habe nicht in die Cafés geschaut!«

Er runzelte die Stirn. »Tonia, was ist los?«

Ich schluckte. »Ich habe ein ganz doofes Gefühl, dass Livia die Mörderin ist. Und ich habe meine Großeltern alleine mit ihr losziehen lassen!« Ich stöhnte. »Was geschieht, wenn meine Oma sie in irgendeiner Form in die Ecke drängt und sie in Panik verfällt?«

Er beugte sich zu mir hinab, nahm meine Hände und zog mich hoch. »Ganz ruhig. Jetzt erzähl erst mal der Reihe nach.«

»Michele sagt, Livia hat sich gestern furchtbar mit ihrem Mann gestritten, und dann ist er aus dem Hotel gestürzt, und sie ist ihm nach einer Weile gefolgt! Das klingt doch sehr verdächtig, oder?« Ängstlich schaute ich Rick an.

In diesem Augenblick klingelte das Telefon. Unwillig warf ich einen Blick auf das Display. »Entschuldige, das ist AzzurOro, einer meiner wichtigsten Kunden.« Rasch nahm ich den Hörer hoch. *»Buongiorno, benvenuto da Toniella.«*

»Tonia, wie geht es Ihnen?« Die Stimme des Geschäftsführers Nino di Volo klang jovial. Ich stutzte. Nino hatte erst Anfang des Jahres das international bekannte Unternehmen von seinem verstorbenen Vater übernommen und war seitdem kaum noch erreichbar. Davor hatten wir häufig telefoniert, doch nun war eigentlich der Einkaufsleiter Enrique mein Ansprechpartner. »Gut, gut, vielen Dank. Wie schön, dass Sie anrufen. Wir haben uns ja lange nicht gesprochen.«

Er räusperte sich. »Ja. Sagen Sie, wie weit sind Sie mit dem Auftrag für Stella Sanders?«

»Fast fertig!« Ich versuchte dynamisch zu klingen, obwohl die Aussage mehr als übertrieben war. Eigentlich hätte ich den ganzen Morgen nähen müssen. »Die Bezüge für den Salon sind schon alle genäht. Ich bin nun mit den Stoffen für die Kajüten beschäftigt.«

»Haben Sie schon die Zeitung gelesen?« Seine Stimme klang seltsam.

»Die Zeitung?« Ich blinzelte. »Sie meinen die Nachrichten über den Mord?«

»Mord? Was für ein Mord?«

»Der an dem römischen Touristen?«

»Davon weiß ich nichts. Nein, ich meine die Berichterstattung im Corriere della Sera.«

Ich runzelte die Stirn. Eine Berichterstattung in einer überregionalen Zeitung? »Nein, ich habe heute Morgen nur von dem Mord hier in Viareggio gehört.«

Er seufzte. »Irgend so ein Superreporter hat herausgefunden, dass das Teakholz, das wir für die Jacht eingekauft haben, illegal aus Myanmar importiert wurde.«

»Illegal?« Ich traute meinen Ohren kaum. »Das kann doch nicht sein! AzzurOro kauft doch immer nur Teakholz mit einem Zertifikat, das eine nachhaltige Forstwirtschaft garantiert.«

»Ich weiß.« Er klang erschöpft. »Aber anscheinend gab es irgendwo eine Fälschung. Und ich hab gedacht, es sei ein gutes Sonderangebot, und hab gleich zugeschlagen ...«

»Ein Sonderangebot?« Ich stutzte. »Aber Sie können bestimmt nachweisen, dass es in gutem Glauben geschah, oder?«

Er seufzte abgrundtief. »Ich versuche es. Doch keine zwei Stunden nach der Veröffentlichung hatte ich Stella Sanders in der Leitung. Sie hat einen medienwirksamen Wutanfall bekommen und ihre Bestellung storniert.«

Ich setzte mich abrupt auf meinen Stuhl. »Wie bitte? Kann sie das so einfach machen?«

»Ich weiß es nicht. Sie meinte, sie kann es mit ihrem Ruf

nicht vereinbaren, da die Jacht ja ein Aushängeschild für den Umweltschutz werden sollte. Ich habe versucht, ihr zu sagen, dass es nicht mein Fehler ist, aber es ist ihr total egal, dass ich überhaupt nicht der Schuldige bin und dass dabei auch unser guter Ruf ruiniert wird. Als ob ich nicht schon genug Ärger hätte. Ich bin nur froh, dass mein Vater das nicht mehr erlebt.«

Der Seniorchef hätte vermutlich kein besonders billiges Teakholz gekauft, ohne misstrauisch zu werden. Ich verbannte den illoyalen Gedanken rasch. »Es tut mir sehr leid, Nino. Kann ich irgendetwas tun?«

»Ich weiß es nicht.« Er klang entmutigt. »Ich rufe gerade alle Lieferanten an und stoppe die laufenden Produktionen. Aber machen Sie sich keine Sorgen, meine Liebe. Ich werde alles tun, damit der Auftrag abgewickelt wird. Ich wollte Ihnen nur eine kleine Warnung vorab geben.«

»Danke. Das ist sehr nett von Ihnen.«

»Wenn ich mehr weiß, melde ich mich wieder.«

»Gut.« Langsam legte ich auf.

»Schlechte Nachrichten?« Rick schaute mich prüfend an.

Mechanisch hob ich Upsy hoch und streichelte ihren schwarzen Rücken. »Ja. Mir ist wohl gerade der wichtigste Auftrag des Jahres flöten gegangen.« Ich starrte auf den luxuriösen Brokatstoff neben meiner Nähmaschine. »Und ich bin mir noch nicht einmal sicher, ob ich die bereits entstandenen Kosten überhaupt noch erstattet bekomme.«

Er runzelte die Stirn. »Wieso?«

»Hast du schon mal von Stella Sanders gehört?«

»Sie ist eine amerikanische Schauspielerin, oder? Macht viele Charity-Sachen, die mit der Umwelt zu tun haben, wenn ich mich nicht irre.«

Ich seufzte. »Richtig. Sie hat die teuerste Jacht in der Geschichte von AzzurOro in Auftrag gegeben. Doch heute gab es eine internationale Berichterstattung, dass AzzurOro illegales Teakholz in Myanmar gekauft habe.«

Er hob die Augenbrauen. »Und wie war das mit der Zertifizierung?«

»Anscheinend war sie gefälscht. Nino hat sich noch über den Sonderpreis gefreut und sich nicht einmal gefragt, wie so ein billiger Preis legal zustande kommen kann.« Ich fuhr mir mit beiden Händen durch die Haare. »Ganz ehrlich, manchmal frage ich mich, wie er das Unternehmen weiterführen will. Sein Vater hatte sehr viel mehr Weitblick.« Ich seufzte. »Na, egal. Jedenfalls hat Stella Sanders wohl einen Wutanfall bekommen und den Auftrag komplett storniert.«

»Ich frage mich, wie man den Kauf einer Luxusjacht überhaupt als umweltschutzgerechtes Verhalten deklarieren kann. Das klingt doch von vornherein paradox.«

»Diese Jacht sollte mit der allerneuesten Technik ausgestattet werden und war so geplant, dass sie komplett autark laufen konnte. Mit eigener Biokläranlage an Bord, Trinkwasseraufbereitungssystem, Sonnenkollektoren und was weiß ich noch alles. Die Jacht sollte auch als Aufklärungsschiff fungieren und ab und zu als Ausstellungsschiff eingesetzt werden. Ruhm und Umwelt kombiniert, sozusagen.« Ich seufzte wieder. »Es ist ein Jammer.«

Upsy schaute mich fragend an und leckte mir tröstend

über die Wange. Doch dann fuhr ihr Kopf herum, und sie fing an, in meinen Armen zu zappeln. Ich setzte sie auf den Boden und schaute erstaunt, wie sie auf die Tür zurannte und anfing zu bellen.

Im nächsten Augenblick bogen meine Großeltern um die Ecke. Mir fiel ein Stein vom Herzen. Rasch ging ich zur Tür und riss sie auf.

Upsy raste hinaus und begrüßte sie voller Begeisterung. Mein Opa beugte sich zu ihr hinab und knuddelte sie, aber meine Oma ignorierte sie komplett. Ihr Mund war zu einer einzigen festen Linie zusammengekniffen.

»Tonia, wir müssen reden!« Sie sprach schon, bevor sie richtig im Atelier war. »Livia vermisst ein funkelndes Brillenetui. Hast du es etwa genommen? Ich habe dir schon so oft gesagt, dass du –« Erst in diesem Augenblick bemerkte sie Rick, der immer noch regungslos am Tresen lehnte. »Oh. Hallo.«

Das Brillenetui! Verdammt, das hatte ich ja ganz vergessen. Hatte ich es wirklich *genommen*? Eigentlich war es fast von alleine in meine Tasche geplumpst. Ich konnte mich kaum erinnern, wie es geschehen war. Meine Hände zitterten. Rasch zog ich Upsy und meinen *nonno* ins Atelier und schloss die Tür hinter ihnen. Es war besser, wenn nicht die ganze Nachbarschaft mithörte. »Ich hab es nicht gestohlen!«, sagte ich wild.

»Ha, ha.« Meine *nonna* lachte künstlich auf und warf Rick einen raschen Blick zu. »War doch alles nur ein Scherz.«

Rick schob die Hände in die Taschen und löste sich vom Tresen. »Ich denke, ich geh dann mal los.«

»Nein, nein!« Auf gar keinen Fall wollte ich mit meinen Großeltern alleine bleiben, während das verdammte Etui fast ein Loch in meine Handtasche brannte. Und genauso wenig wollte ich meinen Großeltern gestehen, dass Rick meine Schwäche schon kannte. Das fehlte noch, dass die drei gemeinsam mögliche Heilungsmethoden diskutierten. Ich lächelte Rick an. »Bleib bitte noch.« Dann fuhr ich zu meiner Oma herum. »*Nonna*, ich hab mir solche Sorgen gemacht! Es ist gut möglich, dass Livia die Mörderin ist!«

Meine Oma starrte mich an, als ob ich mich vor ihren Augen in einen Dackel verwandelt hätte. »Wie bitte? Diese liebe Frau soll ihren eigenen Mann ermordet haben? Wie kommst du denn auf so eine abwegige Idee?«

»Sie hatte gestern Nacht einen großen Krach mit ihrem Mann. Er ist aus dem Hotel gerannt, und sie ist ihm kurze Zeit später gefolgt.«

Mein Opa tätschelte Upsy noch einmal, richtete sich auf und schaute mich erstaunt an. »Sie hat uns erzählt, dass ihre Ehe in schönster Ordnung war. Sie sagte, sie sei ins Bett gegangen, und als sie aufwachte, war er weg. Sie meinte, sie hat keine Ahnung, warum er mitten in der Nacht das Hotelzimmer verlassen hat.«

»Dann hat sie gelogen«, sagte ich ruhig. »Sie hat sich so sehr mit Egidio gestritten und hinterher so laut geschluchzt, dass die Zimmernachbarn sich an der Rezeption beschwert haben.«

Meine Oma blickte mich scharf an. »Aha. Daher hast du also deine Info. Der *biscotto di cioccolato*, oder?« Sie wandte sich an Rick. »Das ist mein Spitzname für den Ex-Freund von Tonia. Sehr attraktiv und süß.«

Ich biss die Zähne zusammen. »*Nonna*, ich habe dir schon hundertmal gesagt, dass du meinen Freunden nicht immer Spitznamen geben sollst.«

Sie lächelte. »Aber er ist wirklich unwiderstehlich. Wie ein Schokoladenkeks halt.«

»Ja. Und er lässt jeden abbeißen, der vorbeiläuft.« Hastig versuchte ich, das Thema wieder auf den Mord zurückzubringen. »Es ist kein gutes Zeichen, dass sie gelogen hat. Selbst Bernardo wird keine Schwierigkeiten haben, die Wahrheit herauszufinden.«

Meine Oma schnaubte missbilligend. »Dieses Mondkalb.«

Ich ignorierte sie. »In der Zwischenzeit solltet ihr euch von Livia fernhalten.«

»Aber mein liebes Kind, wie stellst du dir das vor?« Nonna richtete sich auf. »Wir haben uns heute Abend mit ihr verabredet!«

»Wie bitte?«

»Ja, und wir möchten Upsy mitnehmen«, sagte mein Opa. »Livia ist ein großer Dackelfan. Sie freut sich schon darauf, Upsys Bekanntschaft zu machen.«

Ich schloss für einen Augenblick die Augen.

»Und dabei werden wir sie ganz unauffällig weiter ausfragen«, setzte meine Oma triumphierend hinzu. »Das ist ein Kinderspiel. Vor allem, wenn wir jetzt wissen, dass sie gelogen hat.«

»Das ist kein Kinderspiel, *nonna*! Das könnte ausgesprochen gefährlich werden! Diese Frau hat ihrem Mann ein Filetiermesser in den Bauch gestoßen!«

»Ins Herz.« Meine Oma fasste sich an die besagte Stelle.

»Da sitzt das Herz nicht.« Mein Opa schüttelte missbilligend den Kopf. »Das sag ich dir schon den ganzen Tag, Giulia.«

Ich warf beide Hände in die Luft. »Ihr macht mich fertig.«

Meine Oma trat ganz nah an mich heran und flüsterte in mein Ohr: »Und während wir heute Abend unterwegs sind, bringst du das Etui zurück, ja?«

~ 10 ~

Rick

Während ich langsam nach Hause ging, fragte ich mich, was Tonias Oma ihr wohl zugeflüstert hatte, dass sie so feuerrot geworden war. Tonia hatte uns danach alle ziemlich schnell zur Tür hinauskomplimentiert, weil sie angeblich viel Arbeit hatte. Dass sie uns schlichtweg loswerden wollte, war nur zu offensichtlich gewesen. Ich stieß mit dem Fuß gegen einen losen Stein, der auf dem Weg lag. Anscheinend wussten ihre Großeltern um ihre Schwäche und missbilligten sie. Ich fragte mich, ob Tonia Livias Etui wirklich genommen hatte. Wenn ja, wann? Und wieso? War Tonia etwa irgendwie in den Mord verwickelt?

Unwillig schüttelte ich den Kopf. *Ausgeschlossen.* Es gab doch keinerlei Verbindung zwischen Tonia und Egidio. *Und doch …*

Es ärgerte mich, dass ich immer bereit war, Entschuldigungen für Tonia zu finden. Wie konnte das sein? Sonst war mir immer ganz klar gewesen, wo die Linie zwischen Recht und Unrecht verlief. Und nun? Nun wurde ich schwach, weil eine Frau mit großen Augen und hinreißendem Lächeln mir unter die Haut ging? Eine Frau, die an Männern noch nicht einmal Interesse hatte? Obwohl sie ja ganz offensichtlich früher mit diesem Hotelangestellten zusammen gewesen war. Hatte sich ihre Neigung gewandelt? Mein Instinkt gab mir jedenfalls andere Signale. Vielleicht musste ich einfach mal meinen Mut zusammennehmen und sie direkt darauf ansprechen.

Stirnrunzelnd blickte ich auf und fing den verführerischen Blick einer langbeinigen Blondine auf, die an mir vorbeiging. Ich seufzte und schaute weg. Wie typisch, dass ich mich ausgerechnet für die Frau interessierte, die sich keinen Deut um mich scherte. Es war mal anders gewesen. Was Suzetta wohl aktuell machte? Wir hatten uns gerade erst kennengelernt, als der Knall damals geschah und man mich im hohen Bogen aus dem Dienst entfernte.

Missmutig stieg ich die Stufen zu meinem Ein-Zimmer-Apartment hoch. Als ich um die letzte Treppenbiegung kam, stand plötzlich Suzetta vor mir. Für einen Augenblick blieb mir das Herz stehen. *Jetzt habe ich schon Erscheinungen. Verdammt.* Ich kniff mich in den Arm, aber sie stand immer noch vor mir. Der Hauch eines Duftes weckte alte Erinnerungen. Gespenster rochen nicht nach Parfüm, oder?

Die Erscheinung lächelte mich zögernd an. »Rick? Also wohnst du wirklich hier? Ich konnte es kaum glauben.« Sie zeigte auf das dreckige Treppenhaus, das nach alten Schuhen roch, und auf den abbröckelnden Putz.

Ich biss die Zähne zusammen. »Ich hatte nicht viel Auswahl.« Gut sah sie aus. Ihre dunklen Haare fielen locker bis zur Hüfte, und ihre braunen Augen strahlten mich an. »Was machst du hier?« Es klang brüsker, als ich eigentlich wollte.

Sie schob mit einer Geste, an die ich mich gut erinnerte, eine Strähne hinters Ohr. »Ich wollte mit dir reden.« Ihr sinnlicher Mund lächelte ein wenig.

»Ach ja?« Ich rührte mich nicht. »So plötzlich?« Sie war eine derjenigen gewesen, die sich nie wieder gemeldet hatten.

Sie schaute mich starr an. »Beruflich.«

Ein Stein formte sich in meinem Magen. Also arbeitete sie weiter in unserer alten Abteilung. »Ach?«

Sie machte eine vage Handbewegung. »Nicht hier im Flur. Können wir reingehen?«

»Nein.« Ich wollte sie unter gar keinen Umständen in meiner schäbigen Bleibe haben. Die Diskrepanz zu meiner schicken Wohnung in Rom damals wäre unerträglich. »Lass uns ans Meer gehen.«

Sie blinzelte. »Ans Meer?«

»Ja. Da sind wir ungestört.«

Sie schaute mich von der Seite an. »Bist du oft am Meer?«

»Ja, ich ...« Fast hätte ich gesagt, dass ich einen Hund hatte. Verdammt, ich hatte keinen Hund. Upsy gehörte zu Tonia. Hastig drehte ich mich um und lief die Treppe hinunter. Ich hörte, wie sie mir folgte.

Mit langen Schritten ging ich ihr voran ans Meer. Sie folgte mit sichtlicher Mühe, immerhin war sie eine ganze Ecke kleiner als ich, auch wenn sie nicht so klein wie Tonia war.

Erst als wir Sand unter den Füßen hatten und das Meer sich funkelnd und blau neben uns ausstreckte, wandte ich mich ihr zu. »Worum geht's?«

Sie schaute sich um. »Der Strand ist ja toll, so breit und schön. Ich war noch nie hier. Können wir uns nicht ein Eis kaufen?«

»Nein.« Ich hatte keine Lust auf Small Talk. Ich wollte wissen, was los war.

Sie seufzte. »Okay. Immer noch der alte Rick, der ohne Umwege auf sein Ziel losstürmt.«

Es schmerzte, dass sie so tat, als ob sie mich gut kennen würde. Wenn sie mich wirklich gekannt hätte, hätte sie niemals geglaubt, dass ich Drogen geschmuggelt hätte. *Tonia hat es sofort gewusst.*

»Es geht um den Mord an Egidio.« Sie holte tief Luft. »Du hast davon gehört, oder?«

»Ja.«

»Ich bin geschickt worden, um seine Arbeit zu übernehmen.«

Ich warf ihr einen raschen Blick zu. »Ach ja?«

»Weißt du was über seine Arbeit hier?«

»Nein. Er hat nur gesagt, dass alles streng vertraulich sei.«

Sie riss die Augen auf. »Er hat das gesagt? *Du* hast mit ihm gesprochen? Wann war das?«

Verdammt. Ich hätte ihr gar keine Informationen geben sollen. Warum sollte ich ihr helfen? Aber nun war es zu spät. Ich machte eine unwillige Handbewegung. »Ich habe ihn zufällig getroffen, hier an der Mole.«

»Wann?«

»Vorgestern.«

»Also am Tag vor dem Mord?«

Auf einmal sah ich rot. »Ja, meine liebe Suzetta. Am Tag vor dem Mord. Und ob du es nun glaubst oder nicht, ich habe ihn nicht umgebracht. Ich habe damals übrigens auch keine Drogen aus Brasilien herausgeschmuggelt. Aber das wollte mir ja keiner glauben. Vermutlich wird es jetzt wieder genauso sein. Ich habe tatsächlich keine Lust mehr, mit dir zu sprechen, weil es reine Zeitverschwendung ist. Ihr werdet euch wie immer euer eigenes Bild zurechtdrechseln, egal, ob es nun der Wahrheit entspricht oder nicht. Lasst mich also einfach in Ruhe.« Ich wandte mich abrupt ab und ging eilig über den Strand davon.

Sie rannte mir hinterher. »Rick! Bitte bleib stehen. So hab ich es nicht gemeint! Ich ... ich glaube dir, dass du nichts mit dem Drogenschmuggel zu tun hattest.«

Ich blieb so plötzlich stehen, dass der Sand unter meinen Füßen aufstob. »Wie bitte?«

Sie trat einen Schritt zurück und hob beide Hände. »*Madre mia*, schau mich nicht so böse an!«

Ich trat einen Schritt auf sie zu. Nur mit Mühe konnte ich mich zurückhalten, sie nicht an beiden Armen zu packen und durchzurütteln. »Wieso glaubst du, dass ich mit dem Drogenschmuggel nichts zu tun hatte?«, zischte ich durch zusammengebissene Zähne.

»Egidio hat es immer gesagt.«

»Na und? Das hat ihm doch nie jemand geglaubt. Auch du nicht, bis jetzt.«

Sie fuhr sich mit einer Hand übers Gesicht. »Ich wollte ihm glauben. Wirklich. Mehr als alles auf der Welt. Aber er ...«

»Nun?«

»Ich ... es ist schwer zu sagen, aber jedes Mal, wenn er sich für dich und später auch für Paolo aussprach, dann wirkte es so ... so künstlich. So falsch. Als ob er sich selbst überzeugen wollte.«

Ich seufzte.

»Und dann verplapperte er sich ständig ...«

»Was soll das heißen?«

»Na ja, er schwor immer Stein und Bein, dass ihr zwei unschuldig wart, aber gleichzeitig verhaspelte er sich und widersprach sich und rieb irgendwie Salz in die offene Wunde. Am Ende rollten alle nur noch mit den Augen, wenn er davon anfing. Weißt du, die Beweise waren einfach zu belastend. Ihr wart nur zu dritt in dem Projekt, und uns war klar, dass er an euch hing, weil ihr ein Team gewesen wart. Darum wollte er es nicht wahrhaben, obwohl die Fakten ja eindeutig waren.«

Ihr wart nur zu dritt ... Für einen Augenblick lang wirbelten die Worte durch mein Gehirn. *Ihr wart nur zu dritt* ... Ich sah Egidio mit falscher Freundlichkeit am Strand auf mich einsprechen. Ich sah Paolo, der mich völlig entsetzt in Tonias Atelier anstarrte. Ich hörte wieder Tonias Stimme, die von Paolos hasserfülltem Gesichtsausdruck berichtete ... Ein Gesichtsausdruck, der sie so sehr erschreckt hatte, dass sie ihm blind den Mord an Egidio zutraute. Paolo hatte nur ein einziges Wort gesagt: »Egidio.«

Konnte es sein, dass Egidio derjenige gewesen war, der uns damals die Falle gestellt hatte? Und dann ganz geschickt unsere Unschuld beteuert hatte, während er gleichzeitig alles tat, um uns ins Aus zu befördern? Der Gedanke war mir noch nie gekommen. Mir wurde ganz kalt, dann heiß. »Egidio.«

Suzetta trat noch einen Schritt zurück. »Bitte schau nicht so, Rick. Du machst mir Angst.« Sie senkte die langen Wimpern und sah mich von unten herauf an.

Schlagartig wurde mir klar, dass ich gerade vermutlich den gleichen Gesichtsausdruck wie Paolo gehabt hatte. *O Gott.* Für einen Augenblick schloss ich die Augen. War ich vom Regen in die Traufe gekommen? War ich sofort des Mordes an Egidio verdächtig, wenn man davon ausging, dass ich zu Unrecht gefeuert worden war? Ein Schauder lief mir den Rücken hinunter. *Ja, natürlich.* Für mich galt das Gleiche wie für Paolo: Egidio hatte Paolo und mir alles genommen – unsere Ehre, unseren Beruf, unser Einkommen. Gründe genug, um Egidio aus Rache oder unkontrollierter Wut ein Messer in den Bauch zu rammen. Mir wurde schlecht. Und gleichzeitig wurde mir klar, dass ich eng mit Suzetta zusammenarbeiten musste, wenn ich in irgendeiner Form auf dem Laufenden bleiben wollte. Mit übermenschlicher Kraft riss ich mich zusammen und wies mit dem Kinn den Strand entlang. »Lass uns weitergehen. Und dann sag mir bitte, warum du nicht mehr denkst, dass ich Teil des Drogenrings war.«

Sie schob die Hände in ihre weiten Leinenhosen und ging einen Augenblick schweigend neben mir her, den Blick auf den Boden gerichtet. Ich beobachtete sie von der Seite aus. Sie war wirklich eine attraktive Frau, der Inbegriff der eleganten Italienerin. Ein wenig wie Sophia Loren. Doch im

Gegensatz zu damals ließ sie mich völlig kalt. Warum zögerte sie so lange?

Schließlich hob sie den Kopf und schaute mich an. »Ich kann es nicht erklären, Rick. Ich glaube, es geschah, als ich dich vor mir stehen sah. Plötzlich wusste ich, dass Egidio recht gehabt hat.«

»Du hättest mich schon vor einem Jahr vor dir sehen können und zu diesem Schluss kommen können, wenn du dir die Mühe gemacht hättest, meine Anrufe zu beantworten.«

Sie biss sich auf die Lippe. »Es war eine schwierige Zeit. Ich war mir nicht sicher, was mit mir geschehen würde, wenn ich zu dir gehalten hätte.« Sie schaute mich flehend an. »Auch meine Position stand auf dem Spiel. Ich habe lange Jahre dafür gekämpft und konnte sie nicht riskieren.«

Ich blickte sie an. Das Gefühl der Einsamkeit, das mich damals drohte zu ertränken, schwappte wieder wie eine Welle über mir zusammen. Mühsam kämpfte ich es nieder. »Und jetzt?«

Ihre Lippen zitterten. »Jetzt möchte ich einen Neuanfang machen.«

Ich fragte mich, wie lange es dauern würde, bis sie den Gedankensprung machte, dass ich in dem Augenblick, wo meine Unschuld als Drogenhändler akzeptiert worden war, ein perfekter Kandidat für den Mord an Egidio wurde. Obwohl ... ein zweiter Gedanke durchfuhr mich siedend heiß. Vielleicht glaubten meine ehemaligen Kollegen auch gar nicht wirklich an meine Unschuld. Vielleicht gingen sie schlicht davon aus, dass Egidio und ich Partner gewesen waren, die sich zerstritten hatten. *Dio mio.* Ich fuhr mir durchs Haar und betrachtete die Frau vor mir. Sie glaubte mir also plötzlich, ja? Nun, das wagte ich zu bezweifeln. Sehr viel eher konnte ich mir vorstellen, dass sie den Auftrag bekommen hatte, die näheren Umstände des Mordes zu durchleuchten. Nun, zwei konnten dieses Spiel spielen.

Ich nahm ihren Arm. »Lass uns ein Eis essen gehen.«

~ 11 ~

Tonia

Sobald ich Rick und meine Großeltern losgeworden war, schloss ich die Ladentür von innen ab und stürmte nach oben in meine Küche, Upsy auf dem Arm. Ich schleuderte meine Handtasche auf den Tisch und zog das Etui heraus. Wütend starrte ich auf die funkelnden Steinchen, die das Licht so verführerisch brachen. »Warum nur, Upsy?«, stöhnte ich. »Warum kann ich nicht widerstehen? Warum?« Ich drehte und wendete das Etui. »Ist es nicht hübsch? Sieht es nicht wunderbar aus? Warum reicht es mir nicht, das Ding kurz anzusehen und liegen zu lassen? Warum muss ich es unbedingt mitnehmen?« Ich schaute kurz auf den kleinen Dackel hinunter. »Und jetzt fühle ich mich total elend. »Upsy, hast du dich schon einmal vor dir selbst geekelt? Es ist eine richtige Krankheit.« Plötzlich war mir kalt, obwohl draußen 27 Grad waren. Ich ließ das Etui auf den Tisch fallen und rieb mir die Oberarme. »Was denkt nur Rick von mir? Hoffentlich spricht er nie mit *nonna* darüber. Die beiden sind glatt in der Lage, mich in irgendein Heim zu stecken.« Ich schüttelte mich und zwang mich, tief Luft zu holen. *Ganz ruhig, Tonia.* »Was soll ich jetzt bloß tun? Was für ein verdammtes Pech, dass das blöde Ding ausgerechnet Livia gehört. Das kann doch keiner ahnen!«

Upsy bellte kurz auf.

»Du hast gut reden. Aber egal, was geschieht, ich werde auf gar keinen Fall in das Hotel gehen und das Etui heimlich zurückbringen! Das ist schon einmal schiefgegangen.« Ein Schauder überlief mich.

Plötzlich lief Upsy zur Treppe und bellte aufgeregt nach unten. Da hörte ich es auch. Ein lautes Klopfen an der Tür. Es klang herrisch und dringend. Hastig stopfte ich das Etui wieder in meine Handtasche, klemmte mir Upsy unter den Arm und rannte nach unten.

Als ich erkannte, wer vor der Glastür stand, hätte ich am liebsten auf dem Absatz kehrtgemacht. Bernardo. Das Etui oben in meiner Handtasche schien ein Eigenleben zu bekommen und durch die Decke hindurch Signale zu senden. *Nun reiß dich mal zusammen, Tonia.*

Mit einem verkrampften Lächeln öffnete ich die Tür, ließ ihn jedoch nicht ins Atelier. »Bernardo. Ich bin auf dem Sprung. Was kann ich für dich tun?«

»Ich bin beruflich hier.«

Mir wurde schlecht. »Ach ja? Um was geht es?«

Er spähte an mir vorbei ins Atelier. »Ist dein Cicisbeo da?«

»Mein was?«

»Na, der Schönling, der immer um dich herumscharwenzelt.«

Ich tat so, als ob ich keine Ahnung hätte, von wem er sprach, und blickte ihn nur stumm an.

Er machte eine ungeduldige Handbewegung. »Der große Blonde.«

»Ja? Was ist mit ihm?«

»Ist er hier?«

»Nein.«

»Sicher?«

Ich biss die Zähne zusammen. »Ich werde doch wohl wissen, wer sich in meinem Haus befindet.«

Er schaute mich lauernd an. »Vielleicht weißt du es und willst es nicht sagen? Vielleicht ist er ja oben im Schlafzimmer?«

Ich seufzte und warf einen demonstrativen Blick auf mein Handgelenk. Unglücklicherweise trug ich gerade keine Uhr, aber vielleicht fiel ihm das nicht auf. »Mach's kurz, Bernardo. Er ist nicht hier, und ich kann dir nicht sagen, wo er sich befindet. Was willst du überhaupt von ihm?«

Er hob das Kinn und sah wahnsinnig aufgeblasen aus. »Das darf ich dir nicht sagen.«

Innerlich zitterte ich. *Was will er von Rick?* Ich lehnte mich an den Türrahmen und überlegte, wie ich ihn am besten provozieren konnte. »Hat man dich wieder losgeschickt, um die langweiligen Routinearbeiten zu erledigen, Bernardo?«

Er wurde feuerrot. »Routinearbeiten? Ich bin einem Mörder auf der Spur, und du solltest dich in Acht nehmen, mit wem du Umgang pflegst! Dein Cicisbeo hat eine direkte Verbindung zu dem Mann, der heute Morgen tot an der Mole gefunden wurde!«

Verdammt! Ich schaute ihn so ungläubig wie möglich an.

»Ich glaube, da bist du einem Ammenmärchen aufgesessen, mein lieber Bernardo.«

»Das ist kein Ammenmärchen! Die zwei haben eng zusammengearbeitet, und dein kostbarer Typ ist bei der Polizei rausgeflogen.«

Ich zuckte zusammen.

»Ha, das wusstest du nicht, nicht wahr? Du solltest dir gut überlegen, ob du dich weiterhin von ihm hofieren lässt. Es könnte dich dein Leben kosten.«

»Nun mal mit der Ruhe«, sagte ich kalt. »Nur weil er mal eine berufliche Verbindung zu der Leiche hatte, ist er noch lange kein Mörder.«

Bernardo beugte sich vor. »Ach, nein?«

Nonchalant fuhr ich mir mit der Hand durchs Haar. »Meistens kommen die Mörder aus dem unmittelbaren Umfeld. Das ist doch allgemein bekannt. An deiner Stelle würde ich mir erst mal die Familie des guten Mannes genauer ansehen.«

Er blickte mich vernichtend an. »Das tun wir natürlich auch. Aber dein kostbarer Riccardo Damiani hat höhere Priorität.«

Ich runzelte die Stirn. »Wie bist du überhaupt über diese seltsame Verbindung zwischen den beiden gestolpert? Bist du sicher, dass es sich nicht um eine Fehlinformation handelt?«

Bernardo richtete sich auf. »Auf gar keinen Fall. Ich habe recherchiert und ein altes Foto von den beiden gefunden. Da fiel es mir wie Schuppen von den Augen. Mein Chef hat auch sofort gesagt, dass das ein sehr wichtiger Hinweis ist.«

»Aha.« Ich versuchte, möglichst kühl und desinteressiert zu klingen. »Und warum suchst du ihn bei mir und nicht in seiner Wohnung?«

»Da war ich schon. Ist keiner da. Und da er ja meistens bei dir rumhängt, wollte ich es gleich versuchen.« Er spähte noch mal über meine Schulter. »Ist er wirklich nicht da?«

Ich blieb unbewegt in der Tür stehen. Bernardo kam nur mit Durchsuchungsbefehl in meine Wohnung. »Er ist wirklich nicht da.«

»Kommt er heute noch?«

»Wir sind nicht verabredet.« Rick kam oft ohne Anmeldung vorbei, um Upsy und mich auf unserem Abendspaziergang zu begleiten. Aber das musste ich Bernardo ja nicht auf die Nase binden.

Bernardo zuckte mit den Schultern. »Na gut. Aber sei gewarnt.«

Ich neigte übertrieben den Kopf. »Ich bin gewarnt.«

Dann knallte ich die Tür zu und lief wieder nach oben in die Küche, wo ich mein Handy hervorholte und Rick anrief. Er antwortete erst nach dem vierten Klingeln, und es klang, als ob er in einem Café saß. »Rick, hast du Zeit für mich?«

Er zögerte. »Ich bin gerade noch eingebunden.«

»Es ist dringend. Bernardo war eben hier. Er hat herausgefunden, dass du mit Egidio zusammengearbeitet hast.«

»Verdammt.«

»Ja. Er hat mich vor dir gewarnt und ist auf der Suche nach dir. Am besten, du kommst heute Abend nicht zu mir. Wir könnten uns aber an der Torre Matilde treffen. Kannst du mit deinem Auto kommen?«

»Ja, klar. Um wie viel Uhr?«

»In einer Stunde?«

»Okay. Das schaffe ich. Danke dir.«

Er legte auf.

Nachdenklich betrachtete ich den Hörer. Er hatte anders geklungen als sonst. Zurückhaltender. Abgelenkt. *Komisch.*

Die nächste Stunde zog sich wie damals, als ich in der Schule im Matheunterricht saß und sehnsüchtig darauf wartete, dass der Gong schellte. Endlich war es so weit. Für den Fall, dass Bernardo mir in der Nähe des Hauses auflauerte, ging ich erst ganz knapp vorher los und ließ Upsy an der Leine. Während sie alle Büsche beschnüffelte, schaute ich mich unauffällig in der Gegend um. Von Bernardo keine Spur. Langsam führte ich Upsy weiter Richtung Torre Matilde. Der trutzige Turm aus dem 15. Jahrhundert, unser Wahrzeichen in Viareggio, stand direkt am Kanal und war nur wenige Fußminuten von mir entfernt. Ich freute mich darauf, Rick zu erzählen, dass er früher einmal zur Verteidigung des einziges Landzuganges für den Staat Lucca dort gebaut worden war, bis das Meer sich weiter zurückgezogen und der Turm seinen Nutzen verloren hatte. Heute war die Torre Matilde ein Museum, und direkt vor ihr war eine Ausbuchtung, in der man gut halten konnte, daher hatte ich Rick diesen Treffpunkt genannt. Außerdem kam man über die Brücke schnell auf die andere Seite des Kanals. Während Upsy vorwärts tobte und einen Spatzen anbellte, schaute ich mich erneut um und achtete dabei auch darauf, ob irgendwo ein Auto parkte, in dem jemand saß. Ob Bernardo wohl Ricks Auto kannte? Immer noch fiel mir nichts Verdächtiges auf, aber ich hatte ein mulmiges Gefühl zwischen den Schulterblättern. *Verdammt.*

Ich tat so, als ob ich völlig verzaubert auf Upsy starrte, während ich neben der Haltebucht stehen blieb.

Da! Endlich bog der Leichenwagen um die Ecke. Ich bückte mich, schnappte mir Upsy und schwang mich schon in den Wagen, während er noch rollte.

»Fahr weiter, schnell«, keuchte ich.

Rick warf mir einen überraschten Blick zu, aber er gehorchte, ohne zu zögern. »Was ist los?« Seine tiefe Stimme klang ruhig.

»Ich habe so ein Gefühl, als ob wir verfolgt werden.«

Er warf einen Blick in den Rückspiegel. »Bis jetzt kann ich nichts Auffälliges erkennen.«

Ich blickte nervös aus dem offenen Beifahrerfenster und streichelte mit zitternder Hand Upsy, die ich auf meinem Schoß hielt. Warum war ich so nervös? Es war doch gar nichts geschehen.

Meine Angst übertrug sich auf Upsy, die auch anfing zu zittern und sich gegen mich presste.

Rick runzelte die Stirn. »Was habt ihr zwei denn?«

Ich schluckte. »Gar nichts. Es ist nichts passiert. Ich hab nur ... ich meine, was ist, wenn ... Also ...«

Rick schaute mich erstaunt an und öffnete den Mund, doch bevor er etwas sagen konnte, entdeckte Upsy einen Hund auf dem Bürgersteig neben uns, fuhr hoch und bellte wie verrückt aus dem offenen Fenster heraus.

Ich schaffte es gerade noch, sie am Halsband zu greifen. »Schh, Upsy!« Ich hielt ihr die Schnauze zu. »Was soll das?«

»Kann es sein, dass sie das erste Mal Auto fährt?«

Ich blinzelte. »Ja. Vielleicht.«

Er lachte. »Kein Wunder, dass es für sie ein aufregendes Erlebnis ist. Sie hat die Welt noch nie aus dieser Perspektive gesehen.«

Upsy hatte nun festgestellt, dass der Fahrtwind wunderbar kühlte. Begeistert hielt sie ihren Kopf aus dem Fenster und ließ die Zunge aus dem Maul hängen, während der Wind ihre Ohren flattern ließ. Ich hielt sie am Halsband fest, aber ich blickte weiterhin Rick an. Der furchtbare Gedanke, der mich eben so sehr ins Stottern gebracht hatte, umklammerte mein Inneres wie eine kalte Hand.

»Nun sag schon, was los ist.«

»Ich ... mir ist gerade eingefallen, dass Bernardo dich vielleicht in Untersuchungshaft nehmen könnte.«

Sein Mund verhärtete sich. »Dazu braucht er mehr als nur eine alte Verbindung zwischen mir und Egidio.«

»Paolo ist abgetaucht. Er wird schon wissen, warum.«

Rick holte tief Luft. »Wir wissen noch nicht, ob Paolo abgetaucht ist. Er hat nur seinen Job geschmissen, den er ohnehin nicht mochte. Vielleicht ist es ein dummer Zufall.«

»Das glaube ich nicht.« Ich unterbrach mich und zeigte nach rechts. »Bieg dort vorne ab. Wir müssen auf den Parkplatz.«

»Wo fahren wir eigentlich hin?«

»Zur Spiaggia della Lecciona.«

»An den Strand? Den hätten wir auch ohne Auto erreichen können.«

»Der Spiaggia della Lecciona ist nicht direkt zugänglich.

Man muss erst einmal ein Stück durch den Pinienwald laufen. Das ist vielen Leuten zu umständlich, und daher ist dort etwas weniger los als bei uns direkt am Hafen, vor allem jetzt am Abend.«

»Verstehe.« Er parkte das Auto unter einer krummen Pinie, dann blickte er in die Außenspiegel. »Es scheint uns niemand zu folgen, Tonia.«

Ich atmete tief durch. »Das ist gut. Lass uns an den Strand gehen. Ich brauche Luft.«

Wir folgten dem Sandpfad, der direkt zum Meer führte und rechts und links von Dünengras begrenzt war. Die Sonne stand tief am Horizont, und die Luft war weich und warm. Es roch nach Tang. Ich beugte mich herab und ließ Upsy von der Leine. Sie stürzte aufgeregt kläffend nach vorne. Kurze Zeit später kam sie zurück, ein krummes Stück Treibholz im Maul.

Rick ergriff es lachend und zerrte spielerisch daran.

Upsy hielt dagegen, dass der Sand nur so aufflog.

Ich schaute lächelnd zu, aber trotz der idyllischen Szene war die Kälte in mir nicht verschwunden. »Rick, ich ...«

Er ließ das Stück Holz los, klopfte sich die Hände ab und blickte mich mit seinen blauen Augen an. »Wovor hast du Angst, Tonia?«

Ich zuckte mit den Schultern. »Bernardo wird nicht locker lassen, und er ist wild darauf aus, den Fall schnell zu lösen. Er hat mir erzählt, dass er ein Bild von dir und Egidio entdeckt hat und dass auch sein Chef meint, dass das eine vielversprechende Fährte sei.«

Er holte tief Luft, steckte die Hände in die Taschen seiner Jeans und blickte aufs Meer hinaus.

»Rick.« Ich legte ihm eine Hand auf den Arm und konnte seine angespannten Muskeln spüren. »Hast du ein Alibi für gestern Nacht?«

Er starrte unbewegt auf die Wellen, die unbeteiligt heranrauschten. »Nein. Ich war zu Hause und habe geschlafen. Doch das kann ich natürlich nicht beweisen.«

»Willst du, dass ich dir ein Alibi gebe?«

Er fuhr zu mir herum. »Wie bitte?«

»Ich ... ich meine nur, dass ich ohne Probleme sagen kann, dass du die Nacht bei mir verbracht hast.« Sein harter Gesichtsausdruck machte mir Angst. Ich schluckte trocken. »Bernardo ... Bernardo ist eh überzeugt, dass du mein Freund bist. Es ist also ganz egal. Und mir macht es nichts aus. Wirklich nicht.« Warum sagte er nichts? »Rick?«

Seine Augen blickten so kalt wie Gletscher. »Vermutlich muss ich dir für das Angebot danken, Tonia.«

Ich hob beide Hände. »Nein, nein. Ich meine nur, dass es doch für alle einfacher wäre, und –«

Er sprach durch fest zusammengebissene Zähne. »Ich werde auf gar keinen Fall lügen.«

»Aber es wäre doch ...«

Er nahm meine Hand von seinem Arm und ließ sie fallen, als ob sie aussätzig sei. »Nein.«

»Aber es ist doch egal, ob du nun bei dir oder bei mir geschlafen hast. Das kann keiner nachweisen, und für dich wäre es so einfacher.«

Er verengte die Augen. »Tonia. Du hast mich nicht verstanden. Ich werde kein Alibi erfinden.«

»Aber –«

Er wandte den Kopf und funkelte mich an. Seine Augen sahen wie blaue Flammen aus.

Ich fuhr zurück.

»Biete mir so etwas nie wieder an, hörst du? Nie wieder! Ich habe es nicht nötig zu lügen. Wenn die Idioten die Wahrheit nicht verdauen können, mag das ja sein, aber das ist ihr Problem.«

Wilde Wut erfasste mich. »Nein, es ist auch dein Problem, mein Lieber! Denn manchmal ist es nötig, die Wahrheit ein wenig anzupassen, wenn die Idioten damit nicht umgehen können!«

Für einen Augenblick starrte er mich an, als ob er mich noch nie gesehen hätte. Dann fragte er: »Hast du eigentlich einen Führerschein?«

Ich blinzelte und hörte mich selbst antworten wie ein gehorsames Kind: »Ja.«

Er zog seinen Autoschlüssel aus der Tasche. »Gut. Dann fahr nach Hause, wann du willst. Ich hole den Wagen irgendwann ab.« Er griff meine Hand, die schlapp herunterhing, drückte mir den Schlüssel in die Hand, drehte sich auf dem Absatz um und ging davon. Selbst von hinten, im Licht der untergehenden Sonne nur als Silhouette erkennbar, sah er noch wütend aus.

Fassungslos starrte ich ihm nach. »Du brauchst mindestens zwei Stunden von hier nach Hause!«, schrie ich hinter ihm her.

Er antwortete nicht.

Upsy rannte ihm bellend nach. Ich pfiff laut, doch sie ignorierte mich. *Na toll.* Jetzt hielt der dumme Hund auch noch zu ihm, obwohl ich überhaupt nichts falsch gemacht hatte.

Upsy schnappte bellend nach Ricks Fersen. Er hielt an und sprach auf sie ein, dann zeigte er mit einer Hand zu mir und gab ihr einen kleinen Schubs. Sie schaute ihn zweifelnd an. Er sagte noch etwas, zeigte wieder auf mich, drehte sich um und ging davon.

Was für ein Idiot.

Upsy klemmte den Schwanz ein und trottete zu mir zurück.

Vor Wut kochend blieb ich wie angewurzelt stehen, bis sie auf Hörweite herangekommen war. »Du kannst gern bei deinem Freund bleiben, wenn du es vorziehst.« Meine Stimme klang fremd, schneidend und kalt. »Das macht mir nichts aus.«

Sie winselte und kam mit verzeihungsheischendem Blick näher.

Ich drehte mich um, ohne nach ihr zu sehen. »Wir gehen jetzt nach Hause.«

Zehn Schritte.

Zwanzig.

Folgte sie mir, oder war sie Rick nachgerannt?

Verdammt, so musste sich eine Scheidung anfühlen, wenn man die Kinder auseinanderriss. Aber wir waren nicht verheiratet. Wir waren noch nicht einmal zusammen. Und ganz offensichtlich war das auch eine Vorstellung, die Rick noch nicht einmal im allerschlimmsten Notfall in Betracht ziehen würde. Auch gut. Sollte er doch sehen, wo er blieb mit seiner verdammten Ehrlichkeit, der Idiot. Es hatte ihm ja schon einmal richtig viel gebracht. Wütend stieß ich gegen das Treibholz, das Upsy mitten auf dem Sandweg hatte fallen lassen.

Dann drehte ich mich doch um. Sie trottete hinter mir her, den Schwanz eingezogen, die Schnauze gesenkt.

Mein Herz brach. Ich ließ mich auf die Knie fallen und streckte die Arme nach ihr aus. »Warum hat er bloß so entsetzt reagiert? Ich wollte ihm doch nur helfen.«

Sie rannte zu mir und leckte mir das Gesicht ab. Es war schon vorher feucht gewesen.

Ich vergrub meine Nase in ihrem Fell und hielt Upsy fest, bis ich mich ein wenig beruhigt hatte. »Na komm«, sagte ich schließlich seufzend und richtete mich auf. »Wir müssen einen Leichenwagen nach Hause fahren.«

~ 12 ~

Rick

Verdammt, verdammt, verdammt. Wütend stieß ich meine Füße in den Sand, sodass kleine Wölkchen aufstoben. Hatte Tonia denn immer noch nicht begriffen, was mich ausmachte? Hatte sie immer noch nicht verstanden, dass eine so eklatante Lüge nur dazu führen würde, dass ich nicht mehr in den Spiegel schauen konnte? Sie war eine Gaunerin, so viel hatte sie selbst gesagt. Unsere Werte waren diametral entgegengesetzt. Es war völlig wahnsinnig, sich einzubilden, dass wir jemals ein Paar werden könnten. Ich lief immer weiter Richtung Hafen und Stadt, innerlich kochend. Vor mir ging ein Paar, dicht nebeneinander, Händchen haltend. Ich war froh, als ich die beiden endlich überholt hatte.

Die Sonne sank immer tiefer ins Meer. Mauvefarbene Schatten legten sich über den Sand, und Möwen kreischten in meiner Nähe. Ich lief und lief und lief. Hoffentlich kam Tonia mit dem Leichenwagen zurecht. Ich schob den Gedanken von mir. Ich brauchte dringend einen Whiskey. Endlich war ich wieder an der Mole. Meine Wut legte sich langsam und machte Raum für eine kalte Welle an Angst. Verdammt, wie viel Zeit hatte ich noch? Ich musste unbedingt mehr über den Mord herausfinden, solange ich noch die Möglichkeit dazu hatte. Doch wie fing ich es am besten an?

Ich ging über die Promenade, auf der Suche nach einer Bar, in die ich in meinem windverwehten Zustand gehen konnte, als mir Suzetta wieder einfiel. Sie bot mir die beste Chance, mehr über Egidio und den Fall zu erfahren, und als ich mich vorhin im Café überstürzt von ihr verabschiedet hatte, war sie mehr als enttäuscht gewesen und hatte mir ihre Nummer gegeben. Mir war völlig klar, dass sie mich als Informanten ausnutzen wollte. Damit waren wir auf dem gleichen Level. Warum also nicht?

Ich zuckte mit den Schultern, nahm mein Handy aus der Tasche meiner Jeans und verabredete mich mit ihr in der Bar des Hotels Superior Royal Splendide. Da sie dort Gast war, würde man mich nicht hinauswerfen, egal, wie ich aussah. Immerhin klopfte ich mir den Sand von den Füßen und zog meine Schuhe an, bevor ich die luxuriöse Lobby betrat.

Der intensive Geruch nach Lilien ließ mich zurückprallen. *Widerlich.* Eilig schritt ich quer durch die Lobby Richtung Bar, verfolgt vom Geklimper eines Grand Pianos. Eine Art geschwungener Torbogen führte in den separaten Barbereich, und meine Schuhe sanken in einen tiefen Teppich. Sofort änderte sich die Atmosphäre. Alles wurde gedämpfter, gediegener. Links von mir befand sich ein langgezogener Tresen mit einer Reihe von Barhockern, die mit rotem Leder bezogen waren. Die Front des Tresens war so blank poliert, dass die Barhocker sich darin spiegelten und wie eine lange rote Doppelreihe aussahen. An einer Stelle war das Muster durchbrochen. Suzetta saß auf einem der roten Barhocker in einem engen, roten Kleid. Hatte sie es passend zum Dekor ausgesucht? Sie hatte ihre langen Beine übergeschlagen und lächelte mir entgegen.

Ich zögerte einen Augenblick. Wollte ich wirklich ...? Doch dann erinnerte ich mich an Tonias Vorschlag und fühlte die Wut wieder in mir aufwallen. Sollte Tonia mit ihren Gaunervorschlägen doch bleiben, wo der Pfeffer wächst. Ich durfte jetzt nicht an sie denken. Mit zusammengebissenen Zähnen und einem Lächeln ging ich auf Suzetta zu.

Nach dem dritten Whiskey schmerzte es weniger, meinen Mund in einer lächelnden Position zu halten. Wir sprachen über Belanglosigkeiten. Ich wollte sie nicht verschrecken, indem ich ihr allzu klar zeigte, dass ich von ihr nur Informationen haben wollte. Sie plauderte über ihr Leben in Rom, und ich bemühte mich, nicht hinzuhören. Verrückt, wie ich die Großstadt manchmal vermisste, obwohl ich so oft über sie geflucht hatte. Also nickte ich an den richtigen Stellen, fragte hier und dort ein wenig nach und begnügte mich damit, sie bewundernd anzusehen. Sie blühte sichtbar auf. Ihre Wangen röteten sich, und sie beugte sich ständig zu mir herüber, bis ich fürchtete, sie würde von ihrem Hocker herunterfallen. Endlich war es so weit, dass ich mir einen Vorstoß erlauben konnte. »Und wie gefällt dir Viareggio?« Ich schaute ihr tief in die Augen.

Sie erwiderte meinen Blick. »Die Hauptattraktion hier bist du.«

Ich lächelte, obwohl mein Kiefer sich schon langsam verkrampfte.

»Und der Job? Ist er interessant?«

Sie hob die Schultern. »Es ist eine Recherchearbeit. Wir unterstützen ...«, sie zögerte einen Augenblick, »... eine andere Abteilung.«

»Also handelt es sich bei eurem Fall nicht um Mord?«

»O nein.« Langsam schüttelte sie den Kopf.

»Meinst du denn, dass Egidio wegen des Jobs hier ermordet wurde?«

Sie fuhr sich mit einer Hand durchs Haar. »Die Frage hab ich Mommo auch sofort gestellt, als er mich fragte, ob ich Egidios Arbeit übernehmen will. Aber er meinte, das sei Quatsch. Immerhin –« Sie brach ab und räusperte sich. »Es geht bei diesem Job nicht um Leben und Tod.«

»Verstehe.« *Mommo!* Wer war noch einmal Mommo? Ein ungewöhnlicher Name, doch er war mir untergekommen. Ich kramte in meinem Gedächtnis, während ich langsam mein Whiskeyglas nahm und einen Schluck trank. Verschwommen sah ich einen schmalen Mund, einen Schnurrbart, dünn wie ein Bleistift. *Mommo.* Ich hatte einmal einen Fall mit ihm zusammen bearbeitet, vor Jahren. Doch was genau hatte er dabei getan?

Suzetta kam noch näher. Ich konnte ihr Parfüm riechen, leicht und blumig. Es war angenehm. »Woran denkst du, Rick?«

Ich setzte mich aufrechter hin. »Ich frage mich, aus welchem Grund Egidio ermordet worden ist.«

Sie zuckte mit den Schultern. »Vermutlich Privatgründe. Seine Ehe soll nicht besonders gut gewesen sein. Eifersüchtige Frau. Durchgedrehte Geliebte.«

»Durchgedrehte Geliebte? Egidio wirkte immer ziemlich solide auf mich.«

»Man kann den Menschen nur vor den Kopf schauen.« Sie legte mir eine Hand auf den Arm und strich langsam über die Innenseite, von der Ellenbogenbeuge bis zum Puls.

Ich schaute sie an. Ihre Pupillen waren weit geöffnet, ihr Lächeln verführerisch.

Sie senkte die Stimme. »Wenn ich dich jetzt frage, ob du mit nach oben kommst, was würdest du antworten?«

Ich nahm ihre Hand und strich leicht über ihre Finger. Ihre Haut war zart und warm. Am liebsten hätte ich sie in einem vertraulichen Murmelton gefragt, ob der wahre Grund ihrer Arbeit hier ein ganz anderer war. Vielleicht war ihr der Hinweis auf Mommo – es würde mir schon noch einfallen, wer er war – gar nicht versehentlich entschlüpft, sondern eine ganz bewusst gelegte falsche Fährte. Vielleicht hatte sie den Auftrag, alles über mich zu erfahren. Wenn dem so war, würde sie früher oder später Fragen stellen müssen, über die Vorfälle damals in Brasilien, über den Abend, an dem Egidio ermordet worden war. Bis jetzt hatte sie mit keiner Silbe Interesse an meinem Alibi bekundet. Doch vielleicht wollte sie noch warten, bis ich verletzlicher war. Es gab nur einen Weg, das herauszufinden.

Kurz zögerte ich. Falls ich sie falsch einschätzte, musste ich die Fronten vorher klarstellen. »Suzetta.« Ich küsste ihre Hand und schaute ihr tief in die Augen. Mein Körper reagierte auf die schöne Frau neben mir, das konnte ich nicht leugnen. Doch mein Kopf betrachtete uns skeptisch, wie von außen. Und gleichzeitig schob sich ständig das Bild von

Tonia vor mein inneres Auge. Es war ein völlig verrücktes Gefühl, das ich noch nie gehabt hatte. Ungeduldig verdrängte ich Tonias Gesicht. Verdammt, wir passten nicht zusammen, das hatte der Abend deutlich genug gezeigt. Mühsam konzentrierte ich mich wieder auf Suzetta. »Falls ich mit nach oben komme, muss eine Sache klar sein.«

Sie hob die Augenbrauen. »Du stellst Bedingungen?«

»Ganz und gar nicht. Ich möchte nur, dass du eines weißt: Dies ist nur eine romantische Sommernacht. Nicht der Beginn einer romantischen Beziehung.«

Sie warf den Kopf zurück und schüttete sich aus vor Lachen. »Typisch Rick. So deutsch, so deutlich, so krass.« Dann beugte sie sich vor und flüsterte in mein Ohr: »Einverstanden, Rick. Eine einzige romantische Sommernacht. Mehr nicht.« Sie glitt vom Barhocker, nahm ihre kleine Abendhandtasche und ging voraus, während sie mir einen lachenden Blick über die Schulter zuwarf.

Ich folgte ihr.

~ 13 ~

Tonia

Meine Hände zitterten, als ich mit dem Leichenwagen vom Parkplatz fuhr. Ich war es nicht gewohnt, so ein großes Auto zu fahren, und hoffte nur, dass ich es ohne Schaden nach Hause bringen würde. *Und wenn nicht, ist es auch egal. Schließlich habe ich es mir nicht ausgesucht.* Vorsichtig bog ich in die Via dei Lecci ein. Upsy hatte ich mit ihrer Leine auf dem Sitz so festgebunden, dass sie die Nase aus dem Fenster halten, aber nicht hinausstürzen konnte. Ein paar Kreuzungen weiter entdeckte ich einen Wegweiser zu AzzurOro. Es war schon fast dunkel, aber ich wusste, dass Nino oft bis spät in die Nacht arbeitete.

Spontan bog ich ab und fuhr zu meinem Kunden. Wenn mein Privatleben schon nicht funktionierte, konnte ich mich wenigstens mit Arbeit ablenken.

Ich hielt mit dem Leichenwagen direkt vor dem großen Tor, dann rief ich Nino an. Er klang erfreut über meinen unverhofften Besuch. »Komm rein, Tonia. Leider ist die Fernbedienung für das Tor kaputtgegangen, aber du kannst es über die Tastatur öffnen. Gib einfach 1926 ein, unser Gründungsjahr.«

»Mache ich.«

Mit einem leisen Surren öffnete sich das automatisch geregelte Tor. Langsam fuhr ich auf das große Firmengelände. Wie anders es bei Nacht wirkte. Verlassen lagen die großen Hallen da, umgeben von tiefen Schatten. Nur ein einzelnes Licht kam von einem niedrigen Bürogebäude. Es stank nach Diesel und frischem Fiberglas – einer Mischung aus Klebstoff und Chemie. Ich schüttelte mich. Den Geruch hatte ich noch nie gemocht. Rasch löste ich Upsys Leine vom Sitz und klemmte mir Upsy unter den Arm, bevor ich zu dem Bürogebäude ging und an die Tür klopfte.

Nino öffnete mir sofort.

Erschrocken blickte ich ihn an. Sein Haar stand in die Höhe, er hatte dunkle Ringe unter den Augen, und sein Gesicht war blass, obwohl er jetzt im Juni eigentlich ausreichend Gelegenheit hatte, ein wenig Sonne abzubekommen. »*Buonasera*, Tonia.« Seine Stimme klang müde. Er ließ mich eintreten. »Wie nett, dass Sie reinschauen.«

»Ich kam gerade hier vorbei«, sagte ich. »Und da dachte ich, ich frage einfach mal, wie es aussieht. Hat Stella Sanders sich wieder beruhigt?«

Er rieb sich die Stirn, dann nickte er und lächelte etwas mühsam. »Ja, immerhin. Ich bin sehr erleichtert. Wir hatten ein klärendes Gespräch, und ich habe ihr die Situation offen dargelegt. Daraufhin meinte sie, sie würde nur ein wenig warten, bis Gras über die Sache gewachsen ist. Ein, zwei Monate, mehr nicht. Da wir ja sowieso noch so lange brauchen, bis die Jacht vom Stapel laufen kann, ist das kein Problem.«

Mir fiel ein Stein vom Herzen. »Das ist super. Das heißt, ich soll die Bezüge weiter nähen?«

»Das können Sie gern tun.« Er lächelte mir zu. »Es wird sensationell. Ich kann es gar nicht abwarten, die Jacht fertiggestellt zu sehen. Sie wird unser schönstes Schiff werden.«

»Ja, das denke ich auch.« Ich zögerte einen Augenblick. So gut kannten wir uns nicht, aber er sah dermaßen fertig aus, dass ich einfach nicht so tun konnte, als ob ich nichts bemerkt hätte. »Ist ... ist alles in Ordnung, Nino?« Ich legte ihm eine Hand auf den Arm. »Sie sehen ein wenig ... erschöpft aus.«

Wieder lächelte er. »Ja, ja, keine Sorge. Ich leide im Moment stark unter Migräne, daher die Augenringe. Aber ich habe gute Mittel. Es ist bald wieder gut.«

»Das freut mich. Es ist jetzt natürlich eine sehr stressige Zeit gewesen, mit dem Auftrag, der zu kippen drohte. Da wundert es mich nicht, dass Sie Migräne bekommen haben. Hatten Sie nicht sogar extra noch neue Maschinen nur für diese Jacht gekauft?«

Er nickte. »Die neue CNC-Maschine war teurer als gedacht, aber dafür kann sie größere Flächen bearbeiten, präziser arbeiten, und sie braucht auch nur halb so lange. Ich habe eine ganze Weile gebraucht, um die Banken dazu zu bringen, uns den Kredit zu geben.« Er reckte sich und hob das Kinn. »Doch am Ende habe ich es geschafft. Damit haben wir die Basis gelegt, um AzzurOro auf die nächste Ebene zu heben. Wir können jetzt in einer anderen, internationalen Kategorie mitspielen. Sie werden sehen, AzzurOro wird in der ganzen Welt bekannt werden. Das ist mein erklärtes

Ziel.« Es hörte sich ein wenig an, als ob er aus einer Werbebroschüre zitieren würde. »Möchten Sie sehen, wie weit wir schon gekommen sind?«

»Wäre das möglich?«

»Natürlich.« Er nahm einen Schlüssel vom Schreibtisch und führte mich aus dem Büro hinaus zu der im Dunklen liegenden Halle nebenan. An der Hallentür blieb er stehen und drückte ein paar Knöpfe auf einem Tastenfeld, sodass sie sich öffnete. Für einen Augenblick standen wir in der Tür, vor uns undeutlich eine dunkle Masse. Es wirkte, als ob das halbfertige Schiff atmete und wie ein großes Geschöpf darauf wartete, dass wir zu ihm kamen. Ich schluckte. Upsy winselte leise.

Direkt neben der Tür befanden sich die Schalter für die großen Fluter. Nino schaltete sie an, und die Halle wurde in Licht getaucht.

Schlagartig war die unheimliche Stimmung verschwunden. Das halb fertige Schiff war nur eine Konstruktion aus Metall und GFK, von Menschenhand geschaffen, kein lebendiges Wesen. Wie kam ich überhaupt auf so einen schrägen Gedanken?

»1926 war wie gesagt unser Gründerjahr.« Nico ging mir voran zu einer Leiter, die an dem mehrere Meter hohen Schiffsrumpf lehnte. »Ich glaube, mein Vater wäre stolz darauf, wie ich heute expandiere und ausbaue. Er war immer ein wenig übertrieben vorsichtig, verstehen Sie.«

Ich blickte Nico nachdenklich an. Eigentlich war mir sein Vater immer sehr bodenständig und vernünftig vorgekommen. Überlegt, aber nicht konservativ. »Hmm.«

»Am besten, Sie binden Ihren Hund hier unten irgendwo an.«

»Ja, klar.« Ich streichelte Upsy und befahl ihr, am Platz zu bleiben, dann folgte ich Nino die Leiter hoch. Der Boden des Schiffes war noch nicht mit Teak belegt, sodass wir uns problemlos in den Salon begeben konnten. Voller Interesse schaute ich mich um. »Es ist sehr hilfreich, das Ganze schon fast im Endzustand zu sehen und nicht nur als CAD-Zeichnung.«

Er nickte. »Ein schönes Schiff. Sie wird das schönste Schiff, das wir je gebaut haben.«

So langsam klang er wie eine Schallplatte, die an einer Stelle hängen geblieben war. Voller Stolz führte er mich über die gesamte Jacht. »Wir haben extra das Tor erweitern müssen«, sagte er. »Sonst hätten wir sie zwar bauen können, hätten sie aber niemals hier rausbekommen.«

Mein Blick folgte seinem ausgestreckten Arm, und ich sah, dass das oberste Deck in der Tat direkt unter der Dachkonstruktion endete. »Aber das ist noch nicht alles! Dieses Schiff hier wird vollkommen autark und klimaneutral sein, wenn es erst fertiggestellt ist. Brillante Technik, kombiniert mit italienischem Design.« Er klang ein wenig fiebrig, aber trotzdem war seine Begeisterung ansteckend.

Als ich schließlich wieder mit Upsy nach Hause fuhr, war ich froh, den Abstecher gemacht zu haben. Wie gut, dass ich meine Arbeit hatte. Sie half mir immer über Krisen hinweg. Sollte Rick mit seinen übertriebenen Moralvorstellungen doch bleiben, wo der Pfeffer wächst.

~ 14 ~

Rick

»Ich verstehe das nicht!«

Ich erwachte von Suzettas genervter Stimme und brauchte einen Augenblick, um mich zu orientieren. Die seidige Bettwäsche auf meiner nackten Haut und der Duft ihrer Haare waren zuerst in meinem Bewusstsein. Dann öffnete ich die Augen und sah einen schmalen Streifen Mondlicht, der sich durch die dicken Brokatvorhänge stahl. *Natürlich.* Ich war im Hotel Splendide, in Suzettas Suite. Doch was hatte mich geweckt?

»Ich verstehe es nicht!« Suzetta klang unwirsch.

Ich stützte mich auf einen Ellenbogen und wollte gerade fragen, was sie meinte, als ich im Halbdunkel entdeckte, dass ihre Augen geschlossen waren.

»Sie können doch nicht einfach spurlos verschwunden sein!«

Ich hob die Augenbrauen. Suzetta sprach im Schlaf?

»Egidio hat es ausdrücklich gesagt!«

Nun war ich hellwach. Wovon redete sie? Atemlos wartete ich darauf, dass sie mehr sagte.

Sie machte eine unwirsche Handbewegung, runzelte die Stirn und murmelte etwas, das ich nicht verstand.

Ich schluckte. Irgendwo hatte ich mal gehört, dass man sich mit Menschen, die schliefen, sogar unterhalten konnte. Warum nicht? Ich hatte nichts zu verlieren. »Was hat Egidio gesagt?«, murmelte ich leise.

»Der Politiker hat sie beauftragt. Es ist ganz unmöglich.«

Ich verstand kein Wort. Mit gerunzelter Stirn betrachtete ich sie. Sie atmete ruhig weiter.

Draußen rauschte das Meer. Ganz schwach konnte ich es durch das geöffnete Fenster hören.

Plötzlich zuckte sie zusammen. »Wo sind die Unterlagen? Ich finde keine Spur!«

Ich legte mich vorsichtig wieder hin. So konnte ich Schlaf vortäuschen, wenn sie doch aufwachen sollte. »Was für Unterlagen?« Meine Stimme war kaum zu hören.

»Die Verkaufsunterlagen der Jacht.«

Was zur Hölle meint sie?

»Ich muss es einfach finden.«

»Was musst du finden?«

»Den Politiker!«

Wieso bezeichnete sie den Politiker als »es«? Und von was für einer Jacht sprach sie? *Hoffentlich gibt es keine Verbindung zu Tonia.* Ach, Blödsinn. Es gab Hunderte von Jachtbauern in Viareggio. Die Stadt war immerhin berühmt dafür. *Und Tonia arbeitet für viele davon.* Ich zwang meine Gedanken zu Suzetta zurück.

Ihre Wimpern lagen dunkel auf den hellen Wangen. Jetzt

flatterten sie. »Es ist gefährlich.« Sie seufzte leise. »Und Rick …«

Plötzlich hatte ich einen Kloß im Hals. »Was ist mit Rick?«

Suzetta seufzte noch einmal. Dann drehte sie sich um und schlief weiter.

Ich lag mit geballten Fäusten im Bett und betrachtete die Stuckdecke, während der Mond langsam weiterzog. Schlafen konnte ich nicht mehr. Meine Gedanken irrten von Tonia zu dem Politiker, von Tonia zu den verschwundenen Unterlagen, von Tonia zu Upsy, von Tonia zu dem Mord. Verdammt. Ich lag neben einer anderen Frau im Bett und vermisste sie. Vermisste sie so sehr, dass es körperlich wehtat. Dabei hatten wir uns noch nicht einmal geküsst. Meine Wut auf sie war verflogen. Sie hatte es gut gemeint, und ich hätte nicht so überreagieren dürfen. Eine lachende Absage wäre die richtige Antwort gewesen. Stattdessen hatte ich mich völlig danebenbenommen. Ich musste echt lockerer werden.

Ich seufzte, knuffte mein Kissen zurecht und drehte mich um. Das Mondlicht wanderte weiter durch den Raum. War Tonia wirklich nicht an Männern interessiert? Immerhin schien sie mit diesem Rezeptionisten hier im Hotel zusammen gewesen zu sein, dem Schokoladenkeks. Am besten, ich sprach sie irgendwann einmal direkt darauf an. Mein Herz beschleunigte sich bei dem Gedanken.

Plötzlich brummte es leise. Ein Handy leuchtete neben mir auf und warf ein bläuliches Licht an die Decke. Um diese Uhrzeit? War etwas mit Tonia? Ich stützte mich auf einen

Arm und streckte die Hand aus, und erst als ich das Telefon schon in der Hand hatte, stellte ich fest, dass es Suzettas war. Wir hatten früher am Abend nicht so genau darauf geachtet, was wohin flog. Das Display erlosch wieder, aber erst nachdem ich den Anfang der Nachricht gelesen hatte. *»Dormi bene, amore?«* Interessant. Wenn es in Suzettas Leben einen Mann gab, der sie mitten in der Nacht liebevoll fragte, ob sie gut schlief, verstand ich schon eher, dass sie sich lachend auf eine romantische Sommernacht eingelassen hatte, ohne Bedarf nach einer romantischen Beziehung. Die Nachricht ließ meine Laune schlagartig steigen.

Ich legte das Telefon wieder auf den Nachttisch, und in diesem Augenblick kam mir die Erinnerung. Mommo war Abteilungsleiter bei der Agenzia delle Entrate, und zwar bei der Abteilung der Finanzbehörde, die für das Aufspüren von Steuerhinterziehungen zuständig war. Waren Egidio und Suzetta hier, um Steuerhinterziehungen zu prüfen? Das war doch völlig abwegig!

Ich warf die Decke von mir und sprang auf. Schlafen konnte ich eh nicht mehr.

Rasch duschte ich, dann sammelte ich leise meine Sachen zusammen und zog mich an. Suzetta schlief tief und fest.

Ich überlegte einen Augenblick, ob ich überhaupt eine Nachricht hinterlassen sollte. Schließlich zog ich mein Handy hervor und schrieb ihr eine SMS: »Ich muss los. Melde mich später.« Es war ein wenig dürftig, aber es widerstrebte mir, Nachrichten zu schreiben, die deutlicher wurden. Ihr Handy leuchtete wieder auf, als die Nachricht einging. Ohne ein Geräusch zog ich die Tür zu der Suite hinter mir zu und verließ das Hotel. Ich konnte es gar nicht erwarten, an meinen Rechner zu kommen und mehr über Mommo herauszufinden.

~ 15 ~

Tonia

Am Morgen nach dem Streit mit Rick fühlte ich mich, als ob irgendetwas Schweres über mich hinweggerollt sei. Jede Bewegung war mühsam, die Musik im Radio nervte, ich verbrannte mir die Zunge am Kaffee, und ich fand, dass der Tod durchaus auch seine positiven Seiten hatte. Zumindest tat einem dann niemand mehr weh. Außerdem fiel draußen ein leichter Sprühregen, der alles grau in grau färbte. Auch Upsy schlich mit eingezogenem Schwanz durch die Gegend.

Mürrisch setzte ich mich an die Nähmaschine, um die Bezüge fertig zu nähen. Mürrisch räumte ich mein Atelier auf. Mürrisch beschäftigte ich mich mit meiner Buchhaltung. Wenn ich schon schlechte Laune hatte, konnte ich mir den Tag auch gleich ganz verderben. Kein Mensch kam zu mir. Niemand rief mich an. Upsy lag neben mir auf ihrer Decke, den Kopf auf den Pfoten.

Vielleicht hatte Rick ja recht gehabt. Mord war immerhin ein Kapitalverbrechen. Da sollte man nicht einfach Alibis erfinden, wie sie einem in den Kram passten. Aber ... aber es war die Art und Weise gewesen, wie er abgelehnt hatte. Als ob er gar nichts mit mir zu tun haben wolle. Als ob er den

Gedanken, die Nacht bei mir zu verbringen, richtig abstoßend fände. Ich seufzte kellertief und schnalzte genervt mit der Zunge.

Upsy hob wie elektrisiert den Kopf und schaute mich überrascht an.

Ich schaute zurück. »Was ist los? Hast du mich noch nie schnalzen gehört?«

Sie legte den Kopf schief.

Ich schnalzte noch einmal, wie für ein Pferd, das man vorwärts trieb.

Sie wedelte mit dem Schwanz und hechelte begeistert.

»Na, wenn dir das gefällt, kann ich das öfter machen«, sagte ich. »Wie wäre es, wenn wir uns einen eigenen Schnalzcode zulegen? Zum Beispiel so?« Ich schnalzte dreimal, machte eine Pause, und dann schnalzte ich noch zweimal. »Das bedeutet Spaziergang.«

Sie bellte.

»Okay, dann ist das abgemacht.« Ich stand auf und holte ihre Leine, dann zog ich mir einen Regenmantel über. »Komm, lass uns ans Meer gehen. Hier werde ich noch wahnsinnig.«

Wir wanderten den Kanal entlang, dann gingen wir langsam zum Strand. Zwei Hardcore-Schwimmer pflügten durch die Wellen, ansonsten war es menschenleer. Die Sonnenliegen lagen brav wie Soldaten in geordneten Reihen, die Sonnenschirme waren geschlossen. Es war ein sehr ordentliches Bild, beruhigend für den Geist. Ich hatte mal ein Luftbild vom Strand gesehen. Von oben wirkte der Strandabschnitt fast wie eine Computerplatine, alles voller Striche und Punkte.

Die Wellen rauschten gleichmäßig ans Ufer, und ich fühlte, wie der leichte Regen meine Wimpern benetzte. Es roch nach Tang und Salz. Kleine Schaumkronen formten sich und rollten über den Sand. Upsy jagte ihnen bellend hinterher. Ich steckte die Hände tief in die Taschen und lief einfach immer geradeaus, ohne zu denken. Die Alpen hinten am Horizont waren nur schattenhaft zu erkennen. Die Touristen hatten sich in Museen verkrümelt, waren essen gegangen oder ins Kino. Mein Vater würde heute Abend ein ausverkauftes Haus haben. Bei Regen gingen auch die letzten Plätze im Varieté noch weg. Ich lief und lief und lief.

Irgendwann sah ich, dass Upsy müde wurde, also drehten wir um.

Eigentlich war jetzt ein guter Augenblick, um bei meinen Großeltern vorbeizusehen. Ich fühlte plötzlich eine große Sehnsucht nach ihrem Gezanke und danach, in meine Familie einzutauchen und für eine Weile meine Einsamkeit zu vergessen.

Also lief ich zu ihrem Haus direkt neben dem Theater. Meinen Schlüssel hatte ich immer dabei. Ich öffnete die Haustür. »*Nonna, nonno! Sono io!* Ich bin's!« Schon der vertraute Geruch der Halle nach Bienenwachs war Balsam für meine Seele. Ich holte tief Luft.

Meine Oma schoss aus der Küche, wie immer. »Tonia, Kind, wie siehst du denn aus! Wie eine ertrunkene Ratte!« Sie blickte auf Upsy. »Nein, zwei. Wartet hier, ich hole euch Handtücher.«

Ich lächelte in mich hinein. Sobald meine Oma mir ein Handtuch gereicht hatte, kniete ich mich hin und rubbelte Upsy sorgfältig trocken, während meine Oma das Gleiche für mich tat. Die Handtücher waren rau und dufteten leicht nach Lavendel. Nach Heimat. Ich schluckte, stand auf und nahm *nonna* fest in den Arm.

Sie lehnte sich zurück und sah mich an, jede Runzel in ihrem Gesicht kritisch zusammengekniffen. »Was ist passiert, *stellina?*«

Der alte Kosename ließ mir die Tränen in die Augen schießen. »Ich habe mich mit Rick gestritten.«

»Komm erst mal rein.« Sie nahm meine Hand und zog mich in die Küche, wo mein Opa wie immer an seinem angestammten Platz saß und die Zeitung las.

»Nanu, wer kommt denn da?« *Nonno* beugte sich nach unten und streichelte Upsy, die ekstatisch auf ihn zugeschossen kam.

Nonna braute ohne ein Wort einen starken Kaffee und schob mir einige *cantuccini* zu. Dann setzte sie sich an den Tisch. »Nun erzähl.«

Ich tauchte einen *cantuccino* in den Kaffee und kaute langsam. Der süße Keks mit den Mandeln tat gut nach dem langen Spaziergang. »Es kann sein, dass Rick wegen des Mordes an Egido in Verdacht gerät.«

Meine Großeltern starrten mich an. *»Ma dai!« Nonna* schüttelte den Kopf. »Wie ist das möglich? Sie kannten sich doch gar nicht.«

Ich seufzte. »Doch, sie kannten sich sogar sehr gut. Rick ist vor einem Jahr bei der römischen Polizei rausgeflogen, weil er angeblich Drogen aus Brasilien geschmuggelt hatte, obwohl er eigentlich die Aufgabe hatte, einen Drogenring dort auffliegen zu lassen. Egidio war einer der drei Kollegen, die an dem Fall gearbeitet haben.« Ich verschränkte die Arme vor der Brust. »Aber Rick ist unschuldig.«

»Das brauchst du uns nicht sagen, *cara*.« Die Stimme meines Opas klang ruhig.

»Warum nicht?«

»Na, das sieht doch ein Blinder mit Krückstock, dass dein Rick die Rechtschaffenheit in Person ist. *Tipico tedesco.*« Meine Oma schüttelte den Kopf.

Ich war mir nicht sicher, ob der Zusatz »typisch deutsch« positiv oder negativ gemeint war. »Na, lange Rede, kurzer Sinn. Ich habe ihn falsch eingeschätzt. Um ihm zu helfen, habe ich ihm angeboten, sein Alibi für die Mordnacht zu sein.« Ich hob die Schultern. »Aber er wollte nicht.«

Mein Opa zog seine buschigen Augenbrauen zusammen. »Und deshalb siehst du aus wie das Wetter draußen? Alles grau in grau?«

Ich nickte und schaute auf meine verkrampften Hände. »Er war richtig sauer über den Vorschlag.«

»Ist auch kein Wunder.« Mein Opa hob Upsy auf den Schoß und streichelte ihren schwarz glänzenden Rücken mit gleichmäßigen Bewegungen. »Damit hast du ihm das Letzte genommen, was er noch hatte.«

Ich starrte ihn an. »Ich habe ihm etwas genommen? Ich habe doch nur versucht, ihm Sicherheit zu bieten.«

Nonno schüttelte den Kopf. »Er hat seinen Ruf und seinen Job verloren. Damit blieb ihm nur noch seine Ehre. Dass er dein Angebot dann als den letzten Schritt in den moralischen Abgrund gesehen hat, sollte dich nicht überraschen.«

»Du meinst …« Ich musste schlucken. »Du meinst, es hat gar nichts mit mir zu tun?«

»Mit dir?« Mein Opa warf mir einen scharfen Blick zu. »Aber nein.«

Ich blieb bewegungslos sitzen. So hatte ich es noch gar nicht gesehen. »Denkst du –?«

Das schrille Klingeln der Glocke unterbrach mich.

Dann klingelte es noch einmal.

Und gleich darauf noch einmal.

~ 16 ~

Rick

Mit gerunzelter Stirn schob ich den Laptop von mir weg und schaute aus meinem zugigen Fenster auf den grauen Hinterhof, der im Regen noch viel trauriger als sonst aussah. Ich hatte mich richtig erinnert – Mommo war immer noch bei der Steuerbehörde angestellt. Doch wie konnte es sein, dass meine alte Abteilung mit der Steuerbehörde zusammenarbeitete? Mord und Steuerhinterziehung waren nun wirklich nicht das Gleiche. Wenn ich doch bloß noch Kontakt zu jemandem bei der Polizei hätte. Oder sollte ich Suzetta einfach geradeheraus fragen? Sie hatte mir bis jetzt freiwillig keinerlei Informationen gegeben. Warum sollte sie auf einmal damit anfangen? Vielleicht hätte ich bleiben sollen, mit ihr frühstücken sollen ... aber etwas in mir hatte sich dagegen aufgelehnt. Die Regeln für die letzte Nacht waren klar gewesen. Wenn ich zum Frühstück geblieben wäre, hätte ich die falschen Signale gesendet. Auf gar keinen Fall wollte ich einen falschen Eindruck erwecken.

Doch das war nun wirklich das geringste meiner Probleme. Wenn ich nicht aufpasste, lochte die Polizei mich für einen Mord ein, den ich nicht begangen hatte ... genauso, wie sie mich schon für Drogenbesitz verurteilt hatten. Ich spürte, wie Panik in mir aufstieg. Was konnte ich tun?

Ich atmete tief durch und lehnte mich zurück. *Nun mal schön der Reihe nach, Rick. Sortiere deine Gedanken. Was sind die Fakten?*

Egidio wurde ermordet. Es sah nicht nach einem professionellen Mord aus, sondern wirkte eher so, als ob ein privates Motiv den Ausschlag gegeben hatte. Wer kam da infrage? Wer gehörte zum engsten Familienkreis?

Seine Frau. Die hatte zumindest kein Alibi. Ob die Polizei das schon herausgefunden hatte? Eigentlich sollte ihnen diese Information mittlerweile vorliegen. Dieser Ex-Freund von Tonia schien ja gern zu reden. Mühsam riss ich meine Gedanken von dem attraktiven »Schokoladenkeks« los.

Hatte Egidio nicht noch mehr Familie? Ich wühlte mich noch einmal durch die Daten im Internet.

Eine Klingel schrillte laut.

Ich fuhr zusammen. War das etwa meine Türklingel? Ich hatte, seitdem ich in Viareggio angekommen war, noch nie Besuch bekommen. Noch nicht einmal die Nachbarn hatten geklingelt und gefragt, ob ich ihnen ein Ei ausleihen könnte. Vermutlich sah ich nicht wie ein Typ aus, der Eier im Haus hatte.

Es klingelte wieder.

Wer mochte das sein? Eine kleine Hoffnung regte sich in mir. Vielleicht Tonia? Aber sie wusste noch nicht einmal, wo ich wohnte.

Dann erstarrte ich. *Bernardo.* Tonia hatte mir gesagt, dass er mich suchte, weil er mich für den Tatverdächtigen hielt.

Wie gut, dass mein Auto noch bei Tonia stand, so konnte Bernardo nicht wissen, dass ich zu Hause war. Ich wollte ihn partout nicht sprechen, jedenfalls nicht, bis ich noch ein paar andere Verdächtige ins Feld führen konnte.

Sanft schob ich meinen Stuhl zurück, ging lautlos zur Tür und blickte durch den Spion.

Der Mund blieb mir offen stehen.

~ 17 ~

Tonia

Bevor sich meine Oma, mein Opa oder ich überhaupt bewegen konnten, klingelte es zum vierten Mal.

Meine Oma warf beide Hände in die Luft. »Was ist da los?« Sie ging in den Flur.

Neugierig folgte ich ihr und blickte an ihr vorbei zur Eingangstür. Livia Marchetto stand mit weit aufgerissenen Augen und blassem Gesicht auf der Schwelle. Die Witwe knetete immer noch ihre Handtasche mit nervösen Händen. Ihr Dutt hatte sich halb aufgelöst, sodass graue Strähnen feucht herunterhingen.

»Noch eine nasse Ratte«, murmelte meine Oma und zog Livia ins Haus.

Ich fuhr herum und eilte zu meinem Großvater zurück. »*Nonno!*«, sagte ich mit gedämpfter Stimme. »Wieso kommt Livia hier zu euch nach Hause? Ihr kennt sie doch kaum!«

»Wir haben sie gestern auf einen Kaffee kurz mit reingenommen«, sagte er. »Wo ist das Problem?«

»Sie könnte die Mörderin sein«, zischte ich. »In der Mordnacht hatte sie einen Riesenkrach mit ihrem Mann. Er stürzte hinaus, und sie folgte ihm kurz danach.«

»Interessant«, murmelte mein Opa, als ob ich ihm erzählt hätte, dass ich heute Morgen besonders aromatische Tomaten auf dem Markt gefunden hätte.

In diesem Augenblick trat meine Oma in die Küche, dicht gefolgt von Livia Marchetto. »Meine Enkelin haben Sie ja schon kurz gesehen, Livia«, sagte meine Oma. »Tonia, das ist Livia Marchetto.«

»Buongiorno.« Livia schaute mich nur flüchtig an, dann wandte sie sich sofort wieder an meine Oma. »Ich wusste mir keinen anderen Rat, als zu Ihnen zu kommen. Ich weiß, wir kennen uns kaum, aber ich bin hier ganz alleine, und Sie waren so freundlich, und ich glaube, dass ich Ihnen vertrauen kann, daher war mein erster Gedanke, zu Ihnen zu gehen und mir Ihren Rat zu holen.« Ihre Stimme klang flach, und sie reihte die Worte aneinander, ohne einmal Luft zu holen.

Nonna lächelte. »Völlig richtig.« Sie goss einen Kaffee ein und schob Livia die *cantuccini* hinüber. »Trinken Sie einen Schluck, essen Sie ein paar Kekse, und dann erzählen Sie mal. Wir werden schon eine Lösung finden.«

Livia hob die Tasse mit zitternden Händen, nahm einen kleinen Schluck und setzte sie rasch wieder ab. »Ich habe einen Anruf erhalten. Auf dem Handy meines Mannes. Der Mann am anderen Ende sprach mit einem Schweizer Akzent. Er wollte unbedingt nur Egidio persönlich sprechen. Als ich sagte, dass er verstorben ist, war er völlig konsterniert. Dann fragte er, ob ich Zugriff auf alle Bankkonten meines Mannes hätte.«

Mir standen die Haare zu Berge.

»Daraufhin habe ich ihm gesagt, dass ich selbstverständlich die Daten kenne. Und da sagte er, ich solle mich einloggen und die Information lesen, die die Bank mir im vertraulichen Bereich geschickt habe.« Sie riss die Augen auf. »Aber ich hatte den Namen dieser Bank, die er erwähnte, noch nie gehört. Sie kommt aus der Schweiz.«

Meine Oma schüttelte den Kopf. »Wie eigenartig.« Gedankenverloren füllte sie mehrere kleine Gläser mit Limoncello und verteilte sie an alle.

Livia nickte mehrmals. »Na ja, aber ich dachte mir, dass es ja nichts schaden kann, also habe ich mir Egidios Laptop geholt und die Seite aufgerufen.«

»Und?«, fragte mein Opa.

»Und ich konnte sehen, dass er schon vorher auf der Seite gewesen war. Also habe ich mich einfach mal eingeloggt.«

»Ohne Passwort?« Ich runzelte die Stirn.

»Nein, nein, seine Passwörter kannte ich wirklich alle.« Livia lächelte ein wenig. »Wissen Sie, Egidio konnte sich wirklich nur sehr wenig merken, daher hatte er nur zwei Passwörter. Und bei den Sicherheitsfragen wusste ich auch alle Antworten.« Sie sah glatt ein wenig stolz aus.

»Und dann?« Meine Oma beugte sich vor.

»Dann habe ich im Postfach die Nachricht von der Bank gefunden.« Mit zitternden Händen holte Livia ein zusammengefaltetes Stück Papier aus ihrer Handtasche. »Ich musste es erst einmal ausdrucken, um es zu glauben. Das ist das Schreiben.« Sie legte es auf den Tisch und glättete sorgfältig die Ecken. »Hier steht, dass es beim Transfer von einer

Million Euro ein technisches Problem gab und dass Egidio sich kurzfristig noch einmal mit der Bank in Verbindung setzen sollte.«

»Eine Million Euro?« Meine *nonna* riss die Augen auf.

»Ja.« Livia schluckte sichtbar. »Das ist doch komisch, oder? Warum sollte jemand Egidio eine Million Euro überweisen? Auf ein Konto in der Schweiz, von dem ich nichts wusste?«

»Ist das Konto neu eröffnet worden?«, fragte ich.

Livia schüttelte den Kopf. »Nein. Er hat es schon seit vier Jahren. Und ...« Sie schluckte wieder. »Es sind jetzt schon fast sechs Millionen auf dem Konto.«

~ 18 ~

Rick

»Paolo!« Ich riss die Tür auf und packte ihn am Arm, um sicher zu sein, dass ich keine Fata Morgana sah. »Mensch, ich kann dir gar nicht sagen, wie froh ich bin, dich zu sehen!«

Paolos Gesicht verzog sich ganz langsam zu einem Lächeln. »Wirklich? Du kannst dir nicht vorstellen, wie lange es her ist, dass jemand diese Worte zu mir gesagt hat.«

»Komm rein, komm rein.« Ich zog ihn in die Wohnung. »Es ist kein Palast, aber zumindest ist es hier heute gemütlicher als draußen. Willst du einen Kaffee haben?«

»Sehr gern.«

Paolo rieb sich die Oberarme, als ob ihm kalt sei. Er trug eine hellgelbe Windjacke, die unglücklicherweise seine Ähnlichkeit mit einer Banane verstärkte. Er war immer schon groß und lang gewesen – der Nachname Lungo war Programm –, doch ich hatte den Eindruck, dass er nun gebeugter ging, beladen von der Last der letzten Monate. Nun, ich hatte vorgestern ein graues Haar an meiner rechten Schläfe gefunden, und es wunderte mich eigentlich nur, dass es bis jetzt bei einem geblieben war.

Rasch braute ich den Kaffee, dann schenkte ich uns zwei

Tassen ein. »Nimm du den Sessel, ich setz mich aufs Bett«, sagte ich.

Paolo nahm die Tasse, setzte sich wie geheißen und blickte mich an. »Du weißt, warum ich hier bin?«

»Nicht wirklich.«

»Die Frau mit den großen Augen ... in der Boutique.«

»Tonia.«

»Ja. Als ich da auf dem Boden lag, da ... da sagte sie, dass du unschuldig warst, vor einem Jahr.«

Mein Mund wurde trocken. »Das stimmt.«

Sein Blick verließ mein Gesicht nicht für eine Sekunde. »Sie sagte auch, dass du mich für unschuldig hältst.«

»Absolut.«

Er schluckte so schwer, dass sich sein Adamsapfel in seinem dürren Hals bewegte. »Warum?«

Ich machte eine unwillige Handbewegung. »Paolo, du hast mir gesagt, dass du noch nicht einmal Kopfschmerztabletten nimmst, weil deine Tochter drogenabhängig ist. Wie sollte ich da jemals glauben, dass du selbst Drogen schmuggelst?«

Er senkte den Kopf. »Sie ist gestorben.«

Eine kalte Hand legte sich um mein Herz. Der Regen prasselte gegen das Fenster, und eine Feder in dem alten Bett unter mir quietschte, als ich mich bewegte. Ich räusperte mich und sagte hilflos: »Es tut mir sehr leid.«

Paolo nickte und führte seine Kaffeetasse wackelig zum Mund. Er setzte sie ab, wischte sich mit dem Handrücken den Mund ab und sagte mit harter Stimme: »Egidio war der Schmuggler.«

Ich starrte ihn an, unfähig, mich zu bewegen. »Er hat immer zu mir gehalten.«

Paolo beugte sich vor. »Das hat er zumindest behauptet. Auch mir gegenüber. Aber was hat er wirklich getan? Er hat irgendwelchen sentimentalen Quatsch geredet, den niemand ihm geglaubt hat. Ansonsten war er zu beschäftigt, um wirklich zu helfen.«

Ich nickte. »Das hat Suzetta kürzlich auch gesagt. Sie meinte, dass Egidio zwar bei jeder passenden und unpassenden Gelegenheit darauf bestand, dass wir unschuldig seien, das Ganze aber gleichzeitig so unglaubwürdig darstellte, dass alle nur noch abwinkten, sobald er davon anfing.«

»Suzetta ist hier? Die attraktive Dunkle mit den langen Beinen? Was macht sie in Viareggio?«

»Anscheinend hat sie Egidios Job übernommen.«

Paolo nickte. »Sie hat die Situation damals genau richtig beschrieben, auch, als du schon weg warst. Genau so war es.«

Ich holte tief Luft und zwang mich auszusprechen, was ich selbst kaum glauben konnte. Die Ereignisse der letzten Tage waren so schnell auf mich eingeprasselt, dass ich nicht dazu gekommen war, es alles zu verarbeiten, doch in diesem Augenblick wurde es kristallklar. »Wenn wir zwei es nicht waren, kann es nur Egidio gewesen sein.«

»Richtig. Damit das nicht auffliegt, hat er uns ganz geschickt ausgebootet. Und dann hat er sein Geschäft still und heimlich verlegt und an anderer Stelle noch einmal neu aufgezogen. Darauf verwette ich meinen letzten Euro.«

Ich verschränkte die Arme vor der Brust. »Dir ist aber schon klar, was das bedeutet, oder?«

Er runzelte die Stirn. »Was?«

»Wir sind die perfekten Mordverdächtigen. Und dabei muss man noch nicht einmal davon ausgehen, dass wir unschuldig waren. Wir könnten auch einfach alle Partner gewesen sein, uns verkracht haben und nun Rache geübt haben. Der lokale *commissario* ist schon auf der Suche nach mir, und dummerweise ist er einer der Typen, die gern die einfachste Lösung wählen. Wo warst du in der Mordnacht?«

Paolo seufzte. »Als ich vorgestern erfahren habe, dass du an meine Unschuld glaubst und es selbst nicht warst – entschuldige bitte, aber Egidio hatte es mir damals so einleuchtend präsentiert, dass ich es einfach glauben musste –, wurde mir schlagartig klar, dass es Egidio selbst gewesen sein musste. Ich kam in diesem Krankenhausbett zu mir und hatte das Gefühl, dass sich mein ganzes Leben wie in einem Kaleidoskop gedreht hatte. Ich brauchte sofort eine Auszeit, um meine Gedanken zu sortieren. Also bin ich schnurstracks nach Hause gefahren, habe ein paar Sachen gepackt, meinen Job gekündigt und bin in ein Kloster gegangen.«

Mir blieb der Mund offen stehen. »In ein Kloster?«

Paolo nickte. »Ja. Da wird man in Ruhe gelassen. Ich habe nachgedacht, versuchte, alles zu verstehen. Und dann wurde mir ziemlich schnell klar, dass ich mit dir reden muss.«

»Hast du denn ein Alibi für die Mordnacht? Was sagt deine Frau?«

Paolo schüttelte den Kopf. »Wir haben uns nach dem Tod unserer Tochter getrennt.«

Ich wusste nicht mehr, was ich sagen sollte. Ein ganzes Leben ruiniert. »Wir haben nicht mehr viel zu verlieren«, sagte ich schließlich. »Außer unsere Freiheit.«

»Es ist wie ein Teufelskreis. Eine Todesspirale, die einen tiefer und tiefer zieht.«

Ich nickte. »Weißt du, ich habe immer gedacht, wenn man ehrlich und korrekt bleibt, kann einem nichts geschehen.«

Paolo schüttelte langsam den Kopf. »Ein schöner Traum.« Er lachte bitter auf. »Davon bin ich schon lange weg.«

Ich beugte mich vor. »Paolo, wir müssen den echten Mörder finden. Nur das kann uns helfen.« Rasch berichtete ich ihm von den wenigen Details des Mordes, die ich kannte.

»Das klingt nicht nach einer Gang«, sagte Paolo sofort.

Ich nickte. »Genau. Seine Frau ist verdächtig, mit der hat er sich in der Mordnacht kräftig gestritten. Er hat auch einen Sohn. Über den weiß ich noch nicht viel. Und dann ist da noch der Job, den er hier übernommen hat. Vielleicht hat er in ein Wespennest gestochen, ohne es zu merken.«

»Was ist das für ein Job?«

Ich seufzte. »Wenn ich das nur wüsste. Suzetta hat fallen gelassen, dass sie an Mommo berichtet.«

»Mommo? Mommo von der Agenzia delle Entrate?«

»Ich vermute mal. Einen anderen Mommo kenn ich nicht, und der Name ist nicht so häufig.«

»Was hat denn Egidio mit der Agenzia delle Entrate zu tun?«

»Das weiß der Himmel. Ich wünschte, ich könnte mich in das offizielle Polizeinetzwerk einloggen. Nur für eine kurze halbe Stunde. Dann würden wir viel klarer sehen.«

Paolo blickte mich an, ohne mit der Wimper zu zucken. »Das lässt sich ermöglichen.«

»Come?« Ich traute meinen Ohren nicht.

Er betrachtete seine Fingernägel. »Ich kenne da eine Möglichkeit ...«

Ich starrte ihn an. »Willst du mir sagen, dass du immer noch Zugang zum Netzwerk hast?«

Er lächelte etwas schief. »Was glaubst du, woher ich deine Adresse hatte?«

Illegal. Das Wort lag mir auf der Zunge, aber ich sprach es nicht aus. Innerhalb von vierundzwanzig Stunden hatten mir zwei Menschen, die mir wichtig waren, Vorschläge gemacht, die nicht zu meiner strengen Definition von Recht und Unrecht passten. Und wohin hatte mich meine strenge Definition gebracht? Ich blickte mich um. In eine Ein-Zimmer-Wohnung mit einem feuchten Fleck oben in einer Ecke, der sich langsam immer weiter ausbreitete. Ich rutschte ein wenig zur Seite, um die ausgeleierten Federn meines Bettes nicht mehr so stark zu spüren.

Es war nur eine Frage der Zeit, bis Bernardo bei mir an die Tür klopfen würde ... und das Ergebnis davon konnte durchaus sein, dass ich mich noch nach dieser Wohnung hier zurücksehnen würde.

Ich holte tief Luft. »Wann können wir reinschauen?«

~ 19 ~

Tonia

Livia starrte uns mit weit aufgerissenen Augen an. »Wie kam Egidio nur an so viel Geld? Und wieso hat er es auf einem Schweizer Konto gebunkert?«

Meine Oma schaute Livia ungewöhnlich sanft an. »Ich denke, Sie werden sich an den Gedanken gewöhnen müssen, dass da einiges nicht ganz koscher gelaufen ist.«

Sie blinzelte. »Aber ... aber er war ... er war Polizist!«

Mein Oma hob nur eine Schulter und verzog den Mund ein wenig.

»Sie meinen, *deshalb* ist er ermordet worden?« Seltsamerweise wirkte Livia fast erleichtert. »Weil er an etwas Kriminellem beteiligt war? Eine Art Bandenfehde oder so?«

»Es könnte zumindest sein.«

Mein Opa sagte gar nichts. Er streichelte Upsy, ließ die Witwe aber nicht aus den Augen.

Schlagartig wurde mir klar, warum Livia so erleichtert wirkte: Auf einmal war sie nicht mehr die Hauptverdächtige. Bevor ich überhaupt wusste, was ich tat, platzte ich heraus: »Die Polizei weiß, dass Sie sich in der Mordnacht heftig mit Ihrem Mann gestritten haben und das Hotel verließen.«

Sie war schon vorher blass gewesen, doch nun wurde ihr Gesicht so blutleer, dass selbst die Lippen weiß wirkten. »Aber ich … aber ich …«

»Uns haben Sie erzählt, dass Sie mit Egidio eine gute Ehe führten und dass Sie die ganze Nacht im Hotelzimmer geblieben sind.« Die Stimme meiner Oma klang immer noch sanft, aber ich hörte einen unerbittlichen Ton heraus, der mir wohlbekannt war.

Livia senkte den Kopf. »In jeder Ehe streitet man sich manchmal.«

Meine Großeltern wechselten einen Blick.

Und in manchen Ehen streitet man sich immer und hat jede Menge Spaß daran. Ich sprach den Gedanken nicht aus.

»Also haben Sie wirklich das Hotelzimmer verlassen?«, fragte mein Opa ruhig.

Livia nickte. »Ich … ich konnte ihn nicht so gehen lassen. Ich wollte noch einen Versuch machen, mit ihm zu reden. Wir stritten uns sonst nicht, wissen Sie.«

»Das ist nicht immer klug, den Männern hinterherzulaufen«, sagte meine Oma trocken. »Wenn man sich auf den Boden legt und andere einlädt, über einen hinwegzutrampeln, braucht man sich nicht zu wundern, wenn die Einladung angenommen wird.«

Livia riss die Augen auf und starrte meine Oma an.

»Sie müssen achtsam sein und ständig Widerstand leisten«, sagte meine Oma, nun fest im Sattel ihres Lieblingsthemas. »Sonst denken die Männer, sie kommen mit allem durch.«

Mein *nonno* seufzte leise und schüttelte den Kopf.

Ich verkniff mir ein Lächeln. Wenn man meine Oma so hörte, konnte man meinen, dass sie meinen Opa fest unter der Knute hatte, und das war auch die landläufige Meinung in Viareggio. Tatsächlich machte mein Opa unter lautem Gezeter alles mit, solange es ihm in den Kram passte, und da er ein gutmütiger Mensch war, ließ er viel mit sich machen. Doch wenn er an seine Grenzen getrieben wurde, bohrte er seine Füße wie ein Esel in den Sand und bewegte sich keinen Millimeter weiter. Das jedoch wussten nur Eingeweihte.

»Worüber haben Sie sich gestritten?«, fragte meine Oma beiläufig, während sie die Kaffeetasse von Livia erneut füllte.

»Ich ... wir ...« Livias Blick irrte hilflos durch die Küche.

»Eine andere Frau vielleicht?« *Nonna* seufzte. »Die Männer in einem gewissen Alter sind so anfällig.«

So wie sie es sagte, klang es wie ein Schnupfen. Ich wechselte einen raschen Blick mit meinem Opa.

Er setzte Upsy auf den Boden. »Ich glaube, der Hund muss mal an die Luft.«

Ich reichte ihm die Leine, und gemeinsam zockelten die beiden aus dem Raum.

Livia blickte auf ihre Hände, die sie ineinander verkrampft hatte. »Ich möchte wirklich nicht darüber sprechen.«

»Na, na.« Oma tätschelte ihre Schulter. »Ich bin sicher, er hat es nicht so gemeint.«

Livia schlug die Hände vors Gesicht.

Nonna blickte mich über ihren Kopf hinweg an und machte ein energische Kopfbewegung Richtung Tür.

Gehorsam stand ich auf. »Ich glaube, ich muss los.« Ich küsste meine Oma auf die Wange. »Wir sehen uns später.«

Rasch holte ich meinen Opa und Upsy ein. Mein kleiner Dackel war gerade dabei, eine dicke Platane zu umkreisen. Damit sie sich nicht in der Leine verwickelte, lief mein *nonno* immer im Kreis hinter ihr her. Ich lachte auf. »Ihr seht zu komisch aus.«

Schwer atmend hielt mein Opa an. »Na, wenigstens lachst du wieder, *stellina*.« Dann reichte er mir Upsys Leine. »Geh zu Rick und sprich mit ihm. Sag ihm, dass du ihn verstehst. Es ist egal, was du einem Menschen wegnimmst, aber erst wenn er nicht mehr in den Spiegel schauen kann, hast du ihn gebrochen.«

Ein dicker Kloß saß mir im Hals. Rasch umarmte ich meinen Opa. »Mach ich, *nonno mio*.«

Um schneller vorwärtszukommen, klemmte ich mir Upsy unter den Arm und eilte nach Hause, während ich darüber nachdachte, wie ich Rick erreichen konnte. Sollte ich ihm eine Textnachricht senden und ihn fragen, ob er seinen Autoschlüssel abholen wollte? Nein, das klang zu sachlich. Wenn ich wenigstens wüsste, wo er wohnte. Dann könnte ich zu ihm gehen und ihn um Entschuldigung bitten. Aber er hatte mir nie verraten, wo er lebte, obwohl er bei mir fast täglich ein und aus ging. *Maledizione.*

Der Nieselregen hatte aufgehört, und so langsam kämpfte sich die Sonne durch die diesige Luft. Trotzdem war es kühl, denn der Wind kam vom Meer, und wenn gerade kein Auto zischend durch die Pfützen neben mir fuhr, konnte ich sogar die Wellen rauschen hören. Von einer Pizzeria her stiegen wunderbare Düfte in meine Nase. Es roch nach Pizzateig aus dem Holzofen und pikanter Tomatensoße. Ich konnte sogar den herben Duft des frischen Basilikums riechen. Schlagartig merkte ich, dass ich einen Bärenhunger hatte, doch mein Bedürfnis, nach Hause zu kommen, war größer. Vielleicht hatte Rick mir ja verziehen. Vielleicht brauchte er auch einfach nur sein Auto. Vielleicht wartete er schon an der Tür des Ateliers auf mich. Vielleicht war alles wieder gut.

Doch als ich – leicht keuchend, weil ich aus lauter Hoffnung, ihn zu sehen, so schnell gegangen war – zu Hause ankam, lehnte kein Rick an der Pinie neben meinem Haus, wie sonst so oft. Die Enttäuschung fühlte sich wie ein Gewicht an, das sich an meine Arme und Beine hängte und sie bleischwer machte. Mühsam kämpfte ich die Welle an Entmutigung nieder. »Jetzt essen wir erst mal etwas«, sagte ich zu Upsy, während ich die Tür aufschloss. »Danach überlegen wir uns in Ruhe, wie wir mit Rick Kontakt aufnehmen können.«

Sie bellte auf, als sie seinen Namen hörte, und schaute sich suchend um. Ich trug sie nach oben in die Küche und machte mir schnell ein Stück Lasagne in der Mikrowelle heiß.

Plötzlich knallte etwas auf den Boden.

Ich fuhr herum und sah gerade noch, wie Upsy schwanzwedelnd in meine Handtasche kroch, die ich zuvor achtlos über einen Stuhl gehängt hatte.

»Upsy, aus!« Ich hechtete zu ihr hin, doch sie war schneller. Mit einem triumphierenden Blick zerrte sie das glitzernde Brillenetui von Livia aus der Tasche.

»Ich fass es nicht.« Ich schnappte mir das andere Ende und zog daran. Upsy fand dieses neue Spiel wunderbar, schüttelte den Kopf, dass die Ohren flogen, und verbiss sich fester in das Etui.

»Aus!« Ich versuchte, meine Stimme ganz fest klingen zu lassen. »Es kann echt nicht sein, dass du genau wie ich auf alles fliegst, was glitzert. Dieses verdammte Etui hatte ich glücklich vergessen. Als ob ich nicht schon genug Sorgen hätte!« Mit einer Hand zog ich an dem Etui, mit der anderen griff ich an ihr Maul und versuchte, ihren Kiefer zu öffnen. »Aus, sag ich!«

Das Etui entschied den Kampf unentschieden, indem es sich in zwei Teile teilte. Mit einem Knacks brach es am Scharnier entzwei, sodass ich die obere Hälfte in der Hand hielt und Upsy die untere Hälfte im Maul hatte. Etwas fiel heraus und flatterte zu Boden. Ich schnappte mir das Papier und hob es auf. Es war ein Foto von Egidio, als er noch jung war. Die Ähnlichkeit war unverkennbar. Ich drehte es herum. »Jacopo, 18 Jahre« stand mit Bleistift auf der Rückseite.

~ 20 ~

Rick

»Wir können uns sofort einloggen.« Paolo griff in seinen hellgelben Blouson und zog ein kleines Tablet hervor. »Wonach wollen wir zuerst schauen?«

»Puh, ich weiß gar nicht, wo ich anfangen soll. Lass uns erst einmal prüfen, was Egidio beziehungsweise Suzetta hier eigentlich machen. Hast du Zugriff auf die Vorgänge?«

»Ja.« Paolo beugte sich über sein Tablet und tippte etwas im Ein-Finger-Suchsystem, aber mit erstaunlicher Geschwindigkeit in das Gerät ein. *»Eccolo!«* Er stand auf und setzte sich neben mich auf das Bett, sodass ich mit ihm auf den Bildschirm schauen konnte. »Hier ist die Akte.«

Schweigend studierten wir die Einträge. Ich runzelte die Stirn. »Hier wird nicht erklärt, warum sie jemanden aus unserer Abteilung für die Steuer-Razzia hinzugezogen haben.«

»Doch hier, schau mal: ›Die Zuteilung von Egidio Marchetto erfolgt auf besondere Bitte des Ressortleiters der Agenzia delle Entrate.‹«

»Ja, aber sie geben keinen weiteren Grund an. Warum ausgerechnet Egidio?«

»Ich glaube, er hat ganz am Anfang mal in der Steuerprüfung gearbeitet, bevor er in unser Ressort wechselte.«

»Echt?«

»Hm. Hat er mir mal erzählt. Sagte, es sei todlangweilig gewesen.«

»Damit hätte er zumindest ein wenig Ahnung von den Dingen gehabt, die er da prüfen sollte.« Ich studierte den Eintrag weiter. »Wenn ich das richtig verstehe, sollte Egidio die Verkaufsakten von gewissen Jachtbauern überprüfen, um herauszufinden, welche Kunden sich Luxusjachten geleistet haben. Die Ausgaben dieser Kunden wurden dann im nächsten Schritt mit den Einnahmen verglichen, die diese Leute in ihrer Steuererklärung angegeben hatten. Wer also behauptete, ein Einkommen von dreißigtausend Euro pro Jahr zu haben, und gleichzeitig eine Jacht für ein paar Milliönchen kaufte, musste sich eine gute Erklärung einfallen lassen, woher er das Geld für die Jacht nahm.«

»Dafür muss man noch nicht mal Wirtschaftsprüfer sein. Es reicht ja einfach, dass man sich die Kundendaten alle zeigen lässt und die Summen kopiert, die dann in der Zentrale in Ruhe mit den Einkommensteuererklärungen abgeglichen werden können.« Paolo grinste. »Kein schlechter Plan von der Steuerbehörde, übrigens. Wie heißt es immer? ›Geld und Liebe lassen sich nicht verheimlichen.‹«

Ich warf ihm einen überraschten Blick zu. »So philosophisch?«

Er verzog den Mund. »Vergiss nicht, dass ich gerade direkt aus dem Kloster komme.«

Ich wollte lachend etwas antworten, als mein Blick auf

die Liste der Jachtbauer fiel, die Egidio prüfen sollte. Den ersten Namen kannte ich: AzzurOro. Das Lachen blieb mir im Hals stecken. *»Maledizione.«*

»Was ist los?«

»Von AzzurOro hab ich schon gehört.«

»Nichts Gutes?«

Ich fuhr mir mit einer Hand durchs Haar. »Wie man's nimmt. Die Werft hat gerade einen großen Auftrag verloren, wegen eines Teak-Skandals.«

»Ein Teak-Skandal? Was soll denn das sein?«

»Es handelt sich um gefälschte Zertifikate für illegal abgeholzte Regenwälder. Die Auftraggeberin der Jacht ist eine überzeugte Umweltschützerin und hat die Werft daraufhin fallen lassen wie eine heiße Kartoffel, obwohl die Werft wohl gar nicht die Fälschungen vorgenommen hatte, sondern selbst betrogen worden war.«

»Autsch.«

»Wenn sich jetzt durch die Steuerprüfung ergibt, dass andere Kunden wegen Hinterziehung angeklagt werden und ihre laufenden Aufträge eventuell nicht zahlen, könnte das das Aus für AzzurOro bedeuten. Normalerweise wird eine Jacht in mehreren Etappen bezahlt, nach Fertigungsschritten. Das heißt, das Unternehmen geht bis zu einem gewissen Punkt in Vorleistung.« Vor meinem inneren Auge sah ich Tonias Hand, die über den Brokat strich, und hörte ihre Stimme, die sagte, dass sie sich nun noch nicht einmal sicher sein konnte, ob sie das Geld für das Material erstattet bekommen würde.

Paolo wiegte zweifelnd den Kopf hin und her. »Das mag

ja alles sein, aber ich sehe in diesen Steuergeschichten keine Verbindung zu dem Mord. Es hilft doch in so einem Fall nicht, wenn man den Steuerfahnder erdolcht. Es gibt immerhin noch mehr von der Sorte. Das sollte auch dem kopflosesten Unternehmer klar sein.«

Ich rieb mir das Kinn. »Und jetzt haben sie Suzetta geschickt, um Egidios Job zu vollenden.«

»Ja, aber ich glaube nicht, dass sie in Gefahr schwebt«, sagte Paolo. »Wie gesagt, es ist schon verrückt genug, *einen* Steuerfahnder umzulegen. Wenn eine Serie daraus wird, wird auch dem Dümmsten klar, wer dahintersteckt.«

»Denken Mörder logisch?«

»Manchmal.« Paolo grinste überraschend. »Und je mehr Zeit sie haben, umso eher schaffen sie das.«

»Dein Wort in Gottes Ohr.«

Er warf mir einen scharfen Blick zu. »Ich glaube, du brauchst dir keine Gedanken um Suzetta zu machen. Warst du nicht ...?« Er ließ den Satz in der Luft hängen.

Ich schüttelte den Kopf. »Wir sind nicht zusammen.«

»Verstehe.«

»Scroll bitte noch einmal tiefer. Ich habe da was gesehen ... Halt, da. Nein, ein wenig höher.« Ich beugte mich näher an den Bildschirm heran, dann pfiff ich durch die Zähne. »Sieh mal einer an.« *Jetzt weiß ich, wovon Suzetta heute Nacht sprach.*

Paolo riss die Augen auf und las murmelnd vor: »›Eine bedeutende Person des öffentlichen Lebens könnte sich verdächtig gemacht haben. Die Unterlagen müssen aber noch eingehender geprüft werden, bevor eine konkrete Aussage gemacht werden kann.‹ Das hat Egidio zwei Tage vor dem Mord eingereicht.«

Der Politiker. Ich fuhr mir mit einer Hand durchs Haar. »Ziemlich vage.«

»Ich vermute mal, er wollte absolut sicher sein, bevor er eine Anschuldigung in den Raum stellt. Das könnte sonst ganz schön nach hinten losgehen.«

»Hmm.« *Aber Suzetta hat bis jetzt keine Unterlagen gefunden. Gar nichts.*

Paolo warf mir einen schnellen Blick zu. »Könntest du Suzetta ein wenig auf den Zahn fühlen? Sie hatte immer ein Faible für dich.«

»Das habe ich schon getan. Sie hat aktuell noch nichts gefunden. Aber bitte sprich sie nicht darauf an. Sie hat es mir unter dem Siegel der Verschwiegenheit verraten.« *Gewissermaßen.*

»Natürlich nicht.«

»Paolo, ich fühle mich ein wenig wie auf einem Vulkan, der kurz davor ist auszubrechen. Wir beide sind Mordverdächtige ohne Alibi, und alle anderen Tatverdächtigen scheinen weniger vielversprechend.« Ich schluckte. »Ich weiß, dass ich uns beide ganz oben auf meiner Ermittlungsliste stehen hätte.«

Er nickte mit grimmigem Gesicht.

»Eigentlich wundere ich mich, dass Bernardo, der hiesige *commissario*, immer noch nicht bei mir aufgeschlagen ist. Wenn er es tut, könnte es durchaus sein, dass er mich erst mal in Untersuchungshaft steckt.« Ich zog eine Grimasse. »Bei meiner Vorgeschichte.«

»Bei unserer Vorgeschichte«, korrigierte Paolo mich.

»Ich glaube nicht, dass er dich auf dem Schirm hat. Dummerweise hat er bei den Recherchen ein altes Foto von mir und Egidio gefunden, und daher hat er sofort die Verbindung entdeckt. Weißt du was, Paolo? Ich glaube, es wäre am besten, wenn du wieder ins Kloster zurückgehst. Dann bist wenigstens du aus der Schusslinie, und sie finden dich nicht so schnell. Wir können täglich telefonieren, um uns auf dem neuesten Stand zu halten. Erlaubt das Kloster das?«

»Ich kann es ermöglichen.«

»Gut. Ich würde mich besser fühlen, wenn ich weiß, dass es jemanden im Hintergrund gibt, der an meine Unschuld glaubt und weiterarbeiten kann, wenn ich festsitzen sollte.«

Paolo schaute mich betroffen an. »Du rechnest wirklich damit?«

Ich nickte. »Es gibt keinen Grund, warum ich an Gerechtigkeit glauben sollte.«

Paolo blickte auf seine Hände und nickte.

Ich räusperte mich. »Wenn es hart auf hart kommt und du mich nicht mehr erreichen kannst, gibt es eine Person, die vermutlich eine gute Verbündete wäre.«

»Eine Verbündete?«

»Ja. Sie heißt Antonella Castagno und besitzt eine Modeboutique mit dem Namen Toniella hier in Viareggio. Sie ist zwar aktuell nicht gerade gut auf mich zu sprechen, aber sie glaubt an meine Unschuld und hat ein großes Netzwerk hier in der Stadt, das uns nützlich sein könnte.« Dass das Netzwerk stark mit ihren verrückten Großeltern zu tun hatte, die in aufeinander abgestimmten handgestrickten Jacken und Mützen unterwegs waren, erwähnte ich besser nicht.

»Warum glaubt sie an deine Unschuld?«

In Gedanken hörte ich ihre Stimme: »Wir Gauner erkennen einander.« Ich ballte die Faust. *Verdammt, ich bin nicht bereit zu akzeptieren, dass sie eine Gaunerin ist.* »Das weiß der Himmel.«

Paolo stand auf und stellte sich neben das Fenster. »Im Hof scheint niemand zu warten.«

»Ich glaube nicht, dass der *commissario* mich überwachen lässt. Noch nicht.«

»Gut. Dann gehe ich jetzt.«

Wir verabschiedeten uns, nachdem wir festgelegt hatten, wie wir telefonisch in Kontakt bleiben würden. Als sich die Tür hinter ihm schloss, fühlte ich mich schlagartig einsam. Entschlossen stand ich auf. Ich musste mit Tonia sprechen und mich entschuldigen, solange die Polizei mir noch die Zeit dafür ließ. Ich setzte mir eine Baseball-Kappe verkehrt herum auf den Kopf und zog ein paar weite Shorts an. So sah ich wie ein amerikanischer Tourist aus und hatte vielleicht bessere Chancen, Bernardo zu entkommen.

Mein Herz klopfte hart in meiner Brust, als ich kurze Zeit später die Glastür zu *Toniella* öffnete.

Ein melodisches Klingeln füllte das Atelier, dann hörte ich ein Kläffen, und Upsy kugelte die Treppe hinunter. »He, nicht so stürmisch.« Ich lief vor und fing sie auf. »Wo kommst du denn her?«

»Rick?« Tonia erschien am oberen Ende der Treppe.

Mein Herz schlug mir bis zum Hals. Wie schaffte sie es

nur, mich immer wieder aus dem Gleichgewicht zu bringen? »Es tut mir leid«, brachte ich mühsam hervor. »Ich habe falsch reagiert.«

»O Rick.« Sie rannte die Stufen hinunter.

Bevor ich michs versah, hatte ich die Arme geöffnet. Sie lief hinein, als ob es die natürlichste Sache der Welt sei. Ich schloss meine Arme um sie und hielt sie fest, das Gesicht in ihren duftenden Haaren vergraben.

»Es tut mir auch leid«, murmelte sie irgendwo auf der Höhe meiner Brust.

»Du hast nichts falsch gemacht.« Meine Stimme klang heiser.

»Doch.« Sie hob den Kopf und blickte mich an. »Ich kann nicht von dir erwarten, dass du deine Werte an meine anpasst.«

Ihre Lippen waren so nah, ihr Duft füllte meine Sinne. Ich vergaß alles, was ich sagen wollte, alles, was uns trennte, und neigte den Kopf. Meine Lippen streiften ihre, ganz leicht, dann spürte ich, wie sie mir entgegenkam.

~ 21 ~

Tonia

Als Ricks Lippen meine berührten, verlor ich die ganze Last der letzten Stunden. Eine nie gekannte Welle des Glücks und der Leichtigkeit durchflutete mich. Ich stellte mich auf die Zehenspitzen. Seine Arme zogen mich näher, zerquetschten mich fast, aber es war ein köstliches Gefühl. Ich fühlte, wie sein Herz hämmerte, spürte seine Lippen, erst zart, dann intensiver, sog den Duft seiner Haut ein, und dann verlor ich mich komplett in dem Kuss.

Ich kam erst wieder zu mir, als ich spürte, dass etwas an meinem Hosenbein zerrte. Upsy hatte ihre Zähnchen in den Saum meiner Jeans versenkt und kämpfte mit ihrem ganzen Gewicht um Aufmerksamkeit. Ich schaute nach unten. »Ich glaube, da ist jemand eifersüchtig.« Meine Stimme klang rau.

»Wirklich?« Seine blauen Augen blickten mich mit so einem besonderen Glanz an, dass meine Knie weich wurden.

»Schau mich nicht so an«, sagte ich. »Dann kann ich dir nicht widerstehen.«

»Gut.« Er zog mich wieder an sich. »Autsch.«

Ich fuhr zurück. »Was ist los?«

»Upsy hat mich in den Knöchel gezwickt.«

Ich wandte den Kopf. Upsy saß auf ihrem kleinen Hinterteil und wedelte heftig mit dem Schwanz, ganz unschuldig und gleichzeitig begeistert, dass sie wieder die volle Aufmerksamkeit hatte. Mühsam schaffte ich es, meine Gedanken zu ordnen. »Ich muss dir etwas Wichtiges sagen.«

Er lächelte wieder auf diese Art und Weise, die mir den Atem raubte.

»Aber du darfst mich dabei nicht ansehen.«

Sein Lächeln vertiefte sich. »Gar nicht?«

»Nicht so.«

»Aha.« Er verzog den Mund, aber seine Augen lächelten immer noch mit diesem warmen Glanz. »So besser?«

Ich trat einen Schritt zurück. »Vielleicht. Was ich dir sagen will, ist wirklich wichtig, Rick, denn es könnte dich komplett entlasten.«

»Leg los.«

»Die Witwe von Egidio wurde von seiner Schweizer Bank kontaktiert, weil es bei einer Überweisung von einer Million Euro auf sein Konto technische Probleme gab.«

Rick blinzelte. »Eine Million Euro? Wo kam die her?«

»Das wissen wir nicht. Livia Marchetto hat nur eine verschlüsselte Nummer gesehen. Sie kannte übrigens alle Passwörter von Egidio. Er hatte wohl nur zwei.«

«Eine Million Euro.« Er pfiff durch die Zähne. »Spannend.«

»Noch viel spannender ist, dass er schon vorher mehrere Millionen auf diesem Schweizer Konto gebunkert hatte. Das klingt doch sehr verdächtig, oder?«

»Ja. Wie wunderbar.«

»Meinst du, dass er hinter der ganzen Drogengeschichte damals steckte?«

Er nickte langsam. »Es ist die einzige Möglichkeit, die übrig bleibt.« Sein Gesicht verdüsterte sich. »Er hat ein verdammtes doppeltes Spiel mit mir und Paolo getrieben.« Er streckte eine Hand aus und streichelte flüchtig meine Wange. Mir lief ein wohliger Schauder über den Rücken.

»Übrigens ist Paolo aufgetaucht.«

Ich riss die Augen auf. »Echt?«

»Ja. Er hatte sich in ein Kloster zurückgezogen, um seine Gedanken zu sortieren. Doch heute hat er Kontakt zu mir aufgenommen. Er ist auch der Meinung, dass Egidio damals der Drahtzieher war.«

Ich schluckte. »Hat er ... war er ...?«

Rick schüttelte langsam den Kopf. »Er hat kein Alibi. Aber ich bin trotzdem überzeugt, dass er es nicht war.«

»Wie kannst du so sicher sein?«

»Du bist dir auch sicher, dass ich es nicht war, dabei hast du genauso wenige Beweise.«

»Du meinst, du kennst ihn?«

»Ich kenne ihn.«

Ich knetete meine Hände. »Verstehe.«

Das Etui! Ich muss ihm von dem Etui erzählen. Meine innere Stimme machte mich ganz nervös. Es gab überhaupt keinen Grund, von dem Etui zu sprechen. Das Foto zeigte bestimmt den Sohn von Egidio. Alles ganz normal. Jede Mutter schleppte Bilder ihrer Kinder mit sich herum. *Versteckt in einem Brillenetui?* Ich ignorierte die drängende Stimme in mir.

»Damit haben wir trotzdem mehrere Verdächtige.« Rick rieb sich nachdenklich das Kinn. »Livia könnte es immer noch gewesen sein.«

»Ja. Sie hat nicht so richtig erzählen wollen, worum es in dem nächtlichen Streit ging. Ich tippe darauf, dass Egidio eine Affäre hatte.«

»Wieso?«

»Weil das ein sehr häufiger Streitpunkt unter Paaren ist, oder?«

Er lächelte etwas schief. »Vermutlich. Aber es gibt noch andere Gründe, sich zu streiten.«

»Geld?«

»Zum Beispiel.« Er starrte vor sich hin. »Ich kann mir nicht helfen, aber irgendwie wirkte Egidio nicht wie ein Frauenheld.«

»Manchmal wundert man sich.«

»Ja.« Er zuckte mit den Schultern. »Also haben wir Livia als Verdächtige. Außerdem ist es möglich, dass Egidio sich irgendwie mit den anderen Mittelsmännern des Drogenrings zerstritten hat. Er muss Partner in diversen Ländern gehabt haben.«

»Dagegen spricht aber das Messer, oder? Du sagtest, es wirkte nicht wie ein professioneller Job.«

Er nickte. »Ja, das ist richtig. Aber auch hier gibt es manchmal Ausnahmen.« Er beugte sich vor und streichelte Upsy. »Und dann gibt es noch eine dritte Möglichkeit.«

»Welche?«

»Ich konnte herausfinden, welche Aufgabe Egidio hier hatte.«

»Und?«

»Sein Job war es, die Konten der großen Jachtbauer zu prüfen … um herauszufinden, ob Leute mehr Geld ausgegeben, als sie offiziell eingenommen und in ihrer Steuererklärung angegeben haben. Er war also sozusagen an die Steuerbehörde ›ausgeliehen‹ worden.«

Ich schluckte. »Die großen Jachtbauer …«

Er nickte. »AzzurOro steht auch auf der Liste.«

»Mist. Das hat Nino gerade noch gefehlt.« Ich blickte zur Tür und erschrak. »O nein, da kommt Bernardo.«

Rick fuhr auf. »Komme ich auch hinten aus dem Gebäude?«

»Ja, wenn du durch das kleine Fenster in der Toilette kletterst.«

Er verzog den Mund. »Hoffentlich passe ich da durch. Bis später.«

Er war kaum außer Sichtweite, als die Glastür zum Atelier sich öffnete und das melodische Klingeln erklang.

Wie gut, dass die Glasscheibe so spiegelt und man von außen wenig erkennen kann.

Upsy stürzte bellend vor. Ich lief ihr hinterher und fing sie ein. »Aus, Upsy!« Dann hob ich den Kopf und lächelte Bernardo an. »Ciao Bernardo. Was kann ich für dich tun?«

»Dein Cicisbeo ist spurlos verschwunden.«

Ich hob die Augenbrauen. »Ach?«

Er pflanzte sich breitbeinig vor mir auf, die Hände am Gürtel. »Und ich habe den starken Eindruck, dass du damit etwas zu tun hast.«

»Ich habe ihn nicht versteckt«, sagte ich trocken.

»Aber du weißt garantiert, wo er ist.«

Hoffentlich steckt er nicht gerade im Fenster meines WCs fest. »Nein.« Ich seufzte übertrieben laut. »An deiner Stelle würde ich mich nicht nur auf Rick konzentrieren. Es gibt ja durchaus noch andere Tatverdächtige in dem Fall.«

»Ach ja? Woher bist du so gut informiert?«

»Ich weiß aus der Presse, dass Egidio Marchettos Frau mit ihm hier in Viareggio war. Was hat sie eigentlich für ein Alibi? Hast du das schon ganz genau geprüft? Und was ist mit seiner sonstigen Familie?«

Bernardo nickte. »Keine Sorge, wir behalten alle Möglichkeiten im Auge. Aber komisch ist es schon, dass ich deinen Cicisbeo seit Tagen nicht erwische.«

Ich schaute ihm gerade ins Gesicht. »Gibt es sonst noch irgendetwas, das ich für dich tun kann? Wenn nicht, muss ich mich dringend wieder an meine Arbeit setzen.« Ich machte eine Handbewegung Richtung Nähmaschine.

Er schnaufte einmal verächtlich auf. »Na, dann näh mal deine Kleidchen weiter.«

Ich hob das Kinn, riss die Tür auf und sagte: »*Arrivederci*, Bernardo. Viel Spaß mit deinen Mordfällchen.«

Sicherheitshalber schloss ich die Tür ab. Dann stürzte ich ins Bad. Rick steckte nicht im Fenster. *Immerhin.*

Vorsichtig hob ich eine Hand und berührte meine Lippen. Hatte ich den Kuss nur geträumt?

~ 22 ~

Rick

Ich rieb mir die Schulter. Tonia als ehemaliges Zirkuskind und mit ihrer kleinen Statur fand den Ausgang via Toilettenfenster vielleicht akzeptabel, aber ich hatte ganz schön kämpfen müssen, bis ich meine Schultern durch die kleine Öffnung hatte zwängen können. Am Ende war ich fast kopfüber in eine Mülltonne gefallen, aber im letzten Augenblick hatte ich mich noch fangen können. Die Schramme an meiner Hand würde ich so schnell wie möglich desinfizieren müssen. Doch vorerst hatte ich Wichtigeres zu tun ... ich musste dringend mit Suzetta sprechen. Es war ein wenig unangenehm, sie am Morgen alleine zu lassen und dann auf einmal wieder aufzutauchen, aber der Gedanke an die liebevolle SMS, die sie von einem anderen Mann erhalten hatte, nahm mir das schlechte Gewissen.

Ich blickte auf die Uhr. Fast Mittagszeit. Perfekt. Rasch zog ich mein Handy hervor und schickte ihr eine Nachricht. »Willst du mit mir heute Mittag essen gehen? Es gibt ein Bistro direkt am Hafen, das sehr leckeres Seafood serviert, das Mira Mare.«

Die Antwort kam umgehend. »Gern. In einer Stunde?«

Eine Stunde später saßen wir an einem quadratischen Tisch mit Blick auf den Hafen. Die Segelboote schaukelten leicht im Wind, und die Sonne gleißte auf den weißen Jachten. Die Fenster des Bistros waren weit geöffnet, sodass ein leichter Hauch von Meeresluft sich mit dem Geruch von frisch gebratenem Fisch vermischte. *Ich wäre viel lieber mit Tonia hier.* Dieser Kuss ... Rasch ergriff ich mein Glas mit dem leichten Weißwein, den mir der Kellner gerade gebracht hatte. Ich hatte mich für einen Villa Antinori Bianco entschieden, der wunderbar zu Meeresfrüchten passte. Das Glas war außen beschlagen, und der Wein rann kühl und aromatisch meine Kehle hinunter. *Das hilft.* Ich holte tief Luft.

»Sehr schön hier«, sagte Suzetta. Dann blickte sie mich prüfend an. »Du bist heute Morgen ziemlich plötzlich davongestürzt.«

»Ich weiß.« Ich lächelte sie an. »Aber es hat sich gelohnt, denn ich habe spannende Neuigkeiten, die dir bei deiner Arbeit hier helfen könnten.«

Der Kellner brachte uns schon die Vorspeise. Wir hatten beide *crema di ceci e calamaretti al rosmarino* gewählt, eine Creme aus Kichererbsen mit kleinen Tintenfischen und Rosmarin. Es roch köstlich.

Suzetta spießte einen Tintenfisch auf ihre Gabel und blickte mich an. »Woher willst du von meiner Arbeit hier wissen?«

Mein Lächeln vertiefte sich. »Du sprichst im Schlaf.«

Sie wurde feuerrot. »Das ist nicht dein Ernst.«

Ich nahm mein Glas und trank noch einen Schluck.

»Keiner sonst hätte mir von dem Politiker erzählen können. Und von Mommo.«

»Pscht.« Sie warf einen entsetzten Blick über die Schulter. »Bitte sprich nicht so laut. Das sind wirklich streng vertrauliche Informationen.«

»Suzetta. Ich schlage dir eine Kooperation vor.« Ich schob mir einen Tintenfisch in den Mund und kaute langsam. *Man sollte Essen und Geschäft nicht mischen. Da geht der Genuss verloren.*

»Nun?« Ihre Finger spielten mit einem Löffel.

»Ich habe eine sehr interessante Information für dich, die ein völlig neues Licht auf deine Untersuchung werfen wird … und vielleicht für eine Beförderung sorgt.«

»Das lässt sich leicht sagen.« Sie hob ihr Glas und trank einen Schluck Wasser.

Ich zuckte mit den Schultern. »Genauso leicht kann ich Informationen an Unbefugte weitergeben, die ich … zufällig gehört habe.«

Sie presste ihren Mund fest zusammen. »Das ist Erpressung.«

Ich beugte mich vor. »Nein, Suzetta. Das ist ein Deal. Ich weiß etwas, das dir weiterhelfen wird. Aber im Gegenzug möchte ich auch etwas von dir haben.«

»Was?«

»Ich möchte, dass du mich über die Untersuchung auf dem Laufenden hältst.«

Sie blinzelte. Anscheinend hatte sie mit einer anderen Antwort gerechnet.

»Was schaust du so? Was hast du denn gedacht?«

»Das ist alles?«

»Ja. Das ist alles.«

»Ich soll dir vertrauliche Informationen über den Fall weitergeben? Das ist unethisch.«

Verdammt. Sie hatte mich an meinem schwachen Punkt erwischt. »Kann sein. Doch ich bin unschuldig um meine Position und meinen Ruf gebracht worden. Weil sich irgendwo irgendjemand einen Dreck um Ethik gekümmert hat.«

Ihr Gesicht wurde weich, und sie nahm meine Hand. »Ich weiß, Rick. Und ich kann dir nur sagen, dass es mir furchtbar leidtut.«

»Wirst du mir helfen?«

Sie zog ihre Hand zurück. »Ich scheine ja keine Wahl zu haben.«

Ich sagte nichts. Ich hasste es, Suzetta unter Druck zu setzen. Doch wenn sie beweisen konnte, dass Egidio ein doppeltes Spiel gespielt hatte und der eigentliche Drahtzieher im Drogenring gewesen war, hatte ich die Chance, mich zu rehabilitieren. Leider musste ich sie zwingen, mit mir zusammenzuarbeiten, trotz all der schönen Worte. Ich kannte sie gut genug, um zu wissen, dass sie von sich aus nichts riskieren würde, das ihre eigene Position gefährden könnte. Anders als Tonia, die so loyal war, dass es schon fast Angst einflößte. Mühsam brachte ich meine Gedanken zu Suzetta zurück.

»Nun gut.« Suzetta wedelte mit einer Hand. »Wir haben einen Deal. Du gibst mir diese kostbaren Informationen, und ich halte dich auf dem Laufenden.« Sie lächelte. »Vielleicht auch nachts. Das klingt doch ganz nett, oder?«

»Nein.« Ich schüttelte den Kopf. »Alle Neuigkeiten möchte ich von dir bei vollem Bewusstsein bei Tag erhalten. Das muss klar sein.«

Sie seufzte. »Na gut. Wie du meinst. Schieß los.«

Der Kellner räumte die Vorspeise ab und brachte direkt im Anschluss den nächsten Gang. Ich hatte *salmone alla piastra*, gegrillten Lachs, bestellt, während Suzetta sich eine *insalata di verdure grigliate* ausgesucht hatte, eine Platte mit gegrilltem Gemüse. Wieder bedauerte ich, dass ich das Essen nicht einfach nur genießen konnte.

Sie legte den Kopf schief, sodass ihr langes, dunkles Haar glänzend über ihre Schulter glitt. »Oder sind deine Neuigkeiten doch gar nicht so wichtig?«

Ich betrachtete sie. Mir war klar, dass sie ihren Teil des Deals durchaus bequem vergessen würde, wenn es ihr in den Kram passte ... ihr Wort alleine reichte nicht. Aber ich hatte die Oberhand, weil ich ihre versehentliche Indiskretion an ihre Vorgesetzten weitertragen konnte ... und wenn mich nicht alles täuschte, würde sie in diesem Fall nicht nur berufliche, sondern auch private Probleme bekommen. Langsam nahm ich mir ein Stück von dem perfekt gegrillten Lachs und kaute es genüsslich. Dann sagte ich: »Egidio hatte ein geheimes Nummernkonto in der Schweiz.«

Sie ließ die Gabel fallen. »Nein!«

»Doch. Und mehr noch: Es befinden sich ein paar Millionen auf dem Konto.«

Suzetta starrte mich an. »Du meinst ...?«

»Ich meine, dass Egidio nicht ganz sauber gewesen ist. Und dies könntest du jetzt aufdecken.«

»Woher weißt du davon?«

Ich zuckte mit einer Schulter. »Kontakte. Ihr müsst euch an seine Witwe halten. Sie hatte keine Ahnung, was ihr Mann so trieb, und ist nur darauf gekommen, weil eine Überweisung von einer Million Euro schiefging und die Bank sich deshalb gemeldet hat.«

Sie riss die Augen auf. »Eine Million Euro?«

»Ja. Niemand erhält einfach so eine Million Euro auf ein Nummernkonto in der Schweiz, wenn er nicht Dreck am Stecken hat.« Ich blickte sie an. »Als ich das gehört habe, ist mir eingefallen, dass die Akten, die sich auf den Politiker beziehen, spurlos verschwunden sind. Könnte doch sein, dass Egidio sie hat verschwinden lassen und dass die Millionen von dem Politiker kommen, hinter dem du her bist, oder?«

»Aber das wäre doch Selbstmord! Egidio hatte ja schon angedeutet, dass es Probleme mit einem Funktionär in hoher Position gab. Dann kann er hinterher doch nicht einfach sagen ›April, April‹! Da wird doch jeder hellhörig.«

»Oh, ich bin sicher, er hätte ein anderes Bauernopfer gefunden.« Meine Stimme klang bitter. »Darin hatte er Übung.«

Eine Möwe flog kreischend vorbei, und in den Hafen fuhr langsam ein Motorboot ein. Das Wasser kräuselte sich sanft vor dem Bug, und das leise Tuckern des Motors mischte sich mit den murmelnden Stimmen der anderen Gäste und dem Klappern der Gabeln. *Ich wäre jetzt gern auf dem Boot.*

Suzetta beugte sich plötzlich quer über den Tisch und küsste mich auf den Mund. »Danke, Rick. Wenn das stimmt, kann dies für meine Karriere den nächsten großen Schritt bedeuten.«

Und für mich die Rehabilitation. Aber daran denkt sie noch nicht einmal. Ich lächelte etwas mühsam. Da hörte ich Hundegebell. Unwillkürlich blickte ich aus dem Fenster und sah Upsy, die eine Möwe jagte. Daneben stand Tonia. Doch sie blickte nicht zu Upsy. Sie blickte zu mir.

~ 23 ~

Tonia

Ein Cicisbeo. Ein Gigolo. Die Worte wirbelten mit hämischem Unterton durch meinen Kopf. Vor nicht ganz zwei Stunden hatte Rick mich geküsst. Und nun saß er mit einer Schönheit im Bistro und küsste sie. *Das hast du davon, dass du einem Mann wie Rick vertraut hast!* Meine Kehle brannte. Ich machte auf dem Absatz kehrt, rief nach Upsy und stürmte in die entgegengesetzte Richtung davon. *Maledizione. Ich dachte, er sei ein Freund. Ich dachte, er sei grundsolide.* Und jetzt so etwas? *Mich hat er noch nie zum Essen eingeladen.*

Wütend stürmte ich den Strand entlang, sodass kleine Sandwölkchen unter meinen Füßen aufstoben. Upsy hatte Mühe, mit mir Schritt zu halten.

Ich lief und lief und lief und lief. Irgendwann merkte ich, dass Upsy immer langsamer wurde. Ich drehte mich zu ihr um. »Entschuldige, *principessa*. Ich habe nur so eine Wut im Bauch.« Ich hob sie hoch und drückte sie an mich. Sie leckte mir einmal quer über das Gesicht.

»Lass uns zurückgehen.« Ich drehte mich um und ging langsamer, Upsy immer noch im Arm. Der kleine warme Körper gab mir Trost. »Hunde sind wenigstens treu«, murmelte ich. »Kein Wunder, dass so viele Leute Hunde den Menschen vorziehen.« Mühsam schluckte ich. Ich brauchte dringend ein Loch, in das ich mich verziehen konnte. Ein Loch, in dem ich meine Wunden lecken konnte. Ganz unbewusst lenkte ich meine Schritte zum Haus meiner Großeltern. Mein *babbo* würde um diese Zeit vermutlich in der Probe sein, aber meine Großeltern waren bestimmt zu Hause. Auf einmal hatte ich eine fürchterliche Sehnsucht nach ihren Kabbeleien und wilden Diskussionen um Nichtigkeiten. Vermutlich waren sie immer noch nicht weitergekommen in der alles entscheidenden Frage, wo nun eigentlich das Herz im Körper steckte. Ich ging schneller.

Tief atmete ich den tröstlichen Geruch von Bienenwachs ein, als ich die Haustür aufschloss. *Zuhause.* Dies war immer noch mein Zuhause, auch wenn ich nicht mehr hier wohnte. Erleichtert ließ ich mich in der Küche auf einen Stuhl fallen und überraschte mich und meine Großeltern, indem ich in Tränen ausbrach.

Mein Oma ließ den Topf, den sie gerade in der Hand hatte, in die Spüle fallen und stürzte auf mich zu. »Aber *carissima*, was ist passiert?« Sie warf ihre Arme um mich und drückte mich.

Ich hielt mich an ihr fest und bemerkte plötzlich, wie zart sie eigentlich war. Ihre Schultern fühlten sich ganz knochig an. *O Madonna.* Mein Schluchzen wurde stärker.

Mein Nonno saß am anderen Ende des Tisches auf seinem gewohnten Platz. Über *nonnas* Schulter sah ich, dass er mir einen scharfen Blick zuwarf, dann stand er ächzend auf, goss einen heißen Kaffee ein und stellte ihn vor mich auf den Tisch. »Trink erst mal etwas, *stellina*. Und dann erzähle.«

Meine Oma trocknete meine Tränen mit einem Geschirrhandtuch, das nach Knoblauch roch. Ich schob es mit einem etwas mühsamen Lächeln zur Seite. »Geht schon wieder, *nonna*.«

Mein Opa runzelte seine buschigen Brauen. »Es ist Rick, oder?«

Nonna fuhr herum. »Wieso sollte es Rick sein? Du brauchst nicht zu glauben, dass die Welt sich immer nur um euch Männer dreht.« Sie tätschelte meine Schulter. »Sag deiner alten Oma, was los ist, *carissima*.« Ohne mir die Chance zu geben zu antworten, wandte sie sich wieder um. »Es könnte alles Mögliche sein. Der Job, eine Krankheit ...« Sie drehte sich wieder zu mir. »*Stellina*, du bist doch nicht etwa krank, oder?«

Ich schüttelte den Kopf.

»Das ist gut.«

»Es ist Herzschmerz«, sagte mein Opa.

»Herzschmerz?« Meine Oma ballte eine Faust und presste sie mittig unter ihre Brüste, direkt auf den Magen, während sie mich fragend anschaute.

»Da sitzt das Herz nicht.« Mein Opa seufzte. »Immer noch nicht.«

Es ging mir schon ein wenig besser.

Meine Oma machte eine wegwerfende Handbewegung. »Nun hab dich doch nicht so wegen Kleinigkeiten. Erstens hab ich recht, und zweitens ist das jetzt irrelevant.«

Ich trank vorsichtig einen Schluck von dem heißen Kaffee. Er tat mir gut. Dankbar lächelte ich meinen *nonno* an. *»Grazie.«*

Er nickte.

»Rick hat eine andere geküsst. Eine dunkelhaarige Schönheit.« Ich zupfte mir ein Kleenex aus der Dose, die auf dem Tisch stand, und putzte mir erneut die Nase.

»Madonna!« Meine *nonna* klatschte in die Hände. »Aber sagtest du nicht, dass ihr nur Freunde seid?«

Wenn's doch nur so einfach wär. Ich wackelte mit dem Kopf. »Hmm. Heute Morgen hat er *mich* geküsst.«

Mein Opa verengte die Augen.

»Infam!« Meine Oma stemmte die Hände in die Hüften. »Wie kann er nur! Was bildet er sich ein? Am Morgen meine Enkelin zu küssen und am Mittag eine andere? Denkt er, er sei Casanova? Was soll das?«

»Rick ist ein sehr gut aussehender Mann«, sagte mein Opa ruhig.

Meine Oma ging wie eine Furie auf ihn los, und ausnahmsweise mal war ich völlig bei ihr. »Ach ja? Was soll das heißen, Giuseppe? Nur weil ein Mann gut aussieht, kann er jede Frau küssen, die ihm über den Weg läuft? Das hättest du wohl gern! Ha! Aber nicht meine Enkelin! Dem werde ich den Marsch blasen! Arroganter Mistkerl! Elender Gigolo!«

Das letzte Wort schnitt mir ins Herz. Ich schluckte.

»So meinte ich das nicht.« Die Stimme meines Opas klang ruhig. »Ich wollte damit nur sagen, dass er heute Mittag vielleicht eher geküsst wurde als selbst geküsst hat.«

Ich blickte ihn scharf an. »Wie meinst du das?«

»Wo hast du ihn und die andere Frau gesehen?«

»In einem Bistro. Sie haben zusammen Mittag gegessen.« Ich holte tief Luft. »Es sah sehr romantisch aus, direkt am Hafen.«

»Saßen sie über Eck oder einander gegenüber?«

»Sie saßen sich gegenüber.«

»Und hat er sich zu ihr hinübergebeugt oder sie sich zu ihm?«

Ich schloss die Augen und hatte die Szene sofort wieder vor mir. »Sie hat sich zu ihm gebeugt.«

»Und er? Was hat er getan?«

»Nichts. Er hat sich küssen lassen.«

Meine Oma schnaubte missbilligend.

»Hat er die Hand gehoben? Sie berührt?«

»Ich ... nein, nein, ich glaube nicht.«

»Und als er dich küsste? Wie war es da?«

Ich schluckte wieder. »Anders.« Alles konnte ich doch nicht mit meinen Großeltern teilen.

Mein Opa lehnte sich mit einem leichten Lächeln zurück. »Gut. Dann brauchst du dir keine Sorgen zu machen.«

Ich starrte ihn an. »Du meinst ...?«

»Ich meine, dass man durchaus auch mal geküsst werden kann, wenn man es selbst nicht unbedingt drauf anlegt.«

»Klingt wie 'ne Krankheit«, warf meine Oma mürrisch ein. »Als ob man Küsse einfach so bekommt. Wie Pflaumen, die einem auf den Kopf fallen.«

Mein Opa ignorierte sie geübt und nickte mir beruhigend zu. »Mach dir keine Sorgen. Es wird sich alles klären.«

»Woher willst du das wissen?« Ich holte mir ein frisches

Kleenex. Meine Tränen saßen immer noch bedrohlich locker.

»Ich habe gesehen, wie er dich ansieht, *carissima*. Glaub mir.«

»Pah«, sagte meine Oma.

~ 24 ~

Rick

Das Mittagessen mit Suzetta war eine Qual, obwohl ich es so schnell wie möglich beendete. Doch endlich kehrte sie zu ihrer Arbeit zurück, und ich konnte schnurstracks zu Tonia eilen. Dieser verdammte Kuss von Suzetta durfte nicht zwischen uns stehen.

Tonia war nicht zu Hause. Ich wartete eine Weile, dann versuchte ich, sie anzurufen, doch ich landete jedes Mal sofort auf der Mailbox. *Verdammt.* Hatte sie meine Nummer schon gesperrt? Wie konnte ich ihr erklären, dass mich mit Suzetta nichts verband? Missmutig ging ich nach Hause zurück, doch bevor ich mich zur Eingangstür vorwagte, prüfte ich vorsichtig die Umgebung. Zumindest hatte Bernardo noch keine Überwachung meiner Wohnung angeordnet. Ein gutes Zeichen.

Ich rief wie versprochen Paolo an, um ihn über den neuesten Stand zu informieren. Dann rief ich Tonia noch einmal an. Und noch einmal. Nichts. Ich legte das Handy weg, putzte das Bad und wusch eine Wäsche. Zwischendurch prüfte ich immer wieder mein Display. *Niente.* Ich schaute mich genervt in meinem hässlichen Mini-Apartment um. Es war zwar sauber, aber das war auch das Beste, was man zugunsten dieser Wohnung sagen konnte. Die traurige Umgebung ging mir auf die Nerven. Dies war keine Heimat für mich.

Da! Es klingelte! Ich sprang zum Telefon. *Suzetta.* Mein Herz sank. *»Pronto?«*

»Rick, bist du's?«

»Natürlich.«

»Du klangst so streng.«

»Hmm.«

»Ich habe fantastische Neuigkeiten! Willst du vorbeikommen und sie hören?«

Dann könnte Tonia uns wieder sehen. Ich schaute mich in meinem ungemütlichen Apartment um. »Kannst du es mir nicht am Telefon sagen? Ich bin mitten in einer wichtigen Sache.« *Herumsitzen und mir Sorgen um Tonia machen.*

»Es ist vertraulich.«

Ich unterdrückte einen Seufzer. »Gut. In diesem Fall sollten wir uns auch nicht im Hotel treffen.« Ich hatte kein Interesse daran, die romantische Sommernacht zu wiederholen. Was hatte mich da bloß geritten? Ich fuhr mir mit der Hand über die Augen.

»Ich habe heute einen Beach Club gesehen, der witzig aussah, mit zwei großen goldenen Löwen außen. Was hältst du davon?«

»Das ist der Beach Club Leone. Ich weiß, wo er ist. In einer halben Stunde dort?«

»Va bene.«

Als ich ankam, wartete Suzetta schon auf mich. Sie saß

auf der Terrasse in einem der großzügigen Loungemöbel. Es roch nach Jasmin und salziger Luft, und ein leichter Wind spielte in ihrem dunklen Haar. Am Horizont rutschte die Sonne langsam als ein feuriger Ball in das glitzernde Meer. Ich setzte mich in einen separaten Sessel.

Sie beugte sich vor. »Du musst schon näher kommen. Schließlich kann ich meine vertraulichen Informationen nicht quer über die Terrasse schreien.«

Ohne ein Wort wechselte ich den Sitzplatz.

Sie schaute mich mit gerunzelter Stirn an. »Was ist los, Rick? Warum bist du so distanziert?«

»Entschuldige.« Ich riss mich zusammen. Suzetta war die einzige Option, um mich vor dem Gefängnis zu bewahren. Ich musste sie unbedingt auf meiner Seite halten. »Schieß los.« Ich bemühte mich, entspannt zu wirken, streckte die Beine lang aus, lehnte mich in die weichen Kissen zurück und lächelte sie an.

Sie beugte sich zu mir. Ihre Augen funkelten. »Ich habe deine Informationen über Egidio weitergegeben. Die Kollegen haben sich daraufhin prompt die Witwe vorgeknöpft und die Bankverbindung herausgefunden. Vielen Dank. Das war wirklich ein kostbarer Tipp.«

Ich neigte den Kopf. Vor meinem inneren Auge standen Giuseppe und Giulia in ihren handgestrickten Sachen … die besten Spione in Viareggio.

»Und dann haben sie die Nummern geprüft. Es hat eine Weile gedauert, aber ich habe es mit höchster Prio eingestellt, weil es hier ja vielleicht nicht nur um Steuerhinterziehung, sondern auch um Mord geht, und das auf allerhöchster Ebene. Je mehr Zeit ins Land geht, umso eher können die Spuren verwischt werden.«

»Und?«

Sie beugte sich zu mir und flüsterte mir ins Ohr, so leise, dass ich sie kaum hören konnte: »Die Überweisungen auf Egidios Konto kamen von Mario Magnato.«

Ich riss die Augen auf. »Mario Magnato!«

»Shhh!« Sie blickte sich um, doch die anderen Gäste saßen weit entfernt. »Krass, oder?«

Mario Magnato. Der zweite Mann in der Politik, der bei den in wenigen Wochen stattfindenden Wahlen als Oppositionsführer gehandelt wurde. Der Mann, der eine so blütenreine Weste hatte, dass er regelmäßig zum Thema Steuerbetrug interviewt wurde. Der Mann, der versprach, Italien von Korruption zu reinigen. Ich konnte es kaum glauben.

»Kein Wunder, dass es ihm eine Million Euro wert war, die Akte verschwinden zu lassen.« Suzetta hatte sich ebenfalls in die Kissen zurückgelehnt und flüsterte mir nun ins Ohr. Aus der Ferne sah es bestimmt ungeheuer zärtlich aus. Ich rückte ein wenig von ihr ab. Sie rutschte mir hinterher.

Ich runzelte die Stirn. »Und jetzt?«

»Jetzt gibt es jede Menge Aufregung in der Zentrale. Alle flattern umher wie die Hühner. Du hättest sie hören sollen: ›Mario Magnato! So ein großer Fang! Was ist, wenn es eine Ente ist? Was ist, wenn er sich herausreden kann? Was ist, wenn er auch hinter dem Mord steckt? Es wird nationale, nein, internationale Auswirkungen haben. Wir können uns keine Fehler leisten. Wir müssen uns unserer Sache absolut sicher sein.‹«

»Hmm.« Bitterkeit machte sich in mir breit. *Als es um mich ging, hat niemand geflattert.* »Soll das heißen, es wird erst mal gar nichts getan?«

»Doch, doch. Er wurde schon zu einem vertraulichen Gespräch einbestellt.«

»Wann? Und wo?«

»In Rom. Morgen Abend.«

Rom. Mein Herz zog sich zusammen. »Ich möchte dabei sein.«

Sie fuhr zurück. »Das geht nicht, Rick! Wenn dich jemand sieht! Alles wissen, dass du ... dass du –«

»Das ist mir egal.«

»Aber mir nicht.« Sie setzte sich gerade hin und funkelte mich an. »Du könntest bitte schön auch mal an meinen Ruf denken! Außerdem bin ich selbst gar nicht dabei. Mommo will das Gespräch persönlich führen. Ist ja schließlich hochsensibel und so.«

»Verdammt. Dann können sie zusammen alles vertuschen.«

Sie verzog den Mund zu einem Lächeln. »Mommo zählt darauf, dass Mario Magnato den Versuch macht, ihn zu bestechen. Wenn er das tut, hat er ihn am Wickel.«

»Und dann können die zwei gemeinsam eine wunderbare Lösung finden.«

Suzetta schüttelte den Kopf. »Da brauchst du dir keine Sorgen zu machen. Magnato hat in jungen Jahren eine Cousine von Mommo geschwängert und dann behauptet, sie nicht zu kennen. Das hat Mommo ihm nie vergessen. Er schlägt schon fast Kapriolen vor Vorfreude auf dieses Gespräch.«

Ich hob die Augenbrauen. »Das klingt schon besser. Trotzdem hängt dann immer noch alles von den Aussagen von Mommo ab.«

Sie schüttelte wieder den Kopf. Durch die Dämmerung konnte ich ihr Gesicht nur noch erahnen. Der Kellner ging von Tisch zu Tisch und zündete überall Kerzen in dicken Windgläsern an. Suzetta wartete, bis er wieder außer Hörweite war. Dann sagte sie: »Nein. Das Gespräch wird auf Video aufgenommen, und ich habe hinterher Zugang.« Sie blickte mich unter ihren Wimpern an. »Und ich könnte mir vorstellen, dass wir uns einen schönen gemeinsamen Videoabend damit machen.«

~ 25 ~

Tonia

Ich schnäuzte mir immer noch die Nase, als es an der Tür klingelte.

Meine Oma sprang auf. »Wer mag das sein?« Sie stürzte hinaus.

Mein Opa schaute mich unter seinen buschigen Augenbrauen an. »Mach dir keine Sorgen, *stellina*«, sagte er. »Es wird alles gut.« Dann beugte er sich vor und tätschelte meine Hand.

Ich ließ das Taschentuch verschwinden und zwang mich zu einem Lächeln. Vielleicht war es ja Rick?

Nein. Es war die Witwe, nicht minder aufgelöst als das letzte Mal. »Entschuldigen Sie bitte, dass ich einfach so hier hineinplatze, aber ich kenne sonst niemanden in Viareggio, und ich fühle mich so schrecklich alleine.«

Ich schob ihr die Kleenexbox hin. Livia ließ sich auf einen Stuhl fallen, zog ein Taschentuch heraus und tupfte sich die Augenwinkel ab.

Willkommen im Club.

»Die Polizei war bei mir!« Sie schluckte schwer. »Ich habe mein ganzes Leben lang noch nie Schwierigkeiten mit der Polizei gehabt! Ich meine, mein Mann war bei der Polizei, und ich war immer auf ihrer Seite. Aber jetzt ... jetzt haben sie mich wie eine Kriminelle behandelt.«

»Wirklich?« Meine Oma schaffte es, gleichzeitig betroffen zu schauen und Livia beruhigend anzulächeln. »Was haben sie gefragt?«

»Sie waren hinter diesem Schweizer Nummernkonto her. Anscheinend hat Egidio da irgendwelche Dinge gemacht, die nicht ganz koscher waren.« Sie blinzelte. »Manchmal frage ich mich, ob ich die ganzen Jahre in einer Scheinwelt gelebt habe.« Sie seufzte und wischte sich mit dem zusammengeknüllten Tuch noch einmal über die Augen. »Aber es soll mir alles recht sein, solange sie nicht auf komische Ideen mit Jacopo kommen.«

Ich setzte mich wie elektrisiert gerade hin. »Jacopo?«, fragte ich.

Sie schaute ein wenig erschrocken. »Ach, nichts, nichts.«

Meine Oma blickte wie ein hungriges Huhn, das ein Korn erspäht. »Wer ist denn Jacopo, Livia?«, fragte sie.

Livia blickte auf ihre Armbanduhr und sprang auf. »Ach, du lieber Himmel! Ich habe gar nicht gemerkt, wie spät es ist! Ich habe mich heute für eine Entspannungsmassage im Hotel angemeldet, und es geht in zwanzig Minuten los. Bitte entschuldigt, aber ich muss sofort los. Ganz herzlichen Dank für euren Trost ... es hat so gutgetan!« Sie stopfte das Taschentuch in ihre Jackentasche, winkte uns zu und stürzte aus der Küche, bevor wir reagieren konnten.

Meine Oma blickte mich an. »Jacopo«, sagte sie nachdenklich.

»Es ist ihr Sohn«, sagte ich. Etwas spät fiel mir ein, dass ich meinen Großeltern nichts von dem Etui und dem Foto erzählen konnte. Hastig ergänzte ich: »Vermute ich mal. Ich meine, liegt doch nahe.« Es klang ausgesprochen lahm, selbst in meinen Ohren.

»Jacopo Marchetto.« Meine Oma blickte mich an. »Schau doch mal, was du im Internet über ihn herausfinden kannst.«

»Das kann ich sofort tun.« Ich zog mein Handy hervor und tippte ein wenig darauf herum. Tatsächlich hatte ich schon längst versucht, Informationen über Jacopo zu finden, doch er war quasi unsichtbar. Ein einziges Foto hatte ich gefunden, als er etwa acht war. Da war er mit seiner Fußballmannschaft abgebildet worden, weil sie in irgendeinem Junior-Cup den ersten Preis gemacht hatten. Danach nichts. Vielleicht hätte Rick noch einen Tipp, wie –. Meine Gedanken brachen ab.

Rick war mit dieser Sophia-Loren-Schönheit unterwegs. Nachdem er mich geküsst hatte. Meine Wangen brannten. Plötzlich wurde mir klar, dass mir eigentlich völlig egal sein konnte, wer Egidio umgebracht hatte. Die ganze Sache war nur so dringend gewesen, weil wir befürchtet hatten, dass Rick festgenommen werden würde. Wenn Rick mir nichts mehr bedeutete, war auch der Mord nicht wichtig. Sollte die Polizei doch ihren Job machen. Ich würde mich um meine Sofabezüge kümmern. Das war schließlich meine Kompetenz. Nicht Mörder jagen. »Ach ja?«, flüsterte eine Stimme in mir. »Du vertraust darauf, dass Bernardo, der Unfähige, den echten Mörder erwischt? Und es ist dir völlig egal, wenn Rick ins Gefängnis kommt, für einen Mord, den er nicht begangen hat?« Ich biss die Zähne zusammen und ignorierte die Stimme. Dann zeigte ich meinen Großeltern das Foto von Jacopo im Fußballteam.

»Hmm.« Meine Oma runzelte die Stirn. »Ich werde mir Livia noch einmal vorknöpfen, alleine. Ich glaube schon, dass ich sie dazu bekommen kann, uns mehr über diesen ihren Sohn zu verraten. Obwohl sie manchmal ganz schön zäh ist. Bei unserem letzten Gespräch war sie verschlossen wie eine Auster und hat mir nicht verraten, worüber sie sich in der Mordnacht mit ihrem Mann gestritten hat.«

Auf einmal wurde mir alles zu viel. »Wisst ihr was? Ich bin völlig erledigt. Ich gehe nach Hause und mache mir mit Upsy einen ruhigen Nachmittag.«

Mein Opa lächelte mich an. »Mach das, *stellina. Domani è un altro giorno.*«

Ich umarmte ihn und meine *nonna*, dann klemmte ich mir Upsy unter den Arm und ging nach Hause. *Morgen ist auch noch ein Tag.* Mein Opa hatte gut reden. Ich wäre lieber in der Vergangenheit geblieben. Nach dem Kuss. Vor dieser Sophia Loren. Ich seufzte auf. Ich brauchte einfach ein wenig Abstand. Morgen würde ich nicht ans Telefon gehen, wenn Rick anrief, und den Tag über Erledigungen machen, die ich schon lange aufgeschoben hatte. So würde ich ein wenig zur Ruhe kommen.

Am nächsten Tag führte ich genau diesen Plan aus, doch man konnte nicht sagen, dass ich mich dabei gut fühlte. Als ich am Nachmittag wieder vor meiner Nähmaschine saß, rief meine Oma an. »Es tut mir leid, *carissima*«, sagte sie, »aber Livia stellt sich stur. Ich habe mich mit ihr verabredet, und wir haben heute Vormittag einen schönen Spaziergang gemacht, und dann habe ich sie ins Café eingeladen und sie mit *amaretti* vollgestopft, aber jedes Mal, wenn das Gespräch auf ihren Sohn kam, hat sie das Thema gewechselt.« Meine *nonna* seufzte genervt.

»Warum hast du sie ausgerechnet mit Makronen vollgestopft?«, fragte ich, momentan abgelenkt.

»*Madonna!* Weil das ihr Lieblingsgebäck ist, natürlich! Du kannst komische Fragen stellen, Tonia!«

»*Scusa.*« Ich lächelte in mich hinein. »Ich kann mir gar nicht vorstellen, dass du es nicht geschafft hast, ihr irgendeine kleine Information zu entlocken. Ging es dir nicht gut?«

Meine Oma seufzte wieder kellertief. »Vielleicht werde ich alt. Aber Livia hat wirklich nichts verraten. *Niente*. Sie hat einfach den Mund zugeklappt und das Thema gewechselt. Es war wie ein Hindernislauf, denn ich wollte ja auch nicht zu offensichtlich werden. Sie hat sich noch nicht einmal verplappert.«

Ich knabberte nachdenklich an einer Fingerspitze. »Weißt du was, *nonna*, das ist eigentlich eine wichtige Beobachtung.«

»Wieso?«

»Na, weil Livia dir immerhin so weit vertraut, dass sie dir problemlos von dem millionenschweren Schweizer Konto ihres Mannes erzählt hat. Das ist keine Kleinigkeit. Doch über ihren Sohn spricht sie nicht. Das heißt, sie weiß etwas, das ihn oder die ganze Familie schwer belastet, und sie scheut das Thema wie der Teufel das Weihwasser.« Mein Herz wurde leichter. »Ich bin sicher, dass wir weiter in diese Richtung graben müssen.«

»Hmm«, machte meine Oma. »Vielleicht kann Rick –«

»Nein.«

»O. Verstehe. Hat er sich nicht gemeldet?«

»Doch. Er ruft im Abstand von einer Stunde hier an.«

»Na, und?«

»Und ich drücke ihn weg.«

»Warum?«

»Warum, *nonna*? Wie kannst du das fragen?« Ich schlug mit der freien Hand auf den Tisch. »Erst küsst er mich und keine zwei Stunden später eine andere?«

»Er wurde geküsst«, korrigierte meine Oma mich.

»Ha. Also glaubst du jetzt doch der Theorie von Opa?«

»Ich glaube gar nichts«, sagte meine Oma unwirsch. »Aber ich denke, du solltest mit ihm reden. Soll er doch erklären, was ihn dazu gebracht hat, sich wie ein Casanova zu benehmen.«

»Nein.« Ich presste die Lippen zusammen.

»Warum nicht?«

»Ich muss auflegen, Oma. Lass uns nachdenken, wie wir Livias Sohn auf die Spur kommen können. Ich melde mich, sobald mir etwas einfällt.« Rasch beendete ich das Gespräch. Ich wusste genau, warum ich nicht mit Rick sprechen wollte. Ich war so gnadenlos in ihn verliebt, dass er mir das Blaue vom Himmel herunterlügen konnte, und ich würde alles anstandslos schlucken. *Nein.* Die Blöße wollte ich mir nicht geben.

Mein Telefon klingelte, während ich es noch in der Hand hielt. Stirnrunzelnd schaute ich auf das Display. Michele vom Hotel Splendide. Kurios. *»Pronto.«*

»Buongiorno, carissima.« Michele klang wie eine Radiowerbung, munter und frisch. »Sag mal, was machst du heute Abend?«

Ich blinzelte. »Ist das eine Einladung zu einem Date?«

»Wenn du es so auslegen willst …« Ich hörte das Lächeln in seiner Stimme.

»Nein, für ein Date habe ich keine Zeit.«

»Aber du hast doch gesagt, du möchtest alle Neuigkeiten hören, die es zum Mordthema gibt, oder?«

»Oh. Das ist etwas anderes. Hast du denn wirklich Neuigkeiten?«

»Ja, habe ich. Und ich möchte mich mit dir absprechen, bevor ich irgendetwas tue. Vielleicht kannst du mir einen Rat geben.«

Einen Rat geben? Das klang ungewöhnlich demütig für Michele. Aber egal. Ich wollte unbedingt wissen, was er erfahren hatte. »Gut. Wann wollen wir uns treffen?«

»Meine Schicht endet um zwanzig Uhr. Um Viertel nach? Wieder auf der Bank in der kleinen Grünanlage direkt vor dem Hotel?«

»Va bene.«

~ 26 ~

Rick

Tonia ging nicht ans Telefon. Sie rief nicht zurück. Und als ich sie in ihrem Atelier besuchen wollte, war die Tür verschlossen. *Maledizione.* Wütend ging ich zu Fuß nach Hause zurück. Unterwegs überlegte ich, ob ich ihr eine Textnachricht schreiben konnte, die sie zumindest dazu bringen würde, mit mir zu reden. Doch was sollte ich schon schreiben?

»Es ist nicht, wie du denkst.« Ha. Der Klassiker.

»Sie bedeutet mir nichts.« Klang fürchterlich.

»Bitte verzeih mir.« Brrr.

»Ich muss mit dir reden!« Na, das dürfte nach all meinen Anrufen jedem klar sein.

Nein. Ich musste mit ihr sprechen, von Angesicht zu Angesicht. Musste ihr erklären, was geschehen war, warum es geschehen war. Gleichzeitig hatte ich das Gefühl, dass mir die Zeit weglief. Wie weit war die örtliche Polizei in ihren Ermittlungen gekommen? Und wie dringend brauchte der *commissario* Ergebnisse, die er vorzeigen konnte? Mein Blick fiel auf einen Zeitungskiosk. Ganz vorn hing das Titelbild einer Zeitung, auf der in Großbuchstaben stand: »Steuerfahnder ermordet! Was tut die Polizei?« Da Steuervermeidung so eine Art Nationalsport war, gab es in diesem Fall vermutlich mehr Sympathisanten für den Mörder als für das Opfer, aber dennoch ... Der Druck auf Bernardo dürfte stündlich steigen.

Missmutig ging ich weiter, doch ich hielt die Augen offen. Bevor ich in meine Straße einbog, stellte ich mich hinter einen zerzausten Oleander, der an der Straßenecke wuchs, und schaute mir die Leute an. Eine junge Frau mit einem Kind an der Hand trat aus dem Haus. Ich hatte sie schon oft gesehen. *In Ordnung.* Ein Straßenfeger fegte den Gehweg in Zeitlupe. *Nicht ungewöhnlich.* Ein Jugendlicher bummelte mit seiner Freundin Hand in Hand an mir vorbei. Sie hatten nur Augen füreinander. *Gut.* Ein alter Mann schlurfte langsam an den Mülltonnen entlang. Ich behielt ihn im Auge, bis er um die Ecke gegangen war, doch er hob nicht einmal den Kopf. *Passt.* Mein Blick kehrte zu dem Straßenfeger zurück. Er fegte immer noch die gleiche Stelle, und gleichzeitig hatte er den Kopf gehoben und beobachtete scharf den Eingang zu meinem Haus.

Ich machte auf dem Absatz kehrt und ging zu Mariella. Sie machte nicht nur wunderbares Birchermüsli, sondern vermietete auch ein paar Gästezimmer. Ich wusste, dass ich bei ihr einige Tage unterkommen konnte, ohne dass sie mich gleich – wie eigentlich vorgeschrieben – der Tourismusbehörde melden würde. Unterwegs kaufte ich in einer Drogerie die paar Artikel, die ich brauchte, und zahlte in bar. *Verdammt.* Wenn Bernardo mich einmal eingebuchtet haben würde, käme ich so schnell nicht wieder raus. Ich wusste, wie ungern die Polizei Fehler zugab, und ich traute Egidio durchaus zu, dass er im Hintergrund ein paar falsche Fährten gelegt hatte, die auf mich hinwiesen. Es wäre schließlich nicht das erste Mal, und er war so ausgesprochen begeistert gewesen, als er mich zufällig am Pier getroffen hatte.

Ich schluckte. So musste sich ein Wildtier fühlen, das durch einen Wald voller Schlingen ging. Eine falsche Bewegung, und es war aus. Wenn doch wenigstens Tonia noch mit mir sprechen würde. Irgendwie war das die letzte Stütze, die mir weggebrochen war. Selbst ihre wahnsinnigen Großeltern hatte ich ins Herz geschlossen ... und sie hatten tatsächlich einen Einfluss in Viareggio, der nicht zu unterschätzen war. *Alles verspielt.*

Ich schüttelte mich und befahl mir, mit dem Selbstmitleid aufzuhören. Das brachte niemanden weiter. Und vor allem war ich selbst schuld. Niemand hatte mich gezwungen, mit Suzetta ins Bett zu gehen ...

Ich schluckte. Es hing alles von dem Politiker ab. Ich konnte es kaum erwarten, mir das Video anzusehen. Doch wo konnten wir dies am besten tun? Zu Mariella wollte ich Suzetta auf gar keinen Fall mitnehmen. Mir war klar, dass sie mich in dem Augenblick fallen lassen würde, in dem die Nähe zu mir für sie schädlich werden könnte. Doch ich wollte auch keinesfalls draußen mit ihr gesehen werden. Damit blieb nur eines – wir mussten uns in ihrem Hotelzimmer treffen. Nicht ganz die Botschaft, die ich ihr vermitteln wollte, doch im Augenblick war das für mich der sicherste Weg.

Ich riss mich zusammen und rief Suzetta an. Wir verabredeten uns für 20:30 Uhr im Hotel. Ich plante, durch einen Hintereingang direkt in ihr Zimmer zu gehen. Jedes Hotel hatte Lieferanteneingänge, das sollte nicht weiter schwierig sein, und so würde mich hoffentlich niemand sehen. Sicherheitshalber kaufte ich mir einen Strohhut und ein blaues Hemd mit leuchtend bunten Papageien. Erstens war es so schreiend, dass sich niemand hinterher an mein Gesicht erinnern würde, und zweitens würde ich damit im Splendide nicht unbedingt auffallen. Reichtum war keine Garantie für guten Geschmack.

Der Tag verging überhaupt nicht. Ich sprach kurz am Telefon mit Paolo und informierte ihn, dass es noch nichts zu berichten gab. Endlich ging die Sonne unter. Im Schutz der Dunkelheit machte ich mich auf den Weg. Meine Gedanken waren die ganze Zeit bei Tonia, und als ich sie auf einer Bank an der kleinen Grünfläche direkt vor dem Hotel Splendide sitzen sah, glaubte ich im ersten Augenblick an eine Fata Morgana. Es hatte mich wirklich erwischt.

Doch dann bemerkte ich den gut aussehenden, dunklen Mann neben ihr. Er beugte sich vor und schob ihr zärtlich eine Strähne aus der Stirn, dann küsste er sie mitten auf den Mund.

Es fühlte sich an, als ob mir jemand in den Magen geboxt hätte.

Ich machte auf dem Absatz kehrt und eilte um das Hotel herum, zum Lieferanteneingang. Wer war der gut aussehende Fremde? Und woher nahm er die Frechheit, sie einfach zu küssen? Dass Tonia sich eher für Frauen interessierte, glaubte ich nun nicht mehr, nicht nach unserem Kuss. Doch wieso küsste sie einfach einen anderen?

Ich verdrängte die unliebsamen Gedanken, blickte mich kurz um, ob mich jemand sah, dann schob ich mich nonchalant in den Hinterhof des Splendide. Ein Mann trat aus dem schwach erleuchteten Hintereingang hervor, zündete sich eine Zigarette an und starrte auf seine Fußspitzen, während er sich an die Wand lehnte. Ich verengte die Augen. Er trug eine elegante Uniform aus dunkelblauem Tuch mit weinroten Akzenten. Jetzt, wo ich ihn sah, fiel mir auf, dass der Typ auf der Bank die gleiche Uniform getragen hatte. Und damit wusste ich auch, wer er war. Michele, der Ex-Freund von Tonia. Hatte nicht sehr nach »ex« ausgesehen. Mein Magen schmerzte immer noch.

Von links wehte der faulige Gestank überfüllter Mülltonnen herüber. Ich hielt mich in ihrem Schatten, bis der Raucher wieder verschwunden war, dann wartete ich noch zwei Minuten, bevor ich ihm folgte.

Es roch nach Spülmaschine und scharf gebratenem Knoblauch, als ich in das Hotel trat. Zielstrebig ging ich einfach den Hauptgang entlang, ohne die Abzweigungen zu beachten. So kam ich schnell zu einer schweren Feuerschutztür, die ins Treppenhaus führte. Hier war eine andere Welt … dicker Teppich statt Betonboden, leise Musik, der Gestank dieser ekelhaften Lilien. Ich zog mir meinen Hut tiefer ins Gesicht und stieg die Treppen zu Suzettas Zimmer hoch.

Sie öffnete auf mein Klopfen sofort und stieß einen spitzen Schrei aus, als sie mich sah. »Um Himmels willen, Rick, was trägst du denn da? Zieh das sofort aus!« Sie streckte die Hand aus und fing an, mein Papageienhemd aufzuknöpfen.

Ich fing ihre Hand ein, lächelte sie an und sagte: »Ich ziehe mich schon selbst aus.«

Sie hob die geschwungenen Augenbrauen. Dann drehte sie sich auf dem Absatz um und zeigte auf das Bett. »Ich habe das Video auf dem Laptop. Wir können es uns am besten dort ansehen.«

Erst jetzt bemerkte ich, dass sie eine Art Negligé trug, das weitestgehend durchsichtig war. Ich schluckte. Da es jedoch nur einen einzigen Stuhl vor dem Schreibtisch gab, musste ich ihr recht geben. Ich streifte mir die Schuhe ab und warf mich auf eine Seite des Bettes, möglichst nahe an der Kante. Das Papageienhemd ließ ich an. »Lass uns anfangen.«

Sie kuschelte sich an mich und öffnete den Laptop.

Ich mochte gar nicht daran denken, was Tonia sagen würde, wenn sie uns so gesehen hätte. »Hast du es dir schon angesehen?« Suzetta duftete leicht nach Kokosnuss. Ich bemühte mich, flacher zu atmen.

»Ja.« Sie lächelte mich an. »Aber mehr verrate ich nicht.«

Das Video zeigte einen kahlen Raum mit hellgrün gestrichenen Wänden. Mario Magnato saß auf einer Stuhlkante und sah aus, als ob er sich mehrere Tausend Kilometer weg wünschte. Sein fein geschnittenes Gesicht wirkte verbissen, und er fuhr sich mit einer Hand über die glatt nach hinten gegelten Haare. »Ich verlange, jetzt unverzüglich zu erfahren, warum Sie mich auf diese unmögliche Art und Weise hier einbestellt haben.« Sein berühmter Bariton erfüllte den nüchternen Raum.

Suzetta stellte den Ton etwas leiser.

Mommo war nicht zu sehen. Ich wusste, dass man üblicherweise eine andere Kameraeinstellung verwendete, in der beide, der Verhörte und der Verhörer, im Profil gezeigt wurden, doch mir war die Nahaufnahme von Mario Magnato aktuell wichtiger.

»Wir haben im Rahmen einer Routineuntersuchung eine Auffälligkeit notiert und möchten Sie hierzu gern befragen.« Mommos Stimme klang neutral.

»Eine Routineuntersuchung? Und dafür zitieren Sie mich hierhin? Wissen Sie nicht, dass ich ein vielbeschäftigter Mann bin? Der Minister von –«

»Es geht um Ihre Jacht.«

Der Politiker stockte mitten in seiner Tirade. Für einen Augenblick wirkte er wie ein erschrockener Karpfen. Die Augen standen hervor, der Mund leicht offen. Dann räusperte er sich. »Meine ... was?«

»Ihre Jacht. Sie haben bei AzurrOro in Viareggio vor zwei Jahren eine Jacht in Auftrag gegeben, die einen Wert von 3,45 Millionen Euro hat. Die Jacht befindet sich noch im Bau.«

Magnato schluckte so schwer, dass sein Adamsapfel sichtbar den Hals hinauf hüpfte. »Und?«

»Und Sie haben ein Einkommen von 78.530 Euro angegeben, mit dem Sie sich und Ihre fünfköpfige Familie ernähren.«

»Ich weiß nicht, worauf Sie hinauswollen.«

»Wir fragen uns nur, woher Sie die Mittel für diese Jacht haben, *signor* Magnato.« Mommos Stimme klang ganz sanft.

Der Politiker nahm die Schultern zurück und hob das Kinn. »Das können Sie sich so viel fragen, wie Sie möchten, *signor*. Ich bin Ihnen zu keiner Auskunft verpflichtet.«

»Ich denke, das werden Sie bald anders sehen.« Ein Lächeln schwang in Mommos Stimme mit.

»Wollen Sie mir drohen?«

»Aber durchaus nicht.« Mommo ließ die Worte wirken.

Magnato war nicht umsonst Politiker geworden. Er lehnte sich auf seinem Stuhl zurück, legte einen Knöchel auf den Oberschenkel, sodass seine exquisit gemusterten Socken sichtbar wurden, zupfte seine dunkelgraue Anzughose aus feinem Tuch zurecht und blickte Mommo mit leichter Herablassung an. »Gut. Das möchte ich Ihnen auch nicht raten. Ich habe einen gewissen Einfluss, der –«

»Wollen Sie *mir* etwa drohen?«

»Aber durchaus nicht.« Der Politiker lächelte böse.

Ich schluckte. Bis jetzt hatten beide Seiten ungefähr gleich gepunktet. Es war wie ein Tennisspiel.

»Ich möchte Sie darauf hinweisen, dass wir Ihre Finanzen einer besonderen Prüfung unterziehen und dass Sie gezwungen sind, alle Ihre Unterlagen und finanziellen Vorgänge für uns offenzulegen.«

Magnato verengte die Augen. »Sie wissen ganz genau, dass Sie das nicht können. Dazu benötigen Sie ein solides Verdachtsmoment.«

»Aber das haben wir, *signor* Magnato. Das haben wir.«

»Ach ja? Darf ich mehr darüber erfahren?«

»Selbstverständlich. Wir sind über eine Überweisung von einer Million Euro auf ein Schweizer Nummernkonto, die Sie getätigt haben, auf Sie gestoßen.«

»Wie bitte?«

»Sie haben sehr gut verstanden, was ich gesagt habe.«

»Ein Schweizer Nummernkonto? Davon habe ich noch nie gehört!«

Mommo seufzte hörbar. »Sie können gern auf diesem Standpunkt beharren. Ich denke, dass Sie jedoch klug daran täten, sich nicht zu sehr darauf festzulegen. Wir wissen mehr, als Sie denken.«

Die Wangen des Politikers färbten sich rot. »Ich will sofort meinen Anwalt sprechen. Hätte ich geahnt, dass ich hier wie ein gewöhnlicher Krimineller behandelt werde, hätte ich mich nie auf ein Gespräch eingelassen! Ich dachte, es geht um eine Sache, die mit Delikatesse behandelt werden muss, und ich bin jederzeit bereit, Diskretion zu wahren. Doch das geht zu weit!«

In dem nachfolgenden Schweigen konnten wir den Politiker schwer atmen hören.

Suzetta kuschelte sich noch näher an mich. »Jetzt kommt's«, murmelte sie.

»Tatsächlich geht unsere Nachforschung noch einen Schritt weiter«, sagte Mommo. »Wo waren Sie in der Nacht von Montag auf Dienstag?«

»Was ich in der Nacht von Montag auf Dienstag gemacht habe? Was hat das mit meinen Ausgaben zu tun? Ich glaube, Sie fragen mich einfach irgendetwas, ohne Sinn und Verstand!« An seinem Hals schlug sichtbar der Puls.

»Nein, *signor* Magnato. Wir haben gute Gründe für unsere Fragen. Könnten Sie mir bitte antworten?«

»Natürlich antworte ich Ihnen. Erstens habe ich nichts zu verbergen, und zweitens bin ich jederzeit kooperativ. Lassen Sie mich nachdenken ... am Montagabend haben wir die Familie meiner Frau besucht. Sie leben in Parioli.«

Suzetta schnaubte leise, als sie den Namen des vornehmen Villenviertels von Rom hörte.

»Bis wann waren Sie bei der Familie Ihrer Frau?«

Der Politiker runzelte die Stirn. »Wir sind zum Abendessen geblieben, und ich glaube, wir waren gegen zweiundzwanzig Uhr dreißig zu Hause.«

»Und dann?«

»Dann sind wir ins Bett gegangen. Ich hatte eine wichtige Sitzung am nächsten Morgen, und die frische Luft hat mich müde gemacht.«

»Die frische Luft?«

»Wir waren die meiste Zeit im Garten.«

»Kann jemand bezeugen, dass Sie die ganze Nacht zu Hause geblieben sind?«

»*Madonna*! Natürlich! Fragen Sie meine Frau!«

»Ihre Frau und Sie teilen sich ein Schlafzimmer?«

Magnato seufzte auf. »Was wollen Sie mich noch alles fragen?«

»Bitte antworten Sie.«

»Ja, meine Frau und ich teilen uns ein Schlafzimmer.«

»Immer?«

»Hören Sie, jetzt reicht es mir! Werde ich nun endlich erfahren, was diese ganzen Fragen bedeuten, oder muss ich doch noch meinen Anwalt rufen?«

»In der Nacht von Montag auf Dienstag wurde Egidio Marchetto ermordet.«

»Wer ist Egidio Marchetto?« Es klang vollkommen überrascht. Magnato war entweder ein exzellenter Schauspieler, oder Egidio hatte sich ihm nicht mit seinem echten Namen zu erkennen gegeben.

»Der Mann, dem Sie vor Kurzem eine Million Euro auf sein Schweizer Nummernkonto überweisen wollten.«

Magnato schluckte schwer. »Ich kenne keinen Mann mit diesem Namen.« Seine Stimme klang rau. Dann sprang er auf. »Und jetzt reicht es mir. Wenn Sie weitere Gespräche mit mir führen möchten, informieren Sie meinen Anwalt. Er wird Ihnen Terminvorschläge machen.« Mit diesen Worten stürmte er aus dem Raum, und das Video endete.

Suzetta blickte mich an. »Egal, ob man das Auto oder den Zug nimmt, man braucht mindestens dreieinhalb Stunden von Rom nach Viareggio. Er kann unmöglich um halb elf noch in Rom gewesen sein und gegen Mitternacht schon den Mord in Viareggio begangen haben.«

»Es sei denn, er ist geflogen.«

Sie nickte. »Ihm steht jederzeit ein Privatflugzeug zur Verfügung. Aber wir haben sofort die Prüfung aller Privatflugzeuge und Helikopter, die in der betreffenden Nacht im Umkreis gelandet sind, veranlasst, und sie sind alle bekannt und dokumentiert. Außerdem ist da noch die Zeugenaussage seiner Frau.«

Ich winkte ab. »Natürlich würde sie sagen, dass er die ganze Nacht da war.«

Suzetta hob die Schultern. »Es könnte auch sein, dass er nur deshalb ein bombenfestes Alibi hat, weil er jemanden mit dem Mord beauftragt hat.«

»Unwahrscheinlich.« Ich seufzte. »Alles weist darauf hin, dass der Täter kein Profi war und dass Egidio ihn außerdem kannte. *Maledizione.*«

Suzetta blickte mich an. »Du willst unbedingt, dass er es war.«

»Das stimmt nicht. Ich will unbedingt, dass der richtige Mörder gefunden wird. Das ist alles.« Aber tief in mir musste ich zugeben, dass ich enttäuscht war. Es war so eine vielversprechende Spur gewesen. Doch wenn die Fakten Magnato entlasteten, half alles nichts. Wir mussten weitersuchen. Und meine Zeit war knapp, das war mir vollkommen klar. *Maledizione.* Wenn ich wenigstens mit Tonia hätte sprechen können, sie sehen können.

Suzetta schob ihre Hand unter mein Papageienhemd. »Wir könnten doch …«

Ich hielt ihre Hand fest und sprang dann aus dem Bett. »Es tut mir leid, Suzetta, aber ich kann heute nicht länger bleiben.«

Ihre Augen wurden schmal. »Ach nein?«

»Nein.« Ich beugte mich vor und küsste sie flüchtig auf die Wange. »Vielen Dank, dass ich das Video sehen durfte.«

Ich stürzte aus dem Zimmer, bevor sie noch etwas sagen konnte. Ob Tonia wohl immer noch mit diesem gut aussehenden Michele zusammensaß? Der Gedanke drehte mir das Herz herum.

~ 27 ~

Tonia

Unwillig schob ich Michele von mir. »Michele, du spinnst wohl! Du hast gesagt, dass du mit mir reden willst! Von Küssen war keine Rede!« Ich fuhr mir mit dem Handrücken über den Mund.

Michele warf mir einen waidwunden Blick aus seinen schokoladenbraunen Augen zu. »Früher warst du nicht so kompliziert.«

Ich verkniff mir eine Antwort, die vermutlich sogar für Micheles unzerstörbare Eigenliebe zu bissig gewesen wäre. »Du wolltest mir etwas erzählen.«

Er lächelte mich an. »Ja, aber ich dachte mir, dass wir zuerst etwas essen gehen, und danach, bei einem romantischen Spaziergang am Strand, können wir ganz entspannt unter vier Augen reden.«

Ich warf einen Blick über meine Schulter. »Hier ist es ruhig genug. Und satt bin ich auch.«

»Aber *carissima!*« Er wischte mir zärtlich eine Strähne aus dem Gesicht. »Was bist du stachelig geworden, wie ein Kaktus.«

Ich schlug seine Hand weg. »Michele, ich bin gekommen, weil du mir etwas erzählen wolltest, und ich habe keine Lust darauf, essen oder spazieren zu gehen. Ja, ich bin nervös und gestresst, daher bitte ich dich, mir jetzt einfach zu sagen, was du weißt.«

»In diesem Fall wäre ein romantischer Spaziergang genau –«

»Nein.«

»Aber ...«

»Welchen Teil von Nein hast du nicht verstanden, Michele?«

Er seufzte tief, streckte die Beine lang von sich und stopfte die Hände in die Hosentaschen. Im Licht der Straßenlaterne konnte ich sein Gesicht gut erkennen. Er blickte versonnen vor sich hin, anscheinend wild entschlossen, mich auf die Folter zu spannen.

Ich lehnte mich betont entspannt zurück, ließ ihn aber nicht aus den Augen.

»Gestern hatte ich Spätdienst. Und irgendwann so gegen halb eins konnte ich nicht mehr schlafen, und es war auch sonst partout gar nichts los im Hotel.« Er schaute mich von der Seite her an. »Weißt du, es ist völlig in Ordnung, wenn die ganze Nacht viel zu tun ist oder wenn ich schlafen kann, aber wenn ich munter wie ein Fisch bin und kein Mensch mit mir redet, ist es fürchterlich. Die Zeit vergeht dann gar nicht.«

Wider Willen musste ich lächeln. Michele war wie ein Pfau, nur glücklich, wenn er vor anderen herumstolzieren und seine Federn schütteln konnte. »Verstehe.«

»Na, jedenfalls habe ich mir gedacht, dass ich ein wenig vor die Tür gehen sollte.«

»Ich dachte, du hast Anwesenheitspflicht?«

»Aufs Klo darf ich schon. Kann mir ja keiner nachweisen, dass ich nicht da war, sondern etwas frische Luft geschnappt habe.« Er zuckte mit den Schultern. »Also hab ich das Schild auf den Tresen gestellt, dass ich in wenigen Minuten zurück bin, und bin durch den Hintereingang rausgegangen. Zuerst wollte ich nur kurz vor die Tür und mir die Sterne ein wenig ansehen, aber die Mülltonnen haben so gestunken, dass ich doch noch weiter gegangen bin. Weißt du, dahin, wo diese krüppeligen Rosmarinbüsche stehen.«

Ich kannte die traurige Rosmarinhecke hinter dem Splendide gut, denn dort hatte ich oft auf Michele gewartet, als wir noch zusammen waren. Ihr Duft übertünchte den Gestank der Mülleimer, und außerdem war sie trotz ihrer Löcher so groß, dass man nicht von jedem Neugierigen sofort gesehen wurde.

»Doch als ich bis auf einige Schritte herangekommen war, stellte ich fest, dass da schon jemand war. Ein Mann und eine Frau, und sie haben sich gestritten.« Michele entdeckte ein Stäubchen auf dem Ärmel seiner Jacke und schnippte es weg. »Daher haben sie auch nicht gemerkt, dass ich in der Nähe war.«

Ich beugte mich vor. »Weißt du, wer die beiden waren?«

»Die Frau kannte ich ... es war die Witwe.«

»Livia Marchetto?«

Er nickte.

»Und der Mann?«

Er lächelte maliziös. »Immer mit der Ruhe, meine Liebe. Lass es mich genau so erzählen, wie ich es erlebt habe.«

Ich unterdrückte einen genervten Seufzer.

»Gerade als ich hinzukam, warf sie sich auf ihn, schüttelte ihn wie einen Sack Lumpen und zischte: ›Du hast ihn ermordet! Du hast deinen eigenen Vater ermordet! Wie konntest du mir das antun?‹«

Ich fuhr zusammen. *Jacopo!* War er etwa in der Mordnacht in der Nähe gewesen?

»Der Mann antwortete: ›Was für ein Quatsch, *mamma!* Natürlich habe ich ihn nicht ermordet. Wie kannst du so etwas von mir denken?‹ Beide klangen ziemlich genervt, daher konnte ich sie auch so gut verstehen. Sie wurden mit jedem Satz lauter.«

»Und dann?«

Michele war nun ganz in seinem Element. »Sie sagte: ›Du hast Schecks gefälscht und bei jeder Gelegenheit gelogen und gestohlen. O, nein, du brauchst gar nicht so zusammenzuzucken, ich weiß es genau, auch wenn ich deinem Vater gegenüber immer so getan habe, als ob es nicht wahr sei. Aber du bist immer noch mein Sohn, und ich weiß, dass dein Vater dafür gar kein Verständnis gehabt hätte. Du warst der Grund, warum wir uns zuletzt so gestritten haben.‹«

Ich riss die Augen auf. »Livia hat sich mit Egidio wegen ihres gemeinsamen Sohnes gestritten? *Das* war der Grund, warum er so spät wütend aus dem Hotel gestürzt ist?«

Michele zuckte mit den Schultern. »Anscheinend. Doch es kommt noch viel besser: Offensichtlich ist Livia irgendwann ihrem Mann hinterhergerannt, um sich wieder mit ihm zu versöhnen oder ihm noch eins mit der Handtasche überzuziehen oder was weiß ich. Aber sie hat ihn nicht gefunden. Stattdessen traf sie auf ihren Sohn.«

»Was?«

»Ja.« Michele machte es sichtlich Freude, dass ich so an seinen Lippen hing. »Direkt auf der Promenade lief sie mitten in der Nacht ihrem Sohn in die Arme. Sie hatte wohl keine Ahnung, dass er sich überhaupt in Viareggio befand, und ist fast in Ohnmacht gefallen. Außerdem besaß er die Frechheit, nicht mit ins Hotel zurückzukommen, was sie aus unerfindlichen Gründen erwartet hatte, weil er angeblich noch dringende Termine hatte. Mitten in der Nacht!« Michele kicherte. »War vermutlich ein Termin im Nachtclub. Na, das hat sie ihm jedenfalls alles ins Gesicht geschrien, als sie hinter den Mülltonnen standen. Und als sie am nächsten Morgen erfuhr, dass Egidio ermordet worden war, hat sie sofort den Rückschluss gezogen, dass ihr kostbarer Sohn ein wenig die Kontrolle verloren hat, als er so unvermutet auf seinen Vater traf.«

»Und ihn spontan umbrachte?«, fragte ich skeptisch.

»Ja. Weil der liebe Papa sich weigerte, das Spiel weiter mitzuspielen, und sogar gedroht hat, seinen Sohn wegen der einen oder anderen nicht ganz sauberen Kleinigkeit bei der Polizei anzuzeigen.«

Ich schluckte. *»Dio mio.«*

»Doch der kostbare Sohn, der wohl schon vorher ein paarmal in unschöner Weise mit der Polizei in Kontakt getreten war, ist nach dem Mord erst einmal untergetaucht.«

»Untergetaucht?«

»Yup. Hat sich verdünnisiert und ist noch nicht mal mehr ans Handy gegangen, wenn seine Mutter anrief. Das hat sie ihm richtig übel genommen.«

Jetzt verstand ich auch, warum Livia so merkwürdig erleichtert gewirkt hatte, als sie erfuhr, dass ihr Mann sich eventuell mit einer kriminellen Bande von Drogenschmugglern eingelassen hatte. Ich hatte gedacht, sie sei froh, weil sie selbst nicht mehr unter Verdacht stand. Tatsächlich hatte sie Angst gehabt, dass ihr Sohn verdächtigt werden würde. An sich selbst hatte sie gar nicht gedacht.

Michele rieb sich die Stirn. »Mütter sind schon komisch. Sie verzeihen dir, wenn du Geld klaust und Schecks fälschst und eventuell auch noch den Vater ermordest, aber wenn du nicht mehr ans Telefon gehst, ist der Ofen aus.«

»Hat sie das so gesagt?«

Er lächelte. »Es klang deutlich genug durch. Der Sohn versuchte sich zu verteidigen, er hätte sich ja nun schließlich und endlich von sich aus gemeldet, aber sie war wie eine Furie. ›Zu spät!‹, hat sie immer wieder gezischt. ›Ich bin hier ganz alleine und werde fast wahnsinnig vor Angst um dich, und du gehst noch nicht einmal ans Telefon.‹«

»Und dann?«

Michele zuckte mit den Schultern. »Irgendwie hat er sie wieder beruhigen können. Klang, als ob er 'ne Menge Übung darin hätte. Hat ihr das Blaue vom Himmel herunter versprochen, dass er bei ihr bleiben und helfen würde und was weiß ich noch alles.« Er verzog das Gesicht. »Sogar ich hab gemerkt, dass es alles nur heiße Luft war. Aber sie hat's geschluckt. Am Ende hat sie ihm Geld zugesteckt, und er hat versprochen, ihre Anrufe nie wieder zu ignorieren. Dann ist er davongezockelt und hat ihr nicht mal verraten, wo er übernachten wird.«

»Madonna.« Ich brauchte einen Augenblick, um das Ganze zu verdauen. Dann fuhr ich zu ihm herum. »Sag mal, Michele, eine Sache verstehe ich nicht: Wieso hat die Polizei Livia die ganze Zeit in Ruhe gelassen? Normalerweise konzentriert sie sich in einem Mordfall doch immer zuerst auf die nächste Familie. Doch in diesem Fall stochern die Beamten wie wild im Salat herum und verfolgen selbst völlig abwegige Spuren.«

»Abwegige Spuren?« Michele hob die Augenbrauen. »Was meinst du damit?«

Mühsam schob ich das Bild von Rick von mir. »Nichts. Gar nichts. Aber kannst du es dir erklären?«

Er neigte den Kopf und hob eine Schulter.

Diese Geste kannte ich. »Nun rück's schon raus. Was weißt du?«

»Ich hab's nur so halb mitbekommen, als dieser aufgeblasene *commissario* Bernardo sich mit jemandem in der Hotellobby unterhielt. War nicht für meine Ohren bestimmt.«

»Ja?«

»Der Mörder war ein Linkshänder.«

Mir blieb der Mund offen stehen. »Ein Linkshänder?«

Er nickte. »Das ging wohl ziemlich eindeutig aus der Wunde hervor. Und außerdem wurde der Stoß mit enormer Kraft ausgeführt. Beides passt nicht auf die Witwe.«

Ich schluckte schwer. Rick war Linkshänder. Das hatte

ich irgendwann einmal am Rande bemerkt, aber nie weiter beachtet. *Verdammt.*

»Und der Sohn? Ist der Linkshänder?«

Michele zuckte mit den Schultern. »Keine Ahnung. Es war stockdunkel da hinten im Hof.«

»Und was sagt die Polizei dazu? Haben sie den Sohn schon in Gewahrsam genommen?«

Michele warf mir einen rätselhaften Blick zu. »Nein.«

»Wie, nein? Was soll das heißen?«

»Sie wissen es noch nicht.«

»Sie wissen es noch nicht?« Ich starrte ihn an. »Aber warum nicht? Du hast es letzte Nacht erfahren! Wieso bist du nicht stante pede ins Polizeipräsidium gerannt? Das ist eine wirklich wichtige Information!«

Er schnaufte genervt. »Dieser Bernardo ist einfach fürchterlich.«

»Da kann ich dir nur recht geben.«

»Und er hat mich letztes Mal so durch die Mangel gedreht, dass ich mich selbst schon wie ein Krimineller fühlte. Ich musste alles viermal erzählen! Viermal! Und dann schaut er einen so seltsam an, völlig ohne einen Muskel zu regen. Man könnte sich genauso gut mit einer Wand unterhalten.«

»Und deshalb bist du nicht hingegangen?«

Er hob beide Hände. »Ich wollte ja hingehen, gleich nach meinem Dienst. Aber dann war ich so müde, dass ich erst mal ein wenig schlafen wollte. Es ist echt anstrengend, wenn man mit der Polizei reden muss, und das wollte ich mir direkt nach der Nachtschicht nicht antun. Na ja, und dann kam der Anruf.«

»Was für ein Anruf?«

»Ein Kollege ist krank geworden und hat mich gefragt, ob ich seine Schicht übernehme. Also musste ich wieder ins Hotel zurück. Und dann ... dann hab ich mich ein wenig unwohl gefühlt, weil ich es nicht sofort gemeldet habe, und so wurde es immer später und –« Er brach ab und schaute mich hoffnungsvoll an. »Du warst doch mit Bernardo in der Schule.«

»Moment mal. Soll das heißen, dass *ich* Bernardo diese Story erzählen soll?«

»Na ja, du hast mal erwähnt, dass er für dich geschwärmt hat.«

»Das ist lange her. Bernardo und ich können einander nicht ausstehen.«

Er blickte mich wieder wie ein Hundejunges an. »Aber es käme trotzdem besser von dir als von mir. Immerhin bist du eine hübsche junge Frau, und denen verzeiht man viel eher etwas.«

Ich schüttelte den Kopf. »Glaube mir, Bernardo wird jedem auf der Welt eher verzeihen als mir. Ich bin die denkbar schlechteste Wahl. Und ich weigere mich schlichtweg, mit Bernardo zu sprechen. Das wirst du schon selbst erledigen müssen. Je früher, desto besser.«

~ 28 ~

Rick

Nach einem üppigen Frühstück mit Birchermüsli fühlte ich mich stark genug, noch einmal den Versuch zu machen, mit Tonia zu sprechen. Ich nahm einen anderen Weg als sonst zu ihr, um die belebte Promenade zu vermeiden, und ging zu Fuß. Meine Stimmung war auf dem Tiefpunkt. Der Politiker hatte sich als falsche Fährte erwiesen. Ich hatte gestern Nacht noch ein wenig recherchiert und herausgefunden, dass Magnatos Schwiegereltern keine große Begeisterung für den Mann ihrer Tochter hegten. Anscheinend waren sie Unterstützer der »Forza Italia« und unzerrüttbare Fans von Silvio Berlusconi, während der missratene Schwiegersohn zum gegnerischen Lager, der »Partito Democratico«, gehörte. Sie hatten der Hochzeit nicht zugestimmt. Wenn es um ein falsches Alibi für den Schwiegersohn in einem Mordfall gegangen wäre, hätten sie ihn mit Begeisterung verraten. So viel stand fest. Doch leider hatten sie das Alibi bestätigt, das hatte Paolo schon herausgefunden.

Missmutig trat ich gegen einen Stein, der von der cremefarbenen Mauer zu meiner Linken abprallte und quer über den Fußgängerweg flog. Ich folgte ihm mit den Augen, und als ich den Blick hob, sah ich *commissario* Bernardo, der gerade auf seine Uhr blickte und auf der anderen Straßenseite entlanghastete.

Maledizione! Ich drehte mich auf dem Absatz um und trat blind durch ein offenes Tor an der Straßenecke. Vor mir befand sich eine üppige Villa mit einem aufwendigen Mosaikfries, der sich rund um das Gebäude wand, doch viel spannender waren für mich die Bogengänge, die sich um einen großen Teil des Gebäudes herumzogen und einen vorspringenden Balkon mit Steinbrüstung trugen. Im Schatten der Bogengänge konnte ich mich besser verstecken als mitten auf der sonnigen Straße. Flüchtig fragte ich mich, warum ein derart gepflegtes Luxusanwesen frei zugänglich war, doch dann fiel mein Blick auf eine Tafel an der Seite: »Villa Argentina«. Ein historisches Gebäude also, geöffnet für die Öffentlichkeit. Ich lief über den gepflegten Kiesweg auf die Villa zu. Dabei bewegte ich mich mit all der Nonchalance, die ich aufbringen konnte, obwohl ich mich wie ein Fuchs fühlte, der panisch einen Schlupfwinkel sucht, während die Meute dicht auf seinen Fersen folgt.

Mein Herz schlug schneller, und das Hemd klebte mir am Rücken, obwohl es noch nicht sehr heiß war. Ich bemühte mich, nicht über meine Schulter zu schauen, und zwang mich zu einem ruhigeren Schritt. Ich durfte Bernardo nicht in die Hände fallen. Damals, als ich das erste Mal verdächtigt wurde, hatte ich mich ungläubig, aber bereitwillig gestellt, fest darauf vertrauend, dass ich meine Unschuld beweisen konnte. Heute ging ich kein Risiko mehr ein. Der Gedanke an die Enge der Untersuchungszelle legte sich auf meine Brust, sodass ich kaum noch atmen konnte. *Endlich!* Ich hatte den Haupteingang zur Villa Argentina erreicht. Im Schatten des Bogengangs bückte ich mich, als ob ich mir den Schnürsenkel zubinden müsste, und blickte dabei unauffällig hinter mich. *Verdammt.* Bernardo stand am Tor und spähte mit großer Konzentration in meine Richtung. Er schien zu zögern. Vielleicht hatte er mich nicht richtig erkannt? Dann durfte ich jetzt auf keinen Fall auffallen. Ich richtete mich auf und ging in die Halle, wie ein Tourist, der nichts Schöneres zu tun hat, als ein historisches Gebäude zu besichtigen. Hoffentlich hatte der Kasten hier einen Hinterausgang.

Die Rezeptionistin blickte hoch und fing an zu strahlen. *»Benvenuto alla Villa Argentina«*, sagte sie, während ich noch drei Meter entfernt stand.

Mühsam lächelte ich ihr zu. Sie war entweder neu in dem Job oder auf Drogen.

»Die Anfänge der Villa Argentina gehen circa auf 1920 zurück, als Francesca Racca Oytana den Auftrag für den Bau des Hauses gab. Man kann getrost sagen, dass die Villa Argentina der bedeutendste Ausdruck des modernistischen Stils in der gesamten Versilia ist.« Sie machte eine weit ausholende Handbewegung. »Die beispiellosen Mosaike auf der Fassade wurden von dem Unternehmen ›Fornaci Chini‹ aus Borgo San Lorenzo gefertigt und erinnern an die traditionellen Motive der Florentinischen Majolika der Renaissance. Das Unternehmen fertigt übrigens bis heute wunderschöne Fliesen, nun jedoch unter dem Namen ›Franco Pecchioli Ceramica‹. Die Produktion findet nach wie vor in Borgo San

Lorenzo statt, und ihr Showroom ist ein Besuch wert.« Sie sprach wie ein Wasserfall, war gar nicht zu stoppen. »Das Gemälde, das Sie in der Innenhalle sehen können, zeigt eine persische Hochzeit in einer orientalischen Landschaft. Es wurde von Giuseppe Biasi gemalt und 1930 vom Grafen von Sant'Elia beauftragt, der damals Besitzer des Hauses war.«

Hatte sie das auswendig gelernt? *Verdammt, ich hätte einfach an ihr vorbeirennen sollen.* Aber dann hätte sie Zeter und Mordio geschrieen, und Bernardo wäre mir garantiert auf den Fersen gewesen. Ich zog mein Portemonnaie aus der Hosentasche. »Wie viel kostet der Eintritt?« Ich konnte sie ja schlecht fragen, wie ich auf dem schnellsten Weg wieder hier rauskam.

»Keine Bewegung!«

In Zeitlupe drehte ich mich um. Bernardo hatte tatsächlich eine Pistole auf mich gerichtet. *Ich fass es nicht.*

Aus den Augenwinkeln sah ich, dass die Rezeptionistin hinter den Tresen tauchte wie ein Delfin, der beschließt, dass jetzt nicht der richtige Augenblick für Luftsprünge ist.

»Heben Sie die Hände!«

Genervt hob ich beide Hände. »Hören Sie, ich –«

Er machte eine Kopfbewegung zur Seite. »An die Wand. Los, los, machen Sie schon.«

Langsam bewegte ich mich zur Seite wie ein Krebs. Ich hatte genug Leute vom Kaliber eines Bernardo kennengelernt, um zu wissen, dass er im Zweifel schneller schoss als dachte. Vielleicht nicht in die Brust, aber auch meine Kniescheiben waren mir wichtig.

»Vorwärts!«

Ich fragte mich, was die Rezeptionistin hinter dem Tresen machte. Vielleicht grub sie sich einen Tunnel, um zu entkommen? »*Commissario*, darf ich erklären –?«

»*Zitto!*«

Ich ballte eine der Fäuste hoch oben in der Luft. Der Kerl hatte kein Recht, mir einfach so über den Mund zu fahren. Wenn er nahe genug an mich herankam, konnte ich ihn vielleicht zu Boden werfen. *Lass den Quatsch, Rick. Willst du den Rest deines Lebens auf der Flucht sein?* Verdammt, ich brauchte diese korrekte Stimme in mir nicht. Meine rechte Schulter berührte nun die Wand.

»Umdrehen!«

»In puncto Umgangsformen wäre noch Luft nach oben«, murmelte ich, ohne mich zu bewegen. Ich wollte Bernardo auf gar keinen Fall den Rücken zudrehen. Was war, wenn er mir in den Rücken schoss und hinterher behauptete, ich hätte ihn provoziert? Dem Kerl war alles zuzutrauen.

Ich wandte den Kopf und schaute zum Verkaufstresen. »Eh, *signora*! Sie da, hinter dem Tresen!«

Ganz langsam schob sich der grauhaarige Kopf über den Tresen, und die dunkelbraunen Augen fixierten mich.

»Hören Sie gut zu.« Ich machte eine Kopfbewegung in Richtung Bernardo. »Dieser Mann mit der Pistole hier ist ein *commissario* von der hiesigen Polizei. Er heißt Bernardo. Den Nachnamen kenn ich nicht.«

Sie riss die Augen auf und starrte Bernardo an.

»Wie heißen Sie mit Nachnamen, Bernardo?«, fragte ich.

»Das geht Sie gar nichts an!«

»Oh, doch. Wenn jemand aus dem Staatsdienst grundlos eine Pistole auf mich richtet, habe ich jedes Recht, seinen Namen zu erfahren.« Ich grinste. »Ich muss ja schließlich genau wissen, über wen ich mich hinterher beschweren muss.«

Der graue Schopf hinter dem Tresen schob sich ein wenig höher. »Sind Sie wirklich ein *commissario?*« Die Stimme klang weitaus zittriger als vorhin, als sie so flüssig über die Mosaikfliesen gesprochen hatte.

»Bin ich.« Bernardo klang knurrig.

»Und wie heißen Sie, wenn ich fragen darf?« So langsam gewann sie ihre alte Form zurück.

»Das tut hier nichts zur Sache!«

»Wenn Sie nichts zu verbergen haben, spricht nichts dagegen, sich gegenüber der Öffentlichkeit korrekt auszuweisen.« Ich versuchte, besonders pompös zu klingen. Vielleicht stand so eine Regel ja sogar irgendwo in einem der Lehrbücher für Polizisten. Zu der Rezeptionistin sagte ich: »Ich weiß, er benimmt sich etwas eigenwillig, aber er ist wirklich ein *commissario*.«

Sie presste die Lippen zusammen und richtete sich ganz auf. »Dann können Sie mir auch Ihren Namen sagen, *signor*.« Sie verengte die Augen. »Und Ihren Ausweis zeigen.«

Wahrhaftig, die Frau war Gold wert. Ich strahlte sie an.

»Sie werden vielleicht mitbekommen haben, dass ich hier alle Hände voll zu tun habe.« Bernardo klang, als ob er die Pistole am liebsten auf den spiegelnden Fußboden geworfen hätte und voller Wut darauf herumgesprungen wäre.

»Ja, aber warum wollen Sie uns denn dann partout nicht

Ihren Namen verraten?« Sie beugte sich vor und betrachtete Bernardo kritisch. »Was haben Sie zu verbergen?«

»Verdammt noch mal, ich habe hier nichts zu verbergen! Er ist der Verbrecher!«

Sie neigte den Kopf wie ein neugieriger Spatz und ließ nicht locker. »Und Ihr Name?«

Bernardo schnaubte. Fast konnte man Dampf aus seinen Ohren kommen sehen. »Ich heiße Bernardo Strozzo.«

Strozzo. Trotz meiner schwierigen Situation musste ich ein Lachen unterdrücken. Klang fast wie *stronzo*. Kein Wunder, dass Bernardo ein leicht angesäuerter Typ war.

»Mein Name ist Riccardo Damiani.« Ich machte eine leichte Verbeugung in Richtung Tresen. »Sehr erfreut, Sie kennenzulernen.«

Die Rezeptionistin lachte und entblößte eine Reihe strahlend weißer Zähne. Wie alt mochte sie sein? Fünfzig? Sechzig?

»Ich bin Mariana di Limone.«

»Ein schöner Name.«

»Wir sind hier nicht auf einer verdammten Cocktailveranstaltung«, knurrte Bernardo. »Los, drehen Sie sich um, Damiani.«

Ich blickte zu Mariana. »Lassen Sie ihn bitte nicht aus den Augen, *signora*. Ich hätte gern eine Zeugin für alles, was geschieht. Vor allem, wenn ich ihm den Rücken zukehren muss.«

Sie verschränkte die Arme vor der Brust und schaute mich kritisch an, dann schaute sie zu Bernardo. »Was werfen Sie ihm denn vor?«

Ich hielt immer noch die Hände in die Luft, drehte mich aber nicht um. Das hätte mich mehr Kraft gekostet, als ich gerade hatte. »Ach, er meint, ich habe jemanden umgebracht«, sagte ich im Plauderton.

»Und, haben Sie?« Ihre dunklen Augen fixierten mich.

»*No, signora*. Ich habe den Mann nicht umgebracht. Doch leider glaubt mir das keiner.«

Sie zuckte mit den Schultern. »Wir leben in einem Rechtsstaat. Ohne Beweise, die gegen Sie sprechen, sollten Sie keine Schwierigkeiten haben.«

Eine kalte Faust ballte sich in meinem Magen zusammen. *Wer weiß, was Egidio für Beweise fabriziert hat. Wie letztes Mal.*

»Lassen Sie's mal gut sein«, sagte Bernardo in herablassendem Ton. »Wir wissen schon, was wir tun. Es ist nicht das erste Mal, dass dieser Verbrecher hier mit dem Gesetz in Konflikt kommt.«

Mariana di Limone blickte von mir zu Bernardo und wieder zurück. »Wirklich?«

Ich schluckte. »Ich war und bin unschuldig.«

»Das sagen sie alle.« Bernardo klang höhnisch. »Und nun drehen Sie sich schon um. Ich habe nicht den ganzen Tag Zeit.«

»Warum soll er sich unbedingt umdrehen?«, fragte Mariana. »Was bezwecken Sie damit?«

»Glauben Sie im Ernst, ich nähere mich einem Verbrecher so, dass er mich problemlos überwältigen kann? Nein, *signora*, ganz so dämlich bin ich nicht. Er wird sich jetzt hübsch umdrehen und seine Nase an diese Fliesen drücken –«

»Das wird er nicht tun.« Ihre Stimme klang unerbittlich.

»Wie bitte?« Bernardo wurde hochrot, und an seinem Hals fing eine Ader an zu pochen. »Was mischen Sie sich da überhaupt ein?«

»Diese Fliesen, wie Sie sie so achtlos nennen, sind historische Artefakte, die von Galileo Chini entwickelt wurden und unbezahlbar sind. Betrachten Sie doch einfach nur die Intensität der Farben, die geniale Kombination der Formen, das Gesamtbild!« Ihre Augen leuchteten. »Jedes Stück wurde von Hand geformt.«

Ich lächelte Mariana an. »Sind Sie schon verheiratet, Mariana?«

Sie errötete sehr hübsch. »Ein wenig.«

Ich prustete vor Lachen. »Wie kann man denn ein wenig verheiratet sein?«

Sie zwinkerte mir zu. »Sehen Sie, das ist so –«

Bernardo stampfte mit dem Fuß auf. »Jetzt reicht es aber!«

Mariana blickte ihn kalt an. »Ich darf Sie bitten, sich in diesen Räumen mit Umsicht zu bewegen. Dieser Fußboden ist eine historische Besonderheit. Er –«

»Schon gut, schon gut.« Bernardo winkte ab.

»Und hören Sie auf, hier mit der Pistole herumzufuchteln!« Mariana funkelte ihn an. »Wenn die losgeht, richten Sie einen irreparablen Schaden an.«

»Sehe ich auch so«, murmelte ich. *Meine Kniescheibe, zum Beispiel.*

Bernardo knirschte hörbar mit den Zähnen. »Gut, meinetwegen. Ich werde Ihre kostbaren Fliesen nicht beschädigen. Aber *signor* Damiani wird mir jetzt den Rücken zudrehen, damit ich ihn in Ruhe auf Waffen hin untersuchen kann.«

Mariana trat hinter dem Tresen hervor. »Dann geben Sie die Pistole besser mal mir. Mit einer Hand kommen Sie da ja nicht weit.«

Bernardo riss die Augen auf. »Sind Sie wahnsinnig? Ich werde doch einer Zivilistin keine scharfe Waffe in die Hand geben!«

Sie zuckte mit einer Schulter. »War'n Versuch wert.«

Ich blickte sie an und fragte mich, was sie getan hätte, wenn er ihr die Pistole gegeben hätte. »Ich werde mich umdrehen«, kündigte ich an. »Und Sie, Mariana, halten bitte ein Auge auf den *commissario* hier.«

»In Ordnung.« Sie verschränkte die Arme vor der Brust. »Legen Sie los, *commissario*. Ich werde Sie nicht aus den Augen lassen.«

Ich drehte mich um und achtete dabei darauf, der kostbaren Wand nicht zu nahe zu kommen. »Darf ich Sie um einen Gefallen bitten, Mariana?« Meine Stimme klang gepresst. Bernardo war nicht besonders sanft.

»Jeden.«

»Wenn der *commissario* auf die Idee kommen sollte, dass ich ihn sofort zur Polizeistation begleiten muss, möchte ich Sie bitten, jemanden zu informieren.«

»Ja?«

»Es handelte sich um ein Modegeschäft mit Namen *Toni-*

ella, direkt am Canale Burlamacca. Fragen Sie nach der Inhaberin Tonia, und sagen Sie ihr, dass Bernardo mich mitgenommen hat.«

»Toniella. Merk ich mir.«

»Das lassen Sie mal schön bleiben.« Bernardo klang grimmig. »Was sollte denn Tonia für einen Verbrecher wie ihn hier tun? Er will sie nur in seine verbrecherischen Tätigkeiten mit hineinziehen.«

Ich hasste es, seine fummelnden Hände an meinen Beinen zu fühlen, aber ich zwang mich, ruhig zu antworten. »Ich gehe keinen verbrecherischen Tätigkeiten nach.«

»Was soll ich dieser Tonia genau sagen?«, fragte Mariana, indem sie Bernardo ignorierte, als ob sie jahrelange Übung darin hätte.

»Erzählen Sie ihr nur, dass ich festgenommen wurde.« Ich hatte selbst keine Ahnung, was Tonia für mich tun konnte, aber das Gefühl, dass sie trotz allem auf meiner Seite kämpfen würde, ließ mich nicht los.

»Sind Sie mit Tonia zusammen?«, fragte Mariana.

Bernardo erstarrte.

Ich wandte den Kopf und lächelte sie an. »Ein wenig.«

~ 29 ~

Tonia

Mein Opa versuchte gerade, Upsy beizubringen, sich auf eine Handbewegung hin einmal auf dem Rücken herumzuwälzen, als die Türglocke erklang.

Meine Oma und ich ließen das Kleid sinken, das wir gerade gemeinsam begutachtet hatten, und schauten zur Tür des Ateliers.

Eine ältere Frau mit grauen Haaren trat ein. Sie lächelte uns strahlend aus dunkelbraunen Augen an, die einen aparten Kontrast zu ihren Haaren bildeten. »Sind Sie Tonia?«, fragte sie mich.

»Ja.«

»Ich habe eine Nachricht von Rick Damiani für Sie.«

Mein Herz setzte einen Schlag aus. »Für mich?«

»Ja.«

Mein Opa klemmte sich Upsy unter den Arm und kam näher. »Was ist los? Eine Nachricht von Rick?«

Die Frau nickte nur. »Ich bin Mariana di Limone, und ich arbeite in der Villa Argentina.«

Meine Oma nickte zustimmend. »Ein wunderschönes Gebäude, die Villa Argentina. Es gibt nur eine Stelle, an der ich finde, dass Giuseppe Biasi nicht ganz perfekt gearbeitet hat, aber –«

Mein Opa runzelte die Stirn. »Wer ist Giuseppe Biasi?«

Mariana blickte ihn mit weit aufgerissenen Augen an. »Aber *signor*! Giuseppe Biasi ist der Maler, der die einzigartigen Gemälde in der Eingangshalle der Villa Argentina angefertigt hat.« Sie wandte sich an meine Oma. »Von welcher Stelle sprechen Sie, *signora*? Ich versichere Ihnen, der Mann war ein Genie, und ich kann mir beim besten Willen nicht –«

»Was für eine Nachricht hat Rick mir geschickt?«, unterbrach ich brutal die Unterhaltung.

»Oh.« Mariana blickte mich erstaunt an, als ob es kein wichtigeres Thema als die Gemälde in der Villa Argentina gäbe. »Nun, das war so: Er kam heute Morgen in die Villa Argentina und wollte sich die Ausstellung ansehen. Wir haben aktuell eine sehr interessante Ausstellung über –«

Ich hob die Hand. »Was hat Rick mir ausrichten lassen?«

Mariana schaute vorwurfsvoll. »Aber ich bin doch schon dabei, es Ihnen zu erzählen. Er wollte gerade den Eintrittspreis bezahlen, als ein Mann erschien und ›Hände hoch!‹ schrie.«

Wir drei starrten sie an. Ausnahmsweise hatte nicht einmal meine Oma etwas zu sagen.

»Ich habe mich ziemlich erschrocken und erst einmal hinter dem Tresen versteckt, aber dann sagte mir Rick Damiani, dass der Typ mit der Pistole ein *commissario* sei.«

»Bernardo!«, keuchte ich.

»Er war sehr charmant, und –«

Meine Oma verengte die Augen. »Wer? Bernardo?«

»Natürlich nicht! Rick Damiani.«

Ich presste die Lippen zusammen. »Wie lautet die Nachricht?«

»Ach so, ja.« Mariana lächelte mich an. »Sie sind ein wenig ungeduldig, nicht wahr? Nun, ich soll Ihnen ausrichten, dass er festgenommen wurde.«

Für einen Augenblick brauste die Luft in meinen Ohren, und alles wurde schwarz. Tastend versuchte ich, an dem Tresen hinter mir Halt zu finden.

Meine *nonna* war aus härterem Holz geschnitzt. »Festgenommen? *Pazzesco*! Das ist unglaublich! Wieso denn das?«

Mariana zuckte mit den Schultern. »Dieser *commissario* hat behauptet, dass Rick Damiani jemanden umgebracht hätte.«

Meine Großeltern blickten sich betroffen an.

Ich schluckte trocken. »Was hat Rick Ihnen noch aufgetragen?«

Mariana schüttelte den Kopf. »Nichts.«

»Keine Anweisungen? Keine weiteren Informationen?« Meine Oma klang, als ob sie völlig in ihrem Element sei.

»Nein.«

Nonna schaute mich an. »Dann habt ihr das Ganze schon erwartet? Und abgesprochen, was du jetzt zu tun hast?«

Ich schüttelte den Kopf. »Nein.«

»Nun, es klang aber so, als ob damit alles klar sei.« Mariana zuckte wieder mit den Schultern.

Mein Mund war wie ausgetrocknet. Warum hatte Bernardo Rick verhaftet? Hatte Michele Bernardo denn immer noch nicht informiert, dass der Sohn von Egidio sehr verdächtig war? Als ich mich gestern Nacht von Michele verabschiedet hatte, hatte er versprochen, sofort zur Polizeistation zu gehen. »Wann wurde Rick festgenommen?«, fragte ich.

Mariana blickte auf ihre Uhr. »Vor einer Stunde.«

Ich schluckte. Es war zwölf Uhr, die Sonne stand hoch am Himmel. Was zur Hölle hatte Michele davon abgehalten, mit Bernardo zu sprechen?

»Es tut mir leid, dass ich nicht eher kommen konnte«, sagte Mariana. »Aber ich bin aktuell alleine in der Villa Argentina, und so konnte ich natürlich nicht einfach davonlaufen. Ich bin sofort gekommen, sobald ich Mittagspause hatte.« Sie lächelte mich an. »Er ist sehr charmant, nicht wahr?«

Meine Oma seufzte tief auf. »Oh ja, das ist er. Und diese strahlend blauen Augen! Wenn er mich ansieht, wird mir immer ganz anders.«

»Hrmpf.« Mein Opa schob Upsy auf seinem Arm etwas höher und runzelte die Stirn. »Er ist viel zu jung für dich, Giulia. Außerdem hat er nur Augen für Tonia, das weiß doch jeder.«

Ich hörte kaum zu. Wie bekam ich Michele dazu, endlich auf die Polizeistation zu gehen? Ich musste ihn zwingen, mich zu begleiten.

»Nun, ich muss leider zurück«, sagte Mariana. »Aber ich komme noch einmal wieder und schaue mir Ihre Kleider an. Ich hatte ja keine Ahnung, dass es hier so versteckt ein dermaßen fantastisches Geschäft gibt!«

Mechanisch lächelte ich sie an. »*Grazie mille.*« Sobald sich die Tür hinter ihr geschlossen hatte, fuhr ich zu meinen Großeltern herum. »Ich muss noch mal weg. Könntet ihr bitte Upsy übernehmen?« Hastig riss ich meine Handtasche vom Tisch, doch der eine Henkel verfing sich an der Stuhllehne, die offene Tasche drehte sich auf den Kopf, und mit einem Krachen landete der gesamte Inhalt auf dem Boden. Ich warf mich auf die Knie und versuchte, alles wieder irgendwie hineinzuschieben.

Ächzend bückte sich mein Opa. »Was ist denn das für ein Bild?«

Ich blickte auf und erstarrte. Selbst von hier unten aus erkannte ich es.

Mein Opa drehte es um. »Jacopo? Wer ist Jacopo?«

Ich schluckte trocken und blickte zu meiner Oma.

Die sah aus wie ein ausgestopfter Dörrfisch. Ich folgte ihrem Blick und sah, dass sie die zwei Teile des glitzernden Brillenetuis zu ihren Füßen fixierte.

Hastig ergriff ich beide Hälften und stopfte sie in die Handtasche zurück.

»Tonia.« Die Stimme meiner Oma klang rau. »Das Brillenetui da, das gehört Livia.«

»Ha, ha.« Ich lachte einmal künstlich auf. »Hat sie wirklich auch so eines? Das ist ja lustig.«

Meine Oma verzog die Mundwinkel und blickte mich traurig an. »Du wirst doch deine alte *nonna* nicht belügen.«

Ich erstarrte und wandte den Blick ab.

»Das Etui war eine Sonderanfertigung«, sagte mein Opa leise. »Livia hat uns ein Foto davon gezeigt und gesagt, dass sie es verloren hat. Wir sprachen schon darüber, und du hast uns versichert, dass du es nicht gestohlen hast.«

Ein schweres Gewicht lag auf meiner Brust. Ich hasste es, sie so traurig zu sehen. Und noch viel schlimmer war es, dass ich mich selbst dafür hasste, sie traurig gemacht zu haben. »Ich … ich hab es nicht gestohlen.« Meine Stimme war kaum hörbar. »Es … es lag auf dem Tresen. In der Lobby im Hotel Splendide. Es … es ist in meine Tasche gefallen.«

Ein tiefer Seufzer entwich meinen Großeltern. Gleichzeitig. War es ein Seufzer der Erleichterung? Oder waren sie einfach nur entmutigt, dass ich es wieder einmal nicht gepackt hatte, der glitzernden Versuchung zu widerstehen?

»Das Bild da war im Futter des Brillenetuis versteckt.« Ich machte eine Kopfbewegung hin zu dem Foto, das mein Opa immer noch in den Händen hielt. »Jacopo ist der Sohn von Egidio und Livia.«

»Wirklich?« Mein Opa betrachtete es interessiert.

»Ja.« Fieberhaft sprach ich weiter. »Aber noch viel spannender ist, dass Jacopo wohl schon mehrmals mit dem Gesetz in Konflikt geraten ist und dass Livia und Egidio sich in der Mordnacht wegen ihm so gestritten haben. Und jetzt kommt das Allerbeste: Jacopo war in der Mordnacht in Viareggio. Auf der Promenade.«

Meine Großeltern starrten mich an, als ob ich Chinesisch mit ihnen sprechen würde.

»Woher weißt du das?«, fragte meine *nonna* schließlich.

»Michele hat es mir erzählt. Du weißt schon, er arbeitet im Splendide.«

Sie nickte. »Der *chocolate cookie.*«

»Genau.«

»Aber wieso hat die Polizei dann Rick festgenommen, wenn sie so einen Verdächtigen haben?«, fragte mein Opa. »Überhaupt, ich verstehe nicht, was sie an Rick finden.«

»Ich kann das jetzt nicht erklären«, sagte ich. » Michele hat der Polizei noch nichts gesagt, aber weshalb, das begreife ich auch nicht. Das ist genau die Frage, die ich ihm stellen möchte. Auf der Stelle. Darum bin ich ja so in Eile.« Ich raffte meine letzten Habseligseiten zusammen und stopfte sie in die Tasche.

»Tonia.« Die Stimme meiner Oma klang sanft.

»Was?«

»Gib mir das Etui.«

Ich schluckte. »Warum?«

»Wir werden es Livia zurückgeben.«

»Aber...«

»So, dass sie nicht merkt, dass es jemals weg war.«

»*Nonna*, das kann ich nicht zulassen.«

Sie hielt ihre Hand auf, unerbittlich. »Antonella Castagno, entweder du gibst mir jetzt sofort das Etui, oder ich nehme es dir mit Gewalt ab.«

Für einen wilden Augenblick lang sah ich mich mit meiner Oma kämpfen. Dann überreichte ich ihr das Etui.

»Mach dir keine Sorgen, *stellina*«, sagte mein Opa. Der alte Spitzname trieb mir die Tränen in die Augen. »Deine Oma schafft das schon. Du sieh zu, dass du Rick aus dem Gefängnis holst.«

Rick! Oh, *Madonna*, ich mochte gar nicht daran denken, wie es ihm ging. Er war schon einmal unschuldig verurteilt worden. Wie hilflos und ausgeliefert er sich fühlen musste. Es berührte mich, dass er mir extra die Nachricht hatte zukommen lassen. Ich ballte eine Faust. Ich würde es schaffen, Rick da rauszuholen, und wenn ich Michele an den Ohren zur Polizeistation schleifen musste.

Meine Oma nickte mir ermutigend zu. »Giuseppe hat recht. Wir schaffen das schon. Schlepp du Michele zu Bernardo. Wir regeln die Sache mit dem Etui.«

»Moment.« Ich nahm mein Handy hervor. »Ich mache vorher noch schnell ein Foto von dem Bild.« Schnell knipste ich die Vorder- und Rückseite des Fotos ab. »Falls Livia es nicht mehr hergeben möchte.«

»Das wirst du aber nicht benutzen können«, sagte meine Oma trocken. »Denn du wirst ja nie erklären können, wie das Etui in deine Tasche und das Foto in deine Hände kam.«

»Wenn es sein muss, werde ich eine Erklärung finden«, sagte ich. »Hauptsache, Rick kommt aus dem Gefängnis raus.«

Eine Stunde später saß ich mit einem extrem nervösen Michele auf der Polizeiwache in einem kleinen Verhörraum, der schon bessere Tage gesehen hatte. Die Wände waren beige, aber ob das vom Alter kam oder ob das der Originalfarbton war, konnte ich nicht erkennen. Der Fußboden war mit ausgetretenem Linoleum belegt, das in den Siebzigern bestimmt der letzte Schrei gewesen war. Und der wackelige Tisch in der Mitte sowie die vier unbequemen Stühle sahen aus, als ob ein unternehmungslustiger und sparsamer Polizist sie vom Sperrmüll gerettet hätte. Vor dem kleinen Fenster, das auf einen Hinterhof hinausging, waren dicke Gitterstäbe angebracht. Ein Zimmer, das einen depressiv machen konnte. Aber immerhin wussten wir, dass wir jederzeit gehen konnten. Rick konnte das nicht. Ob er hier irgendwo in diesem Gebäude war?

Michele rieb sich den Nacken. »Ich glaube, die haben gar keine Zeit. Wir warten nun schon zehn Minuten. Vielleicht ist es besser, wenn wir morgen wiederkommen.«

»Das hättest du wohl gern.« Ich funkelte ihn an. »Es ist deine verdammte Pflicht, diese Infos weiterzugeben, und du weißt ganz genau, dass du schon gestern hier hättest erscheinen müssen!«

Michele seufzte, doch bevor er etwas erwidern konnte, öffnete sich die Tür, und Bernardo betrat den Raum mit schwerem Schritt. »Welch seltener Glanz in dieser elenden Hütte«, sagte er trocken.

Michele starrte ihn an. »Wie bitte?«

»Michele hat eine Aussage zu machen«, unterbrach ich die beiden.

»Aha.« Bernardo beäugte Michele kurz, dann blickte er wieder mich an. »Und was hast du damit zu tun?«

Michele nahm meine Hand in seine. »Sie ist meine moralische Unterstützung.«

Verdammt. Unauffällig versuchte ich, ihm meine Hand zu entziehen, aber er hielt sie fest.

»Interessant«, sagte Bernardo. »Ich dachte, du seist ein wenig mit Rick zusammen.«

Ich erstarrte mitten in der Bewegung. »Wie bitte?«

Bernardo lächelte süffisant. »So hat er es zumindest formuliert.«

»Rick hat gesagt, ich sei mit ihm zusammen?«

»Ja. Aber nur ein wenig.« Bernardo nickte langsam. »Er sagte, du seist ein wenig mit ihm zusammen.«

Michele runzelte die Stirn. »Klingt wie ein wenig schwanger. Das geht auch nicht.«

Und das von Michele! Ich warf ihm einen bösen Blick zu und schaffte es, meine Hand zurückzuziehen.

»Oder ein wenig verheiratet.« Bernardo nickte versonnen vor sich hin. »Aber es ist schon komisch, was die Leute alles so erzählen, während sie festgenommen werden.«

»Er ... er hat es gesagt, als du ihn festgenommen hast?« Meine Stimme klang fremd.

»Ja.« Bernardo entblößte seine Zähne. »Er war in Hochform. Hab noch nie erlebt, dass Leute während einer Festnahme flirten, aber er hat es geschafft.«

»Mit wem hat er geflirtet?«, fragte Michele voller Spannung.

»Mit der einzigen Frau, die da gerade rumstand. Aber genug davon.« Er ließ sich auf einem der klapprigen Stühle nieder und lehnte sich vorsichtig zurück, als ob er befürchtete, dass die Lehne abbrechen könnte, dann zog er einen Notizblock und einen Stift aus der Tasche. »Sie möchten eine Aussage machen?«

Michele seufzte. »Ich muss.« Der Blick, den er mir zuwarf, machte ganz deutlich, dass er mich für eine Xanthippe hielt.

Ich lächelte ihn grimmig an. »Es ist deine Pflicht. Für das Vaterland.«

»Vaterland. Dass ich nicht lache.«

»Michele.« Ich beugte mich vor. »Willst du, dass ein Mörder da draußen frei rumläuft?«

»Oh, geht es um einen Mord?« Bernardo blickte von mir zu Michele.

»Natürlich geht es um einen Mord!« Ich funkelte Bernardo an. »Und du weißt auch, um welchen! Das ist doch ganz logisch.«

Bernardo schaute mich kalt an. »Ja, eigentlich hätte ich mir das denken können. Rick Damiani wird festgenommen, und keine drei Minuten später schleppst du einen alternativen Verdächtigen an. Jetzt wundert es mich auch nicht mehr, dass er dir diese Nachricht überbringen ließ.«

Ich schluckte. »Das hier hat nichts, absolut nichts mit Ricks Nachricht zu tun. Rick wusste nichts von den Informationen, die Michele hat.«

»Aha.« Bernardos Stimme klang süffisant. »Dann ist es nur einer dieser herrlichen Zufälle, die im Leben einfach so geschehen.«

Ich biss die Zähne so fest zusammen, dass ich Kopfschmerzen bekam. »Hör dir an, was Michele zu sagen hat. Dann entscheide selbst.«

Bernardo blickte unendlich gnädig zu Michele. »Nun, *signor*? Wollen Sie Ihre Aussage machen? Oder ziehen Sie es vor, der Polizei keine Lügen zu erzählen?«

Michele riss die Augen auf. »Es sind keine Lügen!«

»Ach so. Ich bitte um Verzeihung. Aber bitte erzählen Sie. Ich bin ganz Ohr.« Er entblößte seine Zähne auf eine Art und Weise, die mich an den Wolf bei Rotkäppchen erinnerte.

»Mein Name ist Michele Rossi. Ich arbeite als Rezeptionist im Hotel Splendide.«

»Das weiß ich«, sagte Bernardo trocken. »Ich habe mich schon ein paarmal mit Ihnen unterhalten.«

Michele wurde rot. »Die anderen Male haben Sie mich auch immer alles wiederholen lassen, egal, wie oft ich es schon gesagt hatte!«

Bernardo machte eine müde Handbewegung. »Ist ja schon gut. Fahren Sie fort.«

Ganz entgegen seiner sonstigen Art schaffte Michele es nicht, die Geschichte auch nur einigermaßen glaubwürdig rüberzubringen. Er stotterte, er verhaspelte sich, er widersprach sich. Es war ein Trauerspiel.

Als ich einmal erklärend eingriff, schaute Bernardo mich kalt an: »Warst du auch hinter den Mülltonnen, als *signor* Rossi das Gespräch mithörte?«

»Nein.«

»Dann tu mir den Gefallen und halte den Mund.«

Arroganter Mistkäfer! Ich hob das Kinn und funkelte ihn an, aber er konzentrierte sich schon wieder ganz auf Michele. Leider konnte ich keinen Funken von Begeisterung bei Bernardo entdecken. Im Gegenteil, einmal gähnte er sogar herzhaft. War er so glücklich, Rick in Gewahrsam zu haben, dass er sich noch nicht einmal für diesen wirklich Verdächtigen interessierte? So unprofessionell konnte er doch nicht sein!

Endlich klappte er sein Notizheft zu und blickte auf. »Vielen Dank für Ihre Aussage, *signor* Rossi. Falls wir weitere Fragen haben, werden wir wieder auf Sie zukommen.«

Ich räusperte mich. »Was geschieht jetzt?«

Bernardo blickte mich an. »Wir werden die Sache weiterverfolgen.«

»Und Rick?«

Er zog die Augenbrauen hoch. »Was soll mit ihm sein?«

»Es ergibt keinen Sinn, ihn noch festzuhalten, wenn Jacopo der Mörder ist!«

»Was hat Jacopo denn bitte schön für ein Motiv?«

»Sein Vater hat gedroht, ihn wegen diverser unsauberer Praktiken der Polizei zu übergeben. Außerdem hat er sich geweigert, ihm weiterhin Geld zu geben. Da kann Jacopo schon auf die Idee gekommen sein, dass das Erbe angenehmer als ein lebendiger Vater ist.«

»Wenn das so wäre, müssten ziemlich viele Väter ermordet werden.« Bernardo schüttelte verächtlich den Kopf. »Du setzt ganz schön viel als gegeben voraus. Aber so ist das wohl, wenn man verliebt ist. Da wird das Hirn schwer in Mitleidenschaft gezogen.«

Ich ballte die Fäuste. »Hör auf, mich zu beleidigen, und sag mir, was jetzt geschieht.«

»Erst einmal müssen wir herausfinden, wie die Fakten sich genau verhalten.« Er blickte auf sein Notizbuch. »Bis jetzt haben wir nur eine einzige Zeugenaussage. Diese muss sorgfältig geprüft werden. Selbstverständlich werden wir uns mit Jacopo Marchetto unterhalten. Und dann sehen wir weiter.«

»Weißt du, wo Jacopo sich aktuell befindet?«

Bernardo schaute genervt. »Natürlich nicht. Ich habe ja

gerade eben erst erfahren, dass er eine wichtige Rolle spielen könnte.«

»Und was ist mit Rick?«

Er lächelte mich herablassend an. »Sei unbesorgt. Wir werden seinen Fall sorgfältig prüfen.«

»Es gibt eine Frist, wie lange jemand ohne akutes Verdachtsmoment festgehalten werden kann. Ich glaube, es sind 24 Stunden, oder?«

Bernardo schaute mich an. »Aber wer sagt denn, dass es keine akuten Verdachtsmomente gibt, meine Liebe? Alleine die Tatsache, dass du hier im Nullkommanichts einen Verdächtigen aus dem Hut zauberst, ist Verdachtsmoment genug.«

Michele blickte von Bernardo zu mir und wieder zurück. »Wie gesagt, ich hätte es schon gestern berichten sollen. Als ich Tonia davon erzählt habe, wussten wir noch nicht, dass Sie diesen Rick festnehmen würden.«

Ich blickte ihn dankbar an.

»Schön, schön.« Das wollte Bernardo offensichtlich nicht hören. Er komplimentierte uns aus der Polizeistation heraus.

Auf den Stufen machte ich einen letzten Versuch. »Bernardo, wie lange –?«

»Keine Ahnung, meine Liebe. Keine Ahnung. Aber wir tun, was wir können.« Er wagte es tatsächlich, mir die Schulter zu tätscheln wie ein wohlwollender Onkel. Kochend vor Wut drehte ich mich auf dem Absatz um.

Ich war immer noch wütend, als ich nach Hause kam. Meine Großeltern waren nach wie vor unterwegs, und ohne

Upsy wirkte das Haus leer und unfreundlich. Zur Ablenkung setzte ich mich an die Nähmaschine und versuchte, die Bezüge für die Luxusjacht von Stella Sanders fertig zu nähen. Während die Maschine ratterte, rasten meine Gedanken. Bernardo genoss es, die Oberhand zu haben und mich zappeln zu lassen. Vielleicht ließ er Rick schon alleine deshalb länger in der Zelle sitzen als unbedingt nötig. Ich seufzte. Hatte ich Rick einen Gefallen getan, als ich Michele zur Station schleppte? *Ja, unbedingt.* Wie sonst hätte Bernardo von dem verdächtigen Verhalten Jacopos gehört? Würde Rick sich bei mir melden, wenn er rauskam?

Ich hielt inne. Verdammt, ich hatte mich total vernäht. Mit einem Seufzer nahm ich den Stoff aus der Maschine, schnitt den Faden ab und machte mich daran, alles wieder aufzutrennen. Ich sollte mich auf den Sofabezug konzentrieren. Es war wichtig, dass ich keine weiteren Fehler machte. Dazu war der Stoff zu kostbar. *Ich hoffe, dass Stella Sanders ihre Meinung nicht noch einmal ändert. Bin froh, dass ich nicht in der Haut des Geschäftsführers stecke.* Nino di Volo hatte eigentlich schon genug damit zu tun, das Unternehmen weiterzuführen. So ein Generationenwechsel führte in kleinen Unternehmen oft zu einem dramatischen Umsatzeinbruch, hatte meine *nonna* gesagt, die so ziemlich jede Entwicklung in Viareggio mit Argusaugen verfolgte und folglich als Expertin in Unternehmens- und Persönlichkeitsentwicklung gelten konnte. Zumindest ihrer Meinung nach. Ich lächelte etwas schief. Stirnrunzelnd betrachtete ich den Stoff vor mir. Nein, so konnte es nicht richtig sein. Ich drehte ihn um 90 Grad und legte ihn anders hin. Nein, so auch nicht. Verdammt, was hatte ich da nur zugeschnitten? Ich versuchte, mir die Kajüte auf der Jacht noch einmal in Erinnerung zu rufen, aber die Ecke der Koje, die ich brauchte, hatte ich nicht mehr klar vor Augen. Genervt kramte ich meine Unterlagen hervor, doch die Maße ergaben einfach keinen Sinn. *Verdammt. Das kommt davon, wenn man sich zu stark ablenken lässt.*

Ich seufzte. Die Luft in meinem Atelier war stickig, und hier vor meiner Maschine kam ich keinen Schritt weiter. Ich musste dringend raus, an die frische Luft. Und es ergab keinen Sinn, auf Rick zu warten. Bernardo würde sich alle Zeit der Welt nehmen, und ich war erst vor einer Stunde von der Polizeistation zurückgekehrt. Viel zu früh also.

Genervt warf ich die Schere auf den Tisch und sprang auf. Ich würde noch einmal zu AzzurOro gehen müssen. Der kurze Spaziergang würde mir guttun, und nur, wenn ich vor Ort noch einmal Maß nahm, konnte ich garantieren, dass die Bezüge am Ende passten. Ich rief Nino di Volo an, erreichte aber niemanden, also hinterließ ich eine kurze Nachricht und machte mich dann auf den Weg. Irgendjemand würde mich schon hineinlassen.

Ich kaufte mir ein *gelato al limon* zum Trost und ging flotten Schrittes hinüber zum Hafen, während ich die herbe Süße und glatte Kühle auf meiner Zunge genoss. Wenigstens Essen blieb einem als Genuss, wenn auch der Rest des Lebens nicht so einfach war. Kein Wunder, dass man Verurteilten früher ihr Lieblingsgericht als Henkersmahlzeit angeboten hatte. Ob sie es noch genießen konnten?

Ich schüttelte die trüben Gedanken ab und stellte überrascht fest, dass ich schon vor dem Fabrikgelände von

AzzurOro stand. Ich schaute an dem Metallzaun hoch, dann klingelte ich. Irgendwo in der Ferne hörte ich eine Glocke scheppern. Die Sonne brannte auf den Asphalt, und der Geruch von Farbe und heißem Fiberglas waberte über den Zaun zu mir herüber. Keine Reaktion. Das Gelände lag wie ausgestorben da. Wo waren denn alle?

Mein Telefon klingelte. »*Nonna*? Was ist los?«

»Wir haben Livia getroffen«, sagte meine Oma. »Sie hat das Etui übrigens in ihrer Tasche wiedergefunden, wir brauchen also nicht mehr darüber zu sprechen.«

Ich räusperte mich. »Gut.«

»Und dann hat sie uns alles gestanden.«

Mir lief ein Schauer den Rücken hinunter. »Was hat Livia gestanden? Den Mord?«

»*Ma no, ma no!* Aber sie hat erzählt, dass ihre Ehe mit Egidio nicht besonders gut war und dass er die gemeinsame Reise hier nach Viareggio vorgeschlagen hatte, um die Beziehung zu kitten. Er hat es ihr als besonders langen Sommerurlaub verkauft. Leider hat er total vergessen zu erwähnen, dass er nebenher so viel arbeiten musste. Sie war richtig wütend auf ihn, weil sie den lieben langen Tag alleine in dem Hotel herumsaß.«

»Da wundert es mich nicht, dass sie sauer wurde.«

»Ja. Na, und in der Mordnacht haben sie sich ganz heftig wegen des Sohnes gestritten.«

»Ja, das sagte Michele bereits.«

»Aber du weißt noch nicht, warum!« Meine Oma klang triumphierend.

»Nein.«

»Er hat mit schöner Regelmäßigkeit Schecks gefälscht. Und Livia hat sich immer schützend vor ihn gestellt, doch dieses Mal ist Egidio wohl die Hutschnur geplatzt. Jedenfalls hat er gesagt, dass jetzt endgültig Schluss ist und dass er seinen Sohn nicht länger schützen wird, sondern *stante pede* bei der Polizei anzeigt. Woraufhin Livia ihm eine Szene gemacht hat, die sich gewaschen hatte, und er voller Wut aus dem Hotel stürzte. Livia hat dann sofort ihren Sohn angerufen und ihn gewarnt, dass er dieses Mal wohl nicht so leicht davonkommt. Der hat ihr gar nicht verraten, dass er auch in Viareggio ist. Stattdessen hat er sie überredet, noch einen Versuch zu machen, den Vater zu beruhigen. Darum ist sie ihrem Mann dann auf die Promenade gefolgt, in der Hoffnung, ihn zu finden und zu überreden, auch dieses Mal Nachsicht mit Jacopo zu haben. Aber sie hat ihn nicht gefunden und ist unverrichteter Dinge ins Hotel zurückgekehrt. Auf der Promenade ist ihr vorher aber noch zufälligerweise ihr Sohn in die Arme gelaufen. Als Egidio am nächsten Morgen tot aufgefunden wurde, war sie sofort überzeugt, dass Jacopo die Tat begangen hatte, und sie hat alles getan, um ihn weiter zu schützen.«

Mir fiel ein Stein vom Herzen. »Das klingt großartig. Ein besseres Mordmotiv kann man ja gar nicht haben. Weißt du zufälligerweise, ob Jacopo Linkshänder ist?«

»Keine Ahnung.«

Ich runzelte die Stirn. »Sag mal, wieso hat Livia euch das jetzt alles erzählt, nachdem sie die ganze Zeit den Mund nicht aufgemacht hat?«

»Nun ja.« Meine Oma klang sehr selbstzufrieden. »Wir

haben ihr erzählt, dass ihr Sohn unter dringendem Mordverdacht steht, und da ist sie zusammengebrochen.«

Ich erstarrte. »Aber *nonna*! Das konntet ihr doch nicht tun! Sie wird ihn garantiert sofort warnen, und dann taucht er blitzschnell unter, und solange die Polizei ihn nicht hat, werden sie Rick niemals freilassen!« Tränen schossen mir in die Augen.

»Na ja, wir mussten sie ja irgendwie aus dem Gleichgewicht bringen, um die Wahrheit zu erfahren.«

»Aber damit habt ihr alles kaputtgemacht! Es wäre besser gewesen, wenn Livia die Geschichte direkt der Polizei erzählt hätte. Jetzt werden sie Jacopo vielleicht niemals erwischen.«

»Ach was, Livia kann Jacopo gar nicht warnen. Erstens haben wir sie im Blick. Und zweitens habe ich mir ihr Handy geliehen.«

»Wie bitte? Soll das heißen, du hast ihr das Handy mit Gewalt abgenommen?«

»Aber nein, wo denkst du hin? Es ist in meine Tasche gefallen.«

Ich schluckte, als ich meinen eigenen Ausdruck aus dem Mund meiner Oma hörte. Damit hatte sie mir effektiv alle Argumente geraubt. »Und wie lange willst du Livias Telefon jetzt behalten? Bis Jacopo von der Polizei aufgegriffen wird?«

»Mal sehen.« Sie klang völlig entspannt. »Aber viel wichtiger ist Ricks vermeintliches Mordmotiv.«

Ich sagte nichts.

»Warum hält die Polizei Rick überhaupt fest? Das hast du uns immer noch nicht verraten.«

»Das muss er euch selbst erzählen. Ich hoffe, Bernardo lässt ihn bald laufen.« Nervös knabberte ich an einem Fingernagel.

»Glaubst du, dass er zu dir kommt? Obwohl ihr euch gestritten habt?«

»Ich hoffe es.« Ich holte tief Luft. »Wenn nicht, werde ich ihn schon irgendwie aufstöbern. Und dann werde ich mich mit ihm versöhnen.«

»Das klingt gut.« Meine Oma schnaufte zufrieden. »Bist du im Atelier?«

»Nein. Ich muss gerade noch ein Detail bei AzurrOro ausmessen. Danach kehre ich aber ins Atelier zurück. Treffen wir uns dort?«

»Sì. A presto!«

Ich legte auf und starrte auf das Tor vor mir, ohne etwas zu sehen. Alles hing nun von Jacopo ab. Wo mochte er sein?

Ein Geräusch auf dem Werksgelände ließ mich aufblicken, aber ich konnte niemanden sehen. Ich klingelte noch einmal und hörte wieder in der Ferne den leisen Ton. Zumindest funktionierte die Anlage, also müsste nun eigentlich bald mal jemand reagieren.

Eine Möwe flog kreischend über mich hinweg. Es klang, als ob sie sich über mich lustig machte. *Verdammt.* Ich wollte doch nur schnell die eine Ecke ausmessen. Vielleicht kam ich auch so aufs Gelände? Nachdenklich betrachtete ich die Tastatur mit den kleinen Metallknöpfen vor mir. Wie war noch der Zugangscode? Das Jahr der Gründung, daran erinnerte ich mich noch. Rasch zog ich mein Handy aus der Tasche und ging auf die Internetseite von AzurrOro. Ja, da stand es. 1926 war das Unternehmen gegründet worden. *Perfekt.* Ich tippte die Nummern ein. Ein Summen ertönte in der Stille des Nachmittags, dann ein Klick. Ich drückte das Tor auf. *Geht doch.* Dann zögerte ich. Vielleicht sollte ich nicht einfach so auf das Gelände gehen. Galt das nicht als Einbruch? Aber ich war jetzt so kurz vor dem Ziel, und ich brauchte nur das eine Maß, um weiterzukommen. Kurzerhand blieb ich direkt hinter dem Tor stehen und rief noch einmal bei Nino di Volo an. Wieder landete ich nur auf dem Anrufbeantworter. »Nino, dies ist Tonia. Hören Sie, ich brauche dringend noch das Maß einer Koje auf der Jacht von Stella Sanders, darum gehe ich jetzt ganz kurz aufs Gelände. Ich hoffe, das ist in Ordnung.«

Mit einem besseren Gefühl ging ich auf die Halle zu. Verflixt, hier war ja noch so ein Sicherungscode. Ich zögerte, dann versuchte ich es einfach wieder mit 1926. Summend sprang die Tür auf. Ich lächelte. *Es ist ein wenig wie »Sesam öffne dich«. Wenn man das Passwort kennt, ist alles einfach.*

Das Licht der Nachmittagssonne fiel schräg durch die Oberlichter und erhellte die Halle. Staubkörner tanzten in den Sonnenstrahlen. Es roch intensiv nach Farbe. Es war still, fast als ob heute Feiertag wäre. Irgendwie unheimlich. Fröstelnd zog ich die Schultern hoch. Die Jacht wirkte wie ein weißer Koloss, doch ich wusste, dass sie im Wasser viel kleiner erscheinen würde. Suchend blickte ich mich um und entdeckte die Leiter, die immer noch am Rumpf stand. *Perfekt.* Rasch kletterte ich hinauf und schwang mich an Bord. Es sah nicht so aus, als ob die Arbeit seit meinem letzten Besuch weitergegangen wäre. Vermutlich warteten die Schiffsbauer auf eine neue Teaklieferung, diesmal mit korrektem Zertifikat. Wie schnell man als Unternehmer in einen Strudel hineingeraten konnte ... es hatte alles so gut ausgesehen. Häufig wollten die Auftraggeber anonym bleiben, sodass AzurrOro keine Werbung mit großen Namen machen konnte, aber die Jacht für diese Schauspielerin wäre eine riesige Promotion geworden. Und dann, zack, aus dem Nichts, so ein Schlag, und alles nur wegen ein paar Verbrechern, die sich einen Dreck um Gesetze und die Natur kümmerten. Und das Ergebnis? Der vielversprechendste Auftrag seit Jahren wurde storniert. Der daraus entstehende finanzielle Engpass konnte schnell zum Fiasko werden ... Nein, es war nicht einfach für Selbstständige wie Nino und mich.

Nachdenklich lief ich in die Kajüte, deren Maße mir Schwierigkeiten machten. Ich kniete mich in die Ecke und holte mein elektronisches Maßband und meine Skizze hervor, während ich weiter meinen Gedanken nachhing. Und doch ... Ich für meinen Teil war dankbar, selbstständig zu sein. Ich liebte die Freiheit, die Unabhängigkeit. Ja, manchmal musste man Schläge des Schicksals hinnehmen, aber zumindest musste man nicht tagtäglich mit Menschen arbeiten, die man nicht achten konnte.

Ein seltsames Geräusch ließ mich innehalten.

Was ist das?

Es hatte wie ein Schluchzen geklungen.

Da, schon wieder. Ich erstarrte. Da weinte jemand.

Ich schüttelte den Kopf und richtete mich langsam auf. Träumte ich? In dieser leeren, sonnendurchfluteten Halle war irgendwo jemand, der haltlos schluchzte. Oder bildete ich mir das nur ein? Mich fröstelte. *Vielleicht ein Geist.* Die Geister aller verstorbenen Inhaber von AzurrOro, verzweifelt über die schwierige Lage des Unternehmens. Oder ertrunkene Seefahrer, die hier an den Geburtstort ihrer Schiffe zurückkehrten.

Streng rief ich mich zur Ordnung. Wo kamen denn diese wilden Gedanken her? Vielleicht hatte sich nur jemand verletzt? Aber nein, es klang anders. Verzweifelt, haltlos. Nicht spitz und schrill. Während meine Gedanken rasten, bewegte ich mich langsam aus der Kajüte heraus und stand nun an Deck der halb fertigen Jacht. Da sah ich ihn.

Ein Mann stand mit dem Rücken zu mir vorn am Bug. Seine Schultern zuckten.

Ich räusperte mich, doch er schien mich nicht zu hören.

Nun drehte er sich ein wenig zur Seite, und da erkannte ich ihn: Es war Nino di Volo, der Inhaber von AzurrOro. Er blickte über die Halle hinweg auf die Luxusjachten, die dort in diversen Stadien der Vollendung standen, und wieder schüttelte es ihn.

Für einen Augenblick zauderte ich. Sollte ich mich leise davonschleichen? Bestimmt war es ihm unangenehm, dass ich ihn in diesem Augenblick der Verzweiflung überraschte. Aber er stand genau dort, wo die Leiter war. Ich riss mich zusammen. *Wenn jemand Trost braucht, ist das nicht der richtige Augenblick, um sich in die Büsche zu drücken.* »Nino!« Zögernd ging ich auf ihn zu. »Was ist los?«

Er fuhr zusammen und wischte sich hastig die Tränen aus dem Gesicht. »Tonia! Was tun Sie hier?«

Ich lächelte verlegen. »Es tut mir leid, dass ich hier einfach reingekommen bin. Ich habe eine Nachricht auf Ihrem Telefon hinterlassen.« Ich machte eine vage Geste Richtung Kajüte. »Mir fehlte ein Maß für die Koje, und darum kam ich mit dem Bezug einfach nicht weiter. Aber ich habe nun herausgefunden, was ich brauche.« Ermutigend lächelte ich ihn an. Wenn er nicht sprechen wollte, konnte ich vielleicht einfach so tun, als ob alles in Ordnung sei. »Mir fehlt nicht mehr viel, die Bezüge sind jetzt fast alle fertig.«

Er starrte mich einfach nur an, als ob er meine Worte gar nicht richtig aufnehmen könnte.

Das Lächeln fiel mir schwerer. Vielleicht war es besser, wenn ich den Stier bei den Hörnern packte. »Seien Sie nicht traurig, Nino. Es ist jetzt eine schwierige Zeit, aber bestimmt wird es bald besser. Wenn Stella Sanders das Boot in drei Monaten abnimmt, denkt keiner mehr an den Teakskandal. Die Öffentlichkeit vergisst schnell.«

Sein Gesicht verzog sich, und zu meinem Entsetzen liefen noch mehr Tränen über sein Gesicht. »Sie wird die Jacht nicht abnehmen«, flüsterte er.

Ich spürte, wie mir das Blut aus den Wangen wich. »Aber ... aber Sie sagten doch, dass –«

Er schüttelte langsam den Kopf. Seine Wangen waren eingefallen und grau. »Ich habe das nur erzählt, damit die Gläubiger Ruhe geben.«

Mir wurde schlecht. Damit war auch mein Einkommen für die nächsten zwei Monate verloren. »Aber ...« Mir versagte die Stimme.

Er nickte mit zusammengepressten Lippen. »Sie hat überhaupt nicht mehr mit sich reden lassen. Anscheinend gab es auch viel Häme, weil die Leute meinten, eine Superjacht mit Ökogedanken sei ein Widerspruch in sich. Es sei denn, das Boot wäre komplett aus Holz gebaut.« Sein Gesicht verzog sich.

Für einen Augenblick fürchtete ich, dass er wieder in Tränen ausbrechen würde.

»Daraufhin hat sie angefangen zu recherchieren und stellte fest, dass Fiberglas die Umwelt stark belastet. Und dann hat sie mir ihre Anwälte auf den Hals gehetzt.«

»Sie hat was getan?«

»So eine pompöse amerikanische Anwaltskanzlei hat mir einen fürchterlichen Brief geschrieben.« Sein Mund zitterte.

»Aber warum? Wegen der Teak-Zertifikate?«

Er schüttelte den Kopf. »Das war nur ein Punkt, und der war nicht so schlimm, denn ich kann beweisen, dass ich die Zertifikate in gutem Glauben gekauft habe. Nein, sie unterstellten mir eine böse Absicht, weil ich Stella Sanders eine Jacht mit einem Fiberglasrumpf verkauft habe, obwohl ich wusste, dass es ein Ökoprojekt ist.«

»Aber ... aber AzurrOro stellt doch nur Fiberglasjachten her. Sie hätten ihr ja gar nichts anderes anbieten können. Wenn sie keine Fiberglasjacht haben wollte, hätte sie sich an einen ganz anderen Hersteller wenden müssen!«

Er machte eine Handbewegung, die seltsam hoffnungslos wirkte. »Das habe ich auch gesagt. Aber sie meinen, mein Angebot sei eine Irreführung von Konsumenten.«

»Das klingt einfach unglaublich, völlig aus der Luft gegriffen.« Meine Knie zitterten, und ich lehnte mich an die

Reling neben ihn. »Jeder Konsument, der sich für Materialien interessiert, kann mit einer oberflächlichen Internetrecherche sofort herausfinden, welche Vor- und Nachteile Fiberglas hat. Man sollte meinen, dass eine leidenschaftlich nachhaltig lebende Person wie Stella Sanders dieses Basiswissen hat.«

»Nein. Sie meinte, sie habe keine Ahnung gehabt, und ich sei meiner Aufklärungspflicht nicht nachgekommen.« Mit brennenden Augen blickte er mich an. »Was hätte ich ihr denn sagen sollen, als sie mich um ein Angebot bat? ›Entschuldigen Sie, *signora*, aber sind Sie auch ganz sicher, dass Sie wissen, was Sie tun? Dass Sie bei dem richtigen Hersteller angefragt haben?‹ Fiberglas ist ausgesprochen robust und leicht und verbraucht daher sehr viel weniger Kraftstoff, wenn es bewegt werden muss. Ich dachte, das sei der Grund, warum sie sich dafür entschieden hat! Woher sollte ich denn wissen, dass sie noch nicht mal die elementarste Grundrecherche gemacht hat, bevor sie sich ein Boot zulegt!«

»Es ist wirklich lächerlich.« Ich hielt inne. »Andererseits ist Amerika auch das Land, in dem man in die Betriebsanleitung einer Mikrowelle schreiben muss, dass man diese nicht zum Trocknen der Katze verwenden darf.«

Nino nickte. »Ja. Anscheinend hätte ich in meinen Allgemeinen Geschäftsbedingungen schreiben müssen, dass GFK kein Material ist, das aus rein natürlichen und nachwachsenden Rohstoffen ohne jegliche Schädigung der Umwelt hergestellt wird, und dass man aus diesen Gründen von einem Kauf grundsätzlich Abstand nehmen sollte.«

»Wahnsinn. Aber Sie können gegen diese Vorwürfe doch angehen, oder?«

Er schüttelte den Kopf. »Ich könnte natürlich in einen Rechtsstreit einsteigen. Er würde Jahre dauern, sieben dicke Akten füllen, und am Ende haben sich die Anwälte eine goldene Nase verdient, während sie doch nur vorschlagen, dass wir uns auf einen außergerichtlichen Vergleich einigen. Nein, Tonia, das ist keine Lösung für mich, denn ich habe keine Reserven mehr.« Er starrte über die Reling auf die Boote. »Hier vor mir liegt die Arbeit von Jahrzehnten. Drei Generationen haben dieses Unternehmen aufgebaut. Und jetzt ist alles verloren.«

Ich schluckte mühsam und legte ihm kurz eine Hand auf den Arm. »Aber nein. Es gibt bestimmt noch eine Lösung. Vielleicht kann die Bank einen Kredit geben?«

Er ließ den Kopf hängen und starrte auf seine Hände, die die Reling umklammerten. »Nein. Die neue CNC-Maschine war ein Wagnis. Es hätte alles geklappt, wenn nicht –« Er brach ab und atmete schwer.

»Wenn nicht Stella Sanders gekommen wäre.«

»Das ist noch nicht einmal alles.«

Oh, Madonna. Wie konnte es denn noch schlimmer kommen? Entsetzt starrte ich Nino an. Seine Haare fielen ihm wirr in die Stirn.

»Denn vor drei Wochen kam dann noch die Steuerprüfung.«

Ich runzelte die Stirn. »Aber … aber waren nicht erst Anfang des Jahres die Steuerprüfer da? Ich erinnere mich, dass man mir im Januar gesagt hat, dass die Prüfer alle Akten der letzten zehn Jahre durchgewühlt haben. Ihre Mitarbeiter waren ja für Wochen kaum ansprechbar.«

Er zog die Mundwinkel nach unten. »Wenn ich die Uhr zurückstellen könnte ... wenn ich doch nur wieder im Januar wäre, als ich dachte, die Steuerprüfung sei das Schlimmste, was mir passieren könnte.«

»Wieso sind die Prüfer so schnell zurückgekommen? Wenn sie zu Beginn des Jahres alles geprüft haben, müsste doch jetzt eigentlich erst einmal Ruhe sein, oder? Es ist ja noch nicht einmal ein halbes Jahr her. Da hat man ja noch gar keine Zeit gehabt, irgendetwas zu unterschlagen.«

Mein Witz kam nicht gut an. Nino starrte einfach nur ins Leere, dann sagte er tonlos: »Es ging gar nicht um AzurrOro. Es ging um irgend so einen verdammten Politiker.«

Ich spitzte die Ohren. »Welchen Politiker?«

Er zuckte mit den Schultern. »Was weiß denn ich. Er hat natürlich nicht unter seinem Namen hier angerufen und eine Jacht bestellt. Es lief alles über einen Mittelsmann. Vielleicht erinnern Sie sich, Tonia, obwohl Sie für diesen Auftrag relativ wenig gemacht haben. Er wollte überall nur Echtlederbezüge haben.«

»Ach ja, ich habe davon gehört. War das nicht irgendeine Firma in Siena?«

»Das hab ich auch gedacht. Doch nun hat sich herausgestellt, dass es irgendein Politiker höchsten Ranges war, der wohl doch keine so blütenreine Weste hatte, wie man offiziell annahm.«

»Das verstehe ich nicht. Es ist doch kein Verbrechen,

sich eine Jacht zu kaufen, auch nicht, wenn man Politiker ist.«

»Grundsätzlich nicht. Aber wenn man angibt, dass man ein Jahreseinkommen hat, das nur einen Bruchteil des Kaufpreises beträgt, dann wird die Steuerprüfung stutzig.«

Ich hielt kurz die Luft an. »Sie meinen, die Steuerprüfung schaut sich an, welche Ausgaben Politiker haben, und vergleicht das mit dem versteuerten Einkommen? Wie clever.«

Er nickte. »Diabolisch. Aber woher sollte ich das wissen? Und woher sollte ich wissen, dass die Firma in Siena diesem dämlichen Politiker gehörte?« Er schnaubte. »Anscheinend hätte ich meine Kunden auch bei jedem Auftrag fragen müssen, woher sie die Kohle für ihre Jachten nehmen.«

»Aber ... aber das war doch letztes Jahr. Ist das Schiff denn nicht bezahlt?«

Er schüttelte den Kopf. »Ich habe bis jetzt nur die Anzahlung über dreißig Prozent erhalten. Für den Rest hatte man mich um Aufschub gebeten.«

Es verschlug mir die Sprache. Mühsam schluckte ich. »Aber ... aber Sie sind doch in Vorleistung gegangen!«

»Ja, natürlich. Aber damals dachte ich noch, dass wir gut dastehen. Ich hatte ja keine Ahnung, wie schnell alles den Bach runtergehen kann.«

Unsicher schaute ich Nino an. Schlagartig wurde mir klar, dass er ein schwacher Mann war. Jemand, der immer den Weg des geringsten Widerstandes nahm. Jemand, der gern zu allen lieb und nett war und Konfrontationen aus dem Weg ging, wann immer es möglich war. Darum hatte er nicht lange nachgefragt, als die Teak-Zertifikate so günstig waren. Er wollte keinen Ärger und hatte einfach nur zugegriffen. Darum hatte er dem unbekannten Kunden in Siena ein viel zu langes Zahlungsziel gewährt. Und darum hatte er uns allen erzählt, dass Stella Sanders die Jacht doch abnehmen würde, obwohl sie nichts dergleichen geplant hatte. Ich betrachtete sein Gesicht, das fliehende Kinn, den weichen Mund, die traurigen Augen. *Verdammt.* Er tat mir leid, doch gleichzeitig fühlte ich mich ein wenig abgestoßen. Mir fiel absolut nichts Tröstendes mehr ein.

Mit der linken Hand fuhr Nino sich durchs Haar, dann steckte er die Hand in die Tasche und zog sein Handy hervor. Er hielt es in der rechten Hand und tippte geübt mit der Linken auf dem Display herum.

»Der Mörder von Egidio war ein Linkshänder.« Unvermittelt schoss mir der Gedanke durch den Kopf, und mir war gar nicht klar, dass ich die Worte laut ausgesprochen hatte.

Nino schaute mich scharf an, dann fing er an zu lachen. »Ja«, sagte er. »Sie haben es erfasst.«

Ich blinzelte. »Wie bitte?«

Er drehte sich um und schaute mir direkt in die Augen. »Meine liebe Tonia, es tut mir leid, dass Sie hier unerlaubt eingedrungen sind. Ich hatte extra allen den Nachmittag freigegeben.«

Darum war kein Mensch auf dem Gelände! Plötzlich war mein Mund wie ausgetrocknet. Mein Gehirn weigerte sich, den Rest zu verstehen. Instinktiv wollte ich nur eins: so schnell wie möglich verschwinden.

»Ich entschuldige mich dafür.« Mühsam lächelte ich Nino an. »Aber ich bin schon weg. Einen schönen Nachmittag noch.« Entschieden drängte ich mich an ihm vorbei, doch er griff mein Handgelenk und hielt es umklammert.

»O nein, so schnell geht das nicht. Wir haben noch fünf Minuten.«

Ich starrte ihn an. »Was?«

Er lächelte. »In fünf Minuten geht die Zündung los. Dann wird diese ganze Halle sich in ein Freudenfeuer verwandeln, und Sie und ich, Tonia, werden mitfeiern.«

~ 30 ~

Rick

Ich trat aus der Polizeistation und musste mich beherrschen, nicht zu rennen, so groß war mein Bedürfnis, möglichst viel Distanz zwischen diesen furchtbaren Ort und mich zu bringen. Bernardo hatte nicht viele Worte gemacht. Er hatte mich aus der Zelle geholt, irgendwas von neuen Erkenntnissen gemurmelt, mich gewarnt, dass ich die Stadt nicht verlassen solle, und mich mehr oder weniger zur Tür hinausgeschoben.

Ich kochte vor Wut und hätte ihm am liebsten meine Meinung gesagt, doch der Wunsch zu gehen war größer. Später würde ich mein Recht fordern. Jetzt brauchte ich erst einmal Abstand. Ich eilte in meine Wohnung und nahm eine lange, heiße Dusche, um die Erinnerung abzuwaschen. So schäbig diese Wohnung auch war, immerhin war es meine. Mein Zuhause. Ich ließ das heiße Wasser über mich laufen und benutzte extra viel Duschgel, schrubbte sorgfältig jeden Zentimeter ab, um den Geruch der Zelle zu vertreiben. Furchtbar. Einfach furchtbar. Ich wusste nicht, wie viel Zeit mir in Freiheit blieb, denn ich traute dem Braten nicht so ganz, aber eines war mir klar: Ich musste Tonia sehen.

Musste ihr klarmachen, dass Suzetta mir nichts bedeutete. Sobald das aus der Welt geräumt war, würde ich mich weiter um diesen verdammten Mordfall kümmern. Vielleicht wusste Tonia oder ihre Familie ja sogar, was Bernardo gemeint hatte, als er von »neuen Entwicklungen« sprach.

Ich zog mir frische Sachen an und telefonierte währenddessen schnell mit Paolo, um ihn auf den neuesten Stand zu bringen. Er klang entsetzt und wollte sofort kommen, doch ich konnte ihn überreden, im Kloster zu bleiben. Dann lief ich so schnell ich konnte zu Tonias Atelier. Es wurde echt Zeit, dass ich mir mein Auto zurückholte, dann brauchte ich nicht mehr zu Fuß quer durch die Stadt zu hetzen.

Als ich in das letzte Stück der Straße direkt am Kanal einbog, kam mir eine vor Freude hüpfende Upsy entgegen. Ich kniete mich hin und umfing sie mit beiden Armen. Meine Kehle zog sich zu, und meine Augen brannten. Ich vergrub mein Gesicht in ihrem Fell, während sie kleine Glücksjapser ausstieß und versuchte, mich abzuschlecken. Sobald ich mich gefasst hatte, blickte ich hoch. »Wo hast du denn Tonia gelassen, Upsy?«

»Tonia ist arbeiten«, antwortete eine Stimme neben mir.

Ich fuhr zusammen.

Tonias Großeltern standen Seite an Seite und betrachteten mich mit einem Ausdruck, als ob sie ein dubioses Kunstwerk in einem Museum für moderne Kunst vor sich hätten. Heute trug Giulia ein kreischgrünes Jäckchen mit aufgestickten Kirschen am Saum, und Giuseppes Mütze in dem gleichen kreischenden Grün war ebenfalls rundherum mit leuchtend roten Kirschen bestickt. Ich musste mich zurückhalten, um die beiden nicht zu umarmen. Stattdessen strahlte ich sie an. »Hallo. Schön, Sie zu sehen.«

Sie betrachteten mich leicht verwundert. Vermutlich hatten sie nicht mit so einer ekstatischen Begrüßung gerechnet. Etwas verlegen beugte ich mich wieder zu Upsy hinunter und streichelte sie. »Wissen Sie, wann Tonia zurückkommt?«

»Nein«, sagte Giuseppe langsam. »Aber wir kommen gerade von ihr und wissen, dass sie bei AzurrOro ist. Da haben wir uns gedacht, dass wir sie ja dort abholen könnten. Möchten Sie mitkommen?«

Tonias Oma blickte ihn an, als ob sie diese Idee alles andere als gut fand, und öffnete den Mund, doch dann klappte sie ihn wieder zu und sagte gar nichts. *Erstaunlich.*

»Gern.« Hauptsache, ich sah Tonia so bald wie möglich. Und wenn ihre Großeltern dabei waren, schickte sie mich vielleicht nicht sofort wieder weg.

Wie selbstverständlich drückte Tonias Opa mir Upsys Leine in die Hand, und wir gingen langsam über die Brücke, die den Canale Burlamacca überquerte.

Tief sog ich die frische Luft ein, genoss das Funkeln der Sonne auf dem Wasser, den Blick auf ein leicht schaukelndes Fischerboot, das am Ufer festgemacht war, und Upsys wedelndes Hinterteil, das vor mir her wackelte. Wie herrlich es hier draußen war. Ich wollte nie wieder in ein Haus. »Wie weit ist es?«, fragte ich.

»Keine zwanzig Minuten«, antwortete Giulia. »Es ist hier auf dem Hafengelände, doch man muss einmal um die ganze Produktionshalle herumgehen, um zum Eingang zu kommen. AzurrOro ist ein sehr bekanntes und renommiertes Unternehmen hier in Viareggio, das heute schon in vierter Generation geführt wird.«

»Du klingst wie ein Reiseführer«, brummelte Giuseppe. »Erzähl ihm lieber, dass es hier an der Ecke die beste Fischsuppe in ganz Viareggio gibt.«

Ich lächelte ihn an. »Das merke ich mir bestimmt. Mag Tonia gern Fischsuppe?«

»Zunächst mal muss Tonia Sie mögen, junger Mann«, sagte Giulia scharf. »Wenn mich nicht alles täuscht, haben Sie da noch einiges gutzumachen.«

Ich blickte sie direkt an. »Ja, das stimmt. Und genau deshalb möchte ich sie so schnell wie möglich sehen.«

Giuseppe nickte zustimmend.

Giulia rümpfte die Nase ein wenig und schaute mich missbilligend an. »Na, dann wünsche ich Ihnen viel Spaß. Sie ist aktuell nicht gerade gut auf Sie zu sprechen.«

Ich schluckte, erwiderte aber nichts. Bei Tonias Oma kam man vermutlich am besten weiter, wenn man ihr keine weitere Munition lieferte.

»Da vorn ist das Tor«, lenkte Giuseppe mit einer gewissen Übung ab, wie ich amüsiert feststellte. «Wir können Tonia ja anrufen und ihr sagen, dass wir vor dem Tor sind und auf sie warten.«

Giulia nickte und zog ihr Handy hervor. Sie drückte nur eine einzige Nummer, dann hielt sie sich das Telefon ans Ohr. Anscheinend hatte sie ihre Enkelin als Top-Favoritin eingespeichert. Plötzlicher Neid überflutete mich. Verdammt, ich wollte auch das Recht haben, Tonia als wichtigsten Menschen in meinem Leben abzuspeichern.

»Tonia, warum gehst du nicht ans Telefon?«, fragte Giulia mürrisch. »Es ist doch immer das Gleiche. Je mehr Telefonnummern du hast, umso weniger bist du zu erreichen. Lass das Nähzeug fallen und geh ans Telefon, wenn deine *nonna* dich anruft. So gehört sich das. Jawohl.«

Giuseppe rollte die Augen und zeigte auf das Tor.

»Ach so, ja, dein *nonno* meint, ich soll dir sagen, dass wir vor dem Tor von AzurrOro auf dich warten. Komm gleich raus, wenn du fertig bist, ja? Bis gleich!« Sie steckte das Telefon wieder ein und schüttelte missbilligend den Kopf. »Die Jugend von heute«, murmelte sie. »Angeblich immer erreichbar. Püh.«

~ 31 ~

Tonia

Ich versuchte, mich loszureißen, doch ehe ich michs versah, hatte Nino mich bäuchlings auf den Boden der Jacht geworfen und kniete auf meinem Rücken.

»Ich hätte nie gedacht, dass mein Karateunterricht sich als so nützlich erweisen würde«, keuchte er über mir. »Wussten Sie, dass ich als Kind sogar mal Regionalmeister war?«

Ich schloss die Augen und konzentrierte mich darauf zu atmen, obwohl sein Gewicht mir fast die Luft abdrückte. Der frische Geruch nach Farbe zog mir in die Nase und benebelte mich. »Nino, was ... was soll das?«, fragte ich mühsam. »Sind Sie verrückt geworden? Ich habe Ihnen doch nichts getan.«

»Nein, das stimmt.« Seine Stimme klang bedauernd. »Aber Sie sind mir nun mal in die Quere gekommen. Genau wie dieser verdammte Steuerfahnder. Wenn ich ihm nicht am Kai über den Weg gelaufen wäre ...«

»*Sie* haben also Egidio Marchetto wirklich umgebracht.« In meinem Kopf wirbelten die Bilder durcheinander.

»Natürlich.« Seine Stimme klang ganz ruhig.

»Aber das ergibt doch keinen Sinn! Haben Sie wirklich gedacht, dass die Steuerprüfung sich erledigt, wenn Sie den Steuerprüfer ermorden?«

»Nein, meine Liebe, das habe ich natürlich nicht gedacht.« Er klang ganz freundlich und ein wenig nachsichtig, so, wie man mit einem begriffsstutzigen Kind spricht. »Es hat sich einfach so ergeben.«

Es hat sich einfach so ergeben! Mir gefror das Blut in den Adern. So, wie es sich ergeben hatte, dass ich jetzt hier zur falschen Zeit am falschen Ort war. *Madonna.* Fünf Minuten. Hatte er geblufft? Oder hatte ich wirklich nur noch fünf Minuten, um ihn abzuschütteln? Ich versuchte, mich zu bewegen, aber er hatte mir die Arme auf den Rücken gedreht, und es tat höllisch weh, sobald er Druck aufbaute. »Sie hatten ein Messer dabei«, sagte ich, um irgendetwas zu sagen. »Es kann also kein Zufall gewesen sein. Oder gehen Sie immer mit einem Messer mitten in der Nacht spazieren?«

»Natürlich nicht.« Es klang, als ob er es sich auf meinem Rücken gemütlich gemacht hätte. »Ich hatte das Messer mitgenommen, um mich selbst umzubringen.«

Ich schluckte.

Er fuhr schon fort, bevor ich eine Frage stellen konnte. »Aber dann sah ich diesen selbstzufriedenen, widerlichen Steuerprüfer vor mir, der seit Tagen mit dieser unglaublichen Heimlichtuerei in unseren Akten herumwühlte, und da geschah es eben. Ich war selbst ein wenig überrascht. Hatte nicht damit gerechnet. Es war ... erstaunlich einfach. Na, und als es dann geschehen war, konnte ich natürlich nicht mit meinen ursprünglichen Plänen weitermachen. Also bin ich erst einmal nach Hause gegangen, um die Lage zu überdenken.«

»Warum konnten Sie nicht weitermachen?« Es gab genug Irre, die erst andere Leute umbrachten und dann sich selbst.

Die Hand, die mich am Boden hielt, zitterte ein wenig. »Das Messer war blutig. Richtig eklig. Ich hätte es mir niemals in den Körper stoßen können. Nicht auszudenken, was ich mir davon alles hätte holen können!«

»Was aber ziemlich irrelevant gewesen wäre, denn einem Toten macht Aids oder Hepatitis nicht viel aus.«

Er seufzte. »Sie sprechen so logisch, aber in der Hitze des Augenblicks habe ich es eben nicht so klar gesehen.«

»Aha.« Ich dachte fieberhaft nach. »Hören Sie, Nino, niemandem ist klar, dass der Mord eine Affekthandlung war. Tatsächlich hat die Polizei schon einen Tatverdächtigen verhaftet.«

»Ja, ich weiß, das hat mir heute Nachmittag jemand erzählt. Soll so'n Schönling aus Rom sein. Wobei mir nicht klar ist, was er für'n Motiv haben sollte.«

Tränen schossen mir in die Augen. Wie sehr ich mir diesen Schönling herbeiwünschte. Wie schrecklich, wenn ich ihn nicht wiedersehen konnte, bevor dieser Wahnsinnige mich hier mit in den Tod riss. Wie sehr ich Rick sagen wollte, dass es mir leidtat. Ein Kloß bildete sich in meiner Kehle. In diesem Augenblick klingelte mein Handy in meiner Hosentasche.

»Sie brauchen nicht zu glauben, dass ich Sie das beantworten lasse«, sagte Nino mit einer Ruhe, die unheimlicher war als alles, was er zuvor gesagt hatte.

Das Klingeln erstarb, und ich hatte das Gefühl, damit jede Hoffnung auf Rettung aufgeben zu müssen. *Sprich mit ihm!* »Es gibt keinen Grund, hier alles in die Luft zu jagen«, presste ich mühsam hervor. »Niemand wird je herausfinden, dass Sie es waren.«

»Ach ja? Und Sie halten den Mund, was? Das glaube ich nicht. Außerdem ist dieser Tote ja gar nicht mein Hauptproblem.«

Na klar. So'n kleiner Mord ist total vernachlässigbar. »Sondern?«

»Das ist doch klar, Mädchen! AzurrOro ist bankrott. Das Unternehmen, das mein Urgroßvater gegründet hat, ist ruiniert, nachdem ich es vor weniger als einem Jahr übernommen habe. Ich weiß genau, was die Leute hinter meinem Rücken sagen: ›Nino ist ein schwacher Mann.‹ Ich will nicht, dass sie mir jetzt auch noch ins Gesicht sagen, dass ich ein Loser bin.«

Ich zuckte zusammen. Ein schwacher Mann, der sehr gefährlich werden konnte, wenn er in eine Ecke getrieben worden war. Wie eine Ratte, die angriff. »Hören Sie, Nino, es gibt ganz viele Unternehmer, die irgendwann einmal Konkurs anmelden mussten. Das ist nicht das Ende der Welt. Scheitern gehört zum Leben dazu, und in Ihrem Fall ist es ja sogar so, dass es überhaupt nicht Ihr Fehler war. Es war einfach ein sehr unglückliches Zusammentreffen widriger Umstände.«

»Schön, dass Sie das sagen, Tonia. Ich habe immer viel von Ihnen gehalten. Sie sind ein tolles Mädchen.«

»Dann lassen Sie mich los, damit wir die Sache in Ruhe besprechen können! Es gibt noch Alternativen.« Waren die fünf Minuten nicht schon lange rum? Hatte er nur so getan, als ob er eine Bombe gelegt hatte, um mich in Panik zu versetzen?

»Ich bin ruiniert, Tonia. Das können Sie mir nicht schönreden. Mein Haus, meine Autos, alle meine Wertanlagen ... sie sind komplett weg. Und ich will nicht noch einmal bei null anfangen. Dafür habe ich nicht die Kraft.«

Ich zog den letzten Joker. »Denken Sie an Ihre Mutter. Sie wollen sie doch nicht unglücklich machen.«

»Meine Mutter.« Er lachte verächtlich auf. »Meine Mutter ist es, die mir immer wieder gesagt hat, dass ich schwach sei. Sie würde mich verfluchen und mit Schlägen aus dem Haus jagen, wenn sie hört, dass ich einen Mann umgebracht habe und dass AzurrOro, der Stolz der ganzen Familie, bankrott ist.« Er bewegte sich etwas, als ob mein Rücken ein Sofa sei. Offensichtlich hatte er es bequem. »Wobei sie Letzteres unverzeihlicher finden würde.« Er klang nachdenklich. »Für den Mord hätte sie bestimmt Verständnis.«

In meinem Kopf drehte sich alles. »Können Sie vielleicht wenigstens ein wenig von meinem Rücken –?«

In dem Augenblick geschah es. Ein ohrenbetäubender Knall übertönte meine Worte, dann kam die Druckwelle.

~ 32 ~

Rick

Plötzlich jaulte Upsy laut auf und drängte sich gegen meine Beine.

»Upsy, was ist los?« Ich beugte mich zu ihr hinunter. Sie zitterte am ganzen Körper.

»Hast du dir wehgetan?« Vorsichtig hob ich sie hoch.

In diesem Augenblick knallte es ohrenbetäubend. Ohne nachzudenken, warf ich mich vor Tonias Großeltern, einen Arm schützend über Upsy gebreitet.

Eine Hand packte mich am Arm und stieß mich zur Seite. »Weg da, ich kann nichts sehen!« Giulias Stimme klang rau.

Wie gebannt starrten wir auf die Lagerhalle, deren hinteres Dach sich in Zeitlupe in die Höhe hob. Für einen Augenblick hing das Dach im freien Raum und flatterte ein wenig wie ein Laken im Wind, dann brach es in sich zusammen und regnete in einem Hagel von Ziegeln und Bruchstücken aus Metall vor uns nieder.

Tonia ist da drin! Der Gedanke durchfuhr mich wie ein glühend heißer Strom.

Ich drückte Giulia Upsy in die Hand und warf mich gegen das Tor, das sich zu meiner Überraschung sofort öffnete. Fast wäre ich glatt auf dem Bauch gelandet. Im letzten Moment fing ich mich, dann rannte ich auf die Halle zu.

Ich konnte Giulia und Giuseppe hinter mir hören und drehte mich im Laufen um. »Bleibt da hinten, in Sicherheit! Wir wissen nicht, ob gleich noch eine Explosion kommt!«

Sie ignorierten mich und rannten mit einer Geschwindigkeit, die ich ihnen überhaupt nicht zugetraut hätte, hinter mir her. Aus den Augenwinkeln sah ich, wie Giulia Upsy oben in ihre Bluse steckte. Geschah das zu Upsys Schutz oder weil sie die Hände frei haben wollte?

Etwas zischte ohrenbetäubend. Ich fuhr herum. Am hinteren Ende der Halle, da, wo das Dach eingestürzt war, stob eine Stichflamme in den Himmel. *Madonna.* »Tonia!«, schrie ich. »Wo bist du?« Ich rannte quer durch den beißenden Rauch und Staub auf die Halle zu.

Am Eingang blieb ich stehen. Das Tor war verschlossen.

»Hintenrum«, keuchte Giulia hinter mir. »Da fehlt die Wand.«

»Das geht nicht.« Ich hämmerte gegen die Tür. »Dort hinten brennt alles.«

Ich nahm Anlauf und versuchte, das Schloss einzutreten, doch die Tür war zu stabil gebaut. *»Porca miseria!«*

~ 33 ~

Tonia

Nino warf sich der Länge nach über mich, ob freiwillig oder durch die Druckwelle getrieben, konnte ich nicht sagen. Bootsteile flogen wie Geschosse durch die Gegend, irgendetwas zischte schrecklich laut, es krachte und knallte, und als ich vorsichtig den Kopf hob, sah ich, wie das Dach am anderen Ende der Halle ganz, ganz langsam in sich zusammenstürzte. Es sah völlig unwirklich aus, wie einer dieser Actionfilme, die ich schon so oft gemütlich vom Sofa aus angeschaut hatte.

Doch der Live-Actionfilm vor meinen Augen hatte noch mehr auf Lager. Während ich noch versuchte, mich im Staub zu orientieren, sah ich, wie eine Stichflamme am anderen Ende der Halle in die Höhe schoss. Sie fraß sich in Windeseile auf mich zu.

Mit übermenschlicher Anstrengung schaffte ich es, das leblose Gewicht über mir wegzuschieben. Nino war von einem fliegenden Metallteil am Kopf getroffen worden, und der grausige Anblick ließ mich einen Moment stocken. Doch in dem Augenblick knallte am anderen Ende der Halle etwas. Schnell wandte ich den Blick von Ninos Leiche ab.

Weg hier! Mir blieben nur noch wenige Sekunden, um mich aus dem Inferno zu befreien. Ich schaute über die Reling und erstarrte. Die Leiter war von der Druckwelle umgeworfen worden und lag nun wie ein weggeschleudertes Spielzeug mehrere Meter weiter auf dem Betonboden, fünf Meter unter mir.

Ich schluckte trocken. Der Gestank nach brennendem Plastik schnürte mir die Luft ab, die Feuerwand raste auf mich zu, und ich hatte keine Ahnung, wie ich von dieser Jacht herunterkommen sollte. Hektisch blickte ich mich um. Die Jacht passte in der Höhe so gerade eben in die Halle, und schlagartig wurde mir klar, dass ich mich vielleicht Richtung Tür bewegen konnte, wenn ich mich auf das oberste Deck flüchtete und das Dachgestänge zu Hilfe nahm. Ich rannte zurück in die Kajüte, wo noch meine Handtasche lag. Ich riss sie an mich, nicht wegen des Inhalts, sondern weil ihre langen Träger mir vielleicht später noch hilfreich werden konnten. Hustend und spuckend hielt ich mir mein T-Shirt vor die Nase und hastete auf das oberste Deck. Der Gestank war unerträglich. Selbst wenn das Feuer mich gar nicht erreichen sollte, war es durchaus möglich, dass ich hier oben erstickte.

Wie war das noch? Man sollte sich bei Feuer möglichst kriechend durch den Raum bewegen, weil der Rauch oben intensiver war? Doch bei Gas war es umgekehrt, oder? Was für ein Gemisch waberte hier durch die Halle? Egal, ich hatte eh keine Option. Unten war nur der sichere Tod.

Ich hängte mir die Tasche quer über den Oberkörper, sprang direkt vom Deck aus ans Dachgestänge und bekam die Streben zu greifen. So weit, so gut. Leider konnte ich nun nicht mehr meinen Mund schützen. Ich versuchte, ganz flach zu atmen, doch mein Körper schrie verzweifelt nach Sauerstoff. Mühsam hangelte ich mich vorwärts. Nun hatte ich die Jacht hinter mir gelassen. Unter mir waren nur noch sieben Meter Luft und Betonfußboden. Meine Augen tränten. Die Rauchschwaden umfingen mich.

Schlagartig wurde mir klar, dass ich es vielleicht nicht schaffen würde. Ich würgte. Was würde aus Upsy werden? Wie würden meine Großeltern mit dem Verlust zurechtkommen? Mein Vater? Rick? Ich zwang mich, eine Hand vor die andere zu setzen, und kämpfte mich Stück um Stück weiter vorwärts. Weil ich nicht viel sehen konnte und es zu anstrengend war, die ganze Zeit den Kopf in den Nacken zu legen, tastete ich mich blind vorwärts.

Plötzlich griff meine Hand ins Leere. Rasch nahm ich sie zurück und schaute blinzelnd nach oben, keuchend. Ich spürte, wie mir der Schweiß zwischen den Schulterblättern hinablief. Meine Hände wurden immer rutschiger. Die Stange, an der ich mich entlanggehangelt hatte, endete an einem Dachträger, der mir keinerlei Haltemöglichkeit bot, weil er oben fest mit dem Dach verbunden war. Verdammt. Wie ein Schinken, der langsam geräuchert wurde, hing ich unter dem Dach und versuchte blinzelnd durch den Rauch zu erkennen, wie ich mehr Abstand zwischen mich und das gefräßige Feuer bringen konnte, und vor allem, wie ich näher an die Tür herankommen konnte. Für einen flüchtigen Augenblick fragte ich mich, warum ich überhaupt so versessen darauf war, zur anderen Seite und zur Tür zu kommen.

Ich hatte keine Ahnung, wie ich da hinten zum Boden runterkommen sollte – gesetzt den Fall, ich käme überhaupt so weit. Egal, darüber würde ich mir dann Gedanken machen. Falls ich dazu noch in der Lage wäre. Im Moment schien ich viel zu weit weg zu sein. War dies die Endstation?

Doch halt, was war das? Eine Rauchschwade zog weiter, und plötzlich konnte ich eine weitere Strebe erkennen. Sie war knapp außer Reichweite, über meinem Kopf, unmöglich, sie zu erreichen … es sei denn, ich nutzte den Henkel meiner Handtasche als Verlängerung, um mich abzustoßen und zu springen. Oh Madonna. *Das ist Wahnsinn. Das schaffe ich niemals!*

Das Feuer hinter mir zischte und knackte. Es hatte schon die Jacht erreicht, auf der ich eben noch gestanden hatte. Das Deck stand in hellen Flammen. Ich hatte keine Wahl. Wenn ich danebengriff, war es zumindest ein schneller Tod. Ich zwang mich, eine Hand von der Stange zu lösen. Meine andere Hand wurde immer rutschiger. Dies war verdammt viel schwieriger als die Akrobatikübungen in der Turnhalle. Mühsam riss ich an den langen Griffen der Tasche. Der erste rutschte über meinen Kopf. Der zweite blieb an meinem Ohr hängen. Wenn ich noch Atem gehabt hätte, hätte ich geflucht. Ich zog und zerrte, und endlich kam der zweite Griff frei … so plötzlich, dass ich erst im letzten Augenblick wieder meine wackelige Balance herstellen konnte. *Puh.* Ich schnappte nach Luft und bereute es sofort, denn der bissige Rauch brannte sich spürbar tief in meine Lunge. Mir wurde schlecht. Mühsam riss ich mich zusammen. Mit der einen

Hand hielt ich mich nach wie vor an der Stange über mir fest, in der anderen Hand hielt ich die Tasche.

Nun der nächste Akt. Ich musste die Griffe über die Stange werfen. Wenn ich doch nur mehr geübt hätte. Meine Arme brannten und zitterten. Lange ging das nicht mehr gut. Ich warf den Griff der Tasche über das Gestänge über mir und haschte gleichzeitig danach, um ihn zu fassen, doch das Gewicht der Tasche zog den Griff zurück. Verzweifelt griff ich danach und verlor fast meinen Halt, meine Fingerspitzen berührten den Henkel, doch ich hatte keine Kraft mehr. Die Tasche rutschte mir durch die Hände. Ich hörte nichts mehr, nur noch ein lautes Rauschen. War es das Feuer? War es in meinen Ohren? Entsetzt sah ich der Tasche hinterher. Wie in Zeitlupe fiel sie hinab, prallte auf dem Betonboden auf, platzte und verteilte den Inhalt in einem Sprühregen um sich herum. Ich war gefangen.

~ 34 ~

Rick

»Da hinten!« Giuseppe schrie auf und rannte plötzlich auf einen Unterstand zu, der seitlich am Gebäude lag.

Nun sah ich es auch – ein Gabelstapler parkte dort. Bevor ich mich überhaupt besinnen konnte, hatte Giuseppe sich auf den Gabelstapler geworfen und fuhr ihn in einem Affenzahn rückwärts heraus. Ich konnte gerade noch aus dem Weg springen.

Giuseppe fuhr von der brennenden Halle weg. Wo wollte er bloß hin? Wie erstarrt stand ich und starrte zu ihm hin. Die Luft stank, und das Brüllen des Feuers dröhnte in meinen Ohren. Nun drehte Giuseppe um und nahm wieder Kurs auf die Halle. Er wollte doch nicht etwa …?

Doch. Er tat es tatsächlich. Mit Anlauf und halb erhobenen Gabeln raste Tonias Opa auf das Hallentor zu.

Im Hintergrund sprang Giulia auf der Stelle und klatschte in die Hände. »*Bravo! Avanti*, Giuseppe!«

Giuseppe gab Vollgas und fuhr mit vollem Karacho gegen das Tor. Ein Krachen, ein Knall, Giuseppe flog vorwärts, halb vom Sitz und schlug mit dem Kopf auf das Lenkrad.

Mir gefror das Blut in den Adern.

Upsy bellte wie verrückt und kämpfte sich aus der Bluse von Giulia hervor, die mit weit aufgerissenen Augen auf ihren blutüberströmten Mann starrte. Mit einem gewagten Sprung landete Upsy auf dem Boden und rannte bellend auf das Tor zu.

Auch Giuseppe war nicht zu stoppen. Er richtete sich auf, wischte sich mit einer ungeduldigen Handbewegung das Blut von der Stirn, fuhr zurück, nahm erneut Anlauf und raste wieder gegen das Tor, diesmal mit einem Arm schützend vor dem Kopf.

Es schepperte und krachte, und das Tor flog aus den Angeln.

Upsy rannte in das Inferno, Giulia dicht auf den Fersen. »Upsy«, brüllte sie. »Such Tonia! Wo ist Tonia?«

Ich eilte ihnen nach.

Upsy jagte vorwärts, dann blieb sie plötzlich mitten im Gang stehen und bellte wie verrückt.

»Such Tonia!«, keuchte Giulia, während sie sich gegen den Gestank die Hand vor den Mund hielt. »Hier ist sie nicht! Such! Wo ist Tonia?«

Upsy drehte sich im Kreis und bellte.

Plötzlich fiel mir auf, dass sie den Kopf komisch hielt. Ich blickte nach oben und erstarrte. Hinter den giftigen Schwaden sah ich schemenhaft eine Figur im Gebälk hängen. »Da … da oben!«

Ich rannte zu Giuseppe zurück und sprang auf eine der Gabeln. »Fahr mich hoch!«

Er verstand sofort, setzte zurück, manövrierte den Gabelstapler um die zerdellte Tür herum und fuhr die Gabeln langsam in die Höhe. Je höher wir kamen, umso weniger konnte ich atmen. Ich riss mir das T-Shirt vom Leib und band es mir über Mund und Nase. Nun konnte ich Tonias Gesicht erkennen. Sie hatte die Augen geschlossen. Ihr Mund war verzerrt.

Ich blickte nach unten und musste mich schnell festhalten. Die Halle drehte sich unter mir. Rasch schaute ich wieder zu Tonia. »Höher, Giuseppe!«, brüllte ich.

»Höher geht nicht!«

Verdammt. Mein Herz raste. Wenn Tonia jetzt abrutschte, würde sie vor meinen Augen in den sicheren Tod stürzen. »Nach links! Wir müssen weiter nach links!«

»Geht nicht!« Giuseppe klang verzweifelt.

Ich wagte noch einen Blick nach unten, und dann erkannte auch ich das Problem. Der Gabelstapler stieß seitlich an einen Schiffsrumpf, und daher hatte Giuseppe keine Chance, weiter zu manövrieren. Natürlich hätte er auch den Rumpf rammen können, aber dann wäre ich oben im hohen Bogen von der Gabel geflogen. Wir mussten wieder runter, er musste ihn wegrammen, dann musste ich wieder hoch … doch so viel Zeit hatten wir nicht.

»Tonia, *amore*! Tonia, hörst du mich?«

Sie rührte sich nicht.

»Tonia! Öffne die Augen! Schau mich an! Ich bin's, Rick. Ich bin hier!«

Endlich. Sie öffnete die Augen, und durch die beißenden Schwaden hindurch trafen sich unsere Blicke.

»*Amore*, ich komme nicht näher an dich heran. Halte durch! Ich muss wieder runterfahren, dann versetzen wir den Gabelstapler, dann komme ich wieder hoch. Halte durch! Du schaffst das!« Ich fing an zu husten, und die Welt kreiste um mich herum. *Verdammt.*

Sie hatte die Augen nun weit aufgerissen.

Ihre schönen Augen, voller Angst. Mir drehte sich das Herz um.

Dann schüttelte sie den Kopf. »Ich springe.«

»Was?« Ich hatte sie nicht richtig verstanden. Ich *konnte* sie nicht richtig verstanden haben.

Sie fing an, sich mit kleinen Bewegungen vor- und zurückzuschaukeln. Ich wusste zwar, dass sie Akrobatin war, aber verdammt, ich gehörte nicht zu der Truppe. Mir wurde schon schwindelig, wenn ich nur auf einer hohen Leiter stand. Sie wollte doch nicht etwa auf mich draufspringen? Wie sollte ich sie halten? Wie sollte ich die Liebe meines Lebens auffangen, wenn ich mich selbst nur mit Mühe hier oben halten konnte, halb besinnungslos vor Sauerstoffmangel?

Tonia hatte an Schwung aufgenommen. Sie sah aus, als ob sie genau wüsste, was sie tat, was man von mir nicht gerade behaupten konnte. Ich kniete mich auf die Gabel, presste beide Füße hinten gegen die Halterungen und streckte die Arme aus. *Dio mio, wenn es dich gibt, wäre jetzt ein schöner Augenblick einzugreifen.* Wenn ich Tonia nicht halten konnte und sie vor mir in den Tod stürzte, konnte ich mich gleich hinterherwerfen. Ich versuchte zu schlucken, doch meine Kehle war zu trocken. Meine Augen waren ganz auf Tonia fixiert.

Sie hatte nun so viel Schwung, dass ihre Füße weit nach hinten flogen.

Erstarrt vor Angst schaute ich zu, hilflos, unfähig, eine einzige Bewegung zu machen.

Sie ließ los, flog mit einer einzigen flüssigen Bewegung durch die Luft und landete vor mir auf den Gabeln, geschmeidig wie eine Katze. Sie hatte mich noch nicht einmal berührt.

Der Gabelstapler schwankte und wackelte.

Krampfhaft hielt ich mich fest, meine brennenden Augen auf Tonia gerichtet.

Sie balancierte das Bocken des Gabelstaplers mühelos aus. Dann hob sie den Kopf, lächelte – oh, dieses Lächeln, der personifizierte Triumph, Erleichterung, Glück, Liebe – und sagte: »Wie hast du mich gerade genannt?«

~ 35 ~

Tonia

»Dein Opa ist ein Held.« Meine Oma saß in einem zerknitterten Krankenhaushemdchen im Bett neben mir, putzmunter und bereit, die Welt aus den Angeln zu heben.

»Das finde ich auch.« Ich fühlte mich noch ziemlich angeräuchert, wie ein Hering, der zu lange im Rauchfang gehangen hat. »Ich ... ich hatte mich aufgegeben.«

Meine Oma warf mir einen scharfen Blick zu. »Aufgeben ist immer ein Fehler.«

»Hmm.« Wo Rick jetzt wohl war? Ich konnte den Ausdruck in seinen Augen nicht vergessen, als ich vor ihm auf dem Gabelstapler gelandet war. Er hatte zwar den Mund auf meine Frage hin geöffnet, aber in diesem Augenblick war hinter mir irgendetwas explodiert. Mein Opa war in einem Affentempo rückwärts aus der Halle rausgefahren, mit uns als Beute hoch oben im Gepäck.

In diesem Augenblick war die Feuerwehr gekommen, und bevor wir uns versahen, waren wir allesamt ins Krankenhaus eingeliefert worden. Man hatte uns tausend Fragen gestellt, immer wieder die gleichen. Mir war schnurzegal, welchen Wochentag wir hatten, ich wollte mit Rick sprechen. Doch das schien nicht möglich zu sein. Irgendwann hatte ich einfach die Augen geschlossen und war eingeschlafen. Als ich sie wieder öffnete, strahlte die Sonne durch das Fenster und meine Oma saß im Bett neben mir und plauderte wie immer, als ob wir alle Tage gemeinsam im Krankenhaus wären.

Siedend heiß durchfuhr mich ein Gedanke. »Wo ist Upsy?«

»Bei deinem Vater.« Meine Oma klang tiefenentspannt. »Ich habe ihn gestern noch angerufen, und er hat sie gleich mitgenommen. Er bringt ihr gerade bei, die Pfote zu geben, denn er meint, sie könne vielleicht als Begrüßerin im Theater arbeiten.«

»Sie macht ausgesprochen gute Fortschritte. Eine sehr begabte Dackeldame.« Unbemerkt hatte sich die Tür geöffnet, und mein Vater stand im Zimmer. Er war selbst im Varieté eine Erscheinung, doch hier in der sterilen Krankenhausumgebung wirkte er wie ein Papagei im OP-Saal. Sein Erkennungszeichen – ein weit schwingender Umhang à la Zorro – flatterte hinter ihm her, als er auf mich zustürzte und mich umarmte. »*Stellina.*« Er flüsterte meinen alten Kosenamen. »Du machst ja Sachen.« Dann ließ er mich los und küsste seine Mutter auf die Wange. »Und du erst.«

Meine Oma gackerte zufrieden. »Kleine Abenteuer würzen das Leben.«

Kleine Abenteuer. Na, ich danke.

Mein Vater drehte sich wieder zu mir herum. »Upsy hat eine Vorliebe zu dem Pförtner hier im Krankenhaus gefasst, was vermutlich mit den Würstchen zusammenhängt, die er eigentlich zu Mittag essen wollte. Jedenfalls hat er sich bereit erklärt, auf sie aufzupassen, während ich nur mal schnell nach euch schaue.«

Aus irgendeinem Grund hatte ich einen Kloß im Hals. Ich räusperte mich. »Wie geht es Opa?«

»Die Wunde an seinem Kopf ist genäht worden«, berichtete meine Oma. »Er ist sehr stolz auf seinen Verband. Die Presse war da, und heute wird sein Bild auf der Titelseite von ›Buongiorno Viareggio‹ erscheinen. Er ist schon ganz gespannt darauf.«

Ich drehte mich auf eine Seite, schob eine nach Rauch stinkende Hand unter meine Wange und starrte sie an. »Woher weißt du das alles?«

Meine Oma schwenkte ihr Mobiltelefon. »Na, wir stehen in Kontakt. Moderne Medien, mein Kind. Giuseppe und Rick sind gerade entlassen worden, aber wir zwei warten noch auf die Visite, bevor wir hier rauskönnen. Du hast eine Ewigkeit geschlafen. In der Zeit ist viel geschehen.«

»Es war wie ein Wunder, dass ihr alle auf einmal in der Halle erschienen seid. Gerade noch rechtzeitig. Warum wart ihr mit Rick da?«

»Na, er ist doch aus dem Gefängnis entlassen worden, weil der Sohn von Egidio –«

Ich fuhr hoch. »*Nonna!* Ich muss sofort die Polizei sprechen! Egidio wurde nicht von seinem Sohn ermordet! *Madonna*, hoffentlich glaubt Bernardo mir! Es klingt zu fantastisch. Nino war der Mörder! Und er hat sein eigenes Unternehmen in die Luft gejagt!« Ich setzte mich auf. »Ich muss hier raus.«

Mein Vater legte mir beruhigend eine Hand auf die Schulter, und meine Oma schüttelte energisch den Kopf. »Du musst gar nichts. Nino hat einen Abschiedsbrief geschrieben und alles gestanden. Die Polizei hat den Brief in seinem Büro gefunden. Von der Halle ist allerdings nicht mehr viel übrig.«

»Ende gut, alles gut.« Mein Vater nickte zufrieden. »Ihr Lieben, ich muss wieder los, sonst verfüttert der Portier alle Würstchen und muss heute Mittag hungern. Sag mir Bescheid, sobald du wieder zu Hause bist, *stellina*.« Er küsste mich auf die Stirn, winkte seiner Mutter zu und verschwand mit einem letzten Flattern seines Umhangs um die Ecke.

Ich ließ mich in die Kissen zurückfallen. »Ich will trotzdem hier raus. Ich bin nicht mehr krank. Ich muss mich duschen. Und ich will mit Rick sprechen.«

Wie aufs Stichwort öffnete sich die Tür, und mein Opa und Rick spazierten herein. Sie trugen beide noch die alten Klamotten von gestern, und der Geruch von verschmortem Plastik kam mit ihnen ins Zimmer, doch ihre Gesichter strahlten. Mein Opa – in der Tat sehr beeindruckend mit seinem weißen Kopfverband – stürzte auf mich zu und umarmte mich, als wollte er mich nie wieder loslassen. Ich umklammerte seinen mageren Oberkörper. *»Grazie, nonno«*, murmelte ich. *»Grazie mille.«*

»Giuseppe ist ein Held«, schmetterte meine Oma hinter uns. »Und überhaupt sind wir ein gutes Team.«

Über die Schulter meines Opas hinweg sah ich, dass sie Rick anstrahlte.

Er lachte zurück. »Ich habe eigentlich nichts getan, außer mich an den Gabelstapler zu klammern«, sagte er.

Dann blickte er zu mir, und mir stockte der Atem.

Mein Opa ließ mich los und drehte sich zu seiner Frau um.

Rick trat näher. Ohne nachzudenken, streckte ich beide Arme nach ihm aus. Er nahm mich in die Arme und hielt mich ganz fest. Ich vergrub mein Gesicht an seiner Schulter. Er roch nach Rauch, nach Desinfektionsmittel und darunter, ganz schwach, nach ihm selbst, nach seiner Haut. Ich wollte ihn nie wieder loslassen. Ich fühlte seinen Mund auf meinem Haar.

»Wie fühlst du dich?«, fragte er leise.

»Außen und innen geräuchert.« Mein Herz schlug heftig. »Und ziemlich zittrig.«

»Zittrig?« Er hielt mich ein Stück von sich weg und schaute mich prüfend an.

»Der Schock wirkt nach.« Zu meinem Entsetzen merkte ich, dass meine Augen sich mit Tränen füllten.

Er beugte sich vor und küsste mich auf die Wangen, ganz leicht, wie die Berührung eines Schmetterlings.

»Könntest du mich einfach noch eine Weile festhalten, so wie gerade eben?«

Seine Arme schlossen sich um mich, nahmen mich mit in eine sichere und heile Welt.

Ich holte tief Luft und klammerte mich an ihn.

»Es tut mir leid, *amore*«, sagte er leise.

»Was tut dir leid?«

Er räusperte sich. »Es tut mir leid, dass du gesehen hast, wie Suzetta mich geküsst hat.«

Anscheinend war Rick wild entschlossen, mit allen Problemen der Vergangenheit aufzuräumen. Mir reichte es gerade schon, seine Arme um mich zu spüren. Aber fragen musste ich doch. »Sie ... sie bedeutet dir nichts?«

»Nein.« Seine Stimme klang fest. »Und bedeutet er dir etwas?«

Ich rückte ein Stück von ihm ab und starrte ihn an. »Wer?«

»Dieser gut aussehende Kerl, den du in der kleinen Grünanlage vor dem Hotel Splendide geküsst hast.«

Ich schüttelte vehement den Kopf. »Ich ... ich wurde geküsst.«

»Wie Pflaumen«, krähte meine Oma dazwischen. »Manche Küsse fallen einem auf den Kopf wie Pflaumen vom Baum.« Hand in Hand mit meinem Opa saß sie da und strahlte zu uns herüber.

Rick blickte sie einen Augenblick mit leicht gerunzelter Stirn an, dann drehte er sich wieder zu mir. »War es so?«

Ich nickte. »Genau so.«

»Und er bedeutet dir nichts?«

»Nichts.« Ich lächelte. »Aber das ist alles unwichtig. Ich habe mich noch gar nicht bedankt, dass du mich gerettet hast.«

»Ich habe dich nicht gerettet. Wie gesagt, ich habe mich nur an den Gabelstapler geklammert. Ich bin nämlich leider nicht schwindelfrei.«

Ich riss die Augen auf. »Du bist nicht schwindelfrei?«

Ein schiefes Lächeln verzog seinen Mund. »Leider nein. Wir werden also nie eine Akrobatennummer zusammen durchführen können.«

Ich hatte nicht gewusst, dass blaue Augen *so* strahlen konnten. »Rick, du hattest sehr wohl Anteil an meiner Rettung. Wenn du nicht oben auf dem Gabelstapler gewesen wärst und gerufen hättest, hätte ich gar nicht gesehen, dass es eine Rettung gibt. Ich habe Upsy bellen hören, ganz schwach, aber ich dachte, es sei nur eine Einbildung.« Mir versagte die Stimme.

»Sag ich doch, wir sind ein gutes Team!«, trompetete meine Oma dazwischen. »Vielleicht sollten wir ein Unternehmen gründen. Die *Last Minute Agency* oder so. Rettung aus allen Notlagen.«

Rick blickte so schockiert drein, dass ich lachen musste. Ich lachte immer noch, als die Tür sich öffnete und eine Frau sich vorsichtig in den Raum schob.

»Livia!« Meine Oma streckte ihre Hand aus. »Wie schön, dass du uns besuchst!«

Die Witwe von Egidio kam ins Zimmer. Ich hätte sie kaum erkannt, denn sie strahlte über das ganze Gesicht. »Giulia, Giuseppe!« Dann blickte sie zu Rick, und schlagartig wurde sie ernst. »Ich ... ich habe Ihr Bild gesehen. Sie sind Riccardo Damiani, oder?«

Er nickte.

Sie ging auf ihn zu und holte tief Luft. »Ich habe gehört, dass Sie verhaftet worden sind. Für den Mord an meinem Mann.«

Rick nickte wieder.

»Aber er ist unschuldig!«, rief meine Oma von ihrem Bett aus. »Er war es nicht!«

Livia nickte. »Das weiß ich.« Sie schluckte schwer. »Das wusste ich die ganze Zeit. Ich meine …« Sie schaute auf ihre verschränkten Finger, dann blickte sie wieder hoch. »Ich hatte furchtbare Angst, dass es mein Sohn gewesen sein könnte. Sehen Sie, er war so schrecklich wütend an dem Abend, und –« Sie brach ab. »Jacopo ist … ist eigentlich ein guter Junge. Doch er ist in einen schlechten Freundeskreis geraten und ein wenig auf Abwege gekommen. Ich bin sicher, dass er sich in Zukunft bessern wird. Er hat seine Lektion gelernt.«

Im Krankenzimmer wurde es still. Selbst meine Oma verkniff sich ausnahmsweise einmal einen bissigen Kommentar, obwohl ich sehen konnte, dass sie genug davon auf der Zunge hatte.

»Na ja, sehen Sie, als ich hörte, dass Sie verhaftet worden sind, war ich unwahrscheinlich erleichtert, und ich … ich hätte alles dafür getan, dass die Situation sich nicht ändert.«

Rick hob eine Augenbraue.

»Doch ich … ich schäme mich dafür. Ich wusste ja, dass Sie es nicht waren. Das heißt, ich habe nur gedacht, dass ich es wusste. Jetzt ist ja alles viel besser. Der wirkliche Mörder ist bekannt.«

Ich blinzelte.

Livia holte tief Luft. »Ich sehe schon, dass ich mich schlecht ausdrücke. Sehen Sie, ich … ich kenne Ihren Namen.«

»Meinen Namen?« Rick starrte sie an.

»Ja.« Sie blickte flüchtig zu meinen Großeltern. »Mein Mann hatte ein geheimes Nummernkonto in der Schweiz, das habe ich direkt nach seinem Tod erfahren. Er hatte aber auch ein geheimes Schließfach, und davon wusste ich bis gestern nichts. Nach seinem Tod sollte der Inhalt an seinen besten Freund gehen.« Ihr Mund verzog sich. »Egidio wusste, dass ich mit dem Inhalt nicht so verfahren würde, wie er es sich vorgestellt hatte. Doch sein bester Freund ist vor einem Monat bei einem Verkehrsunfall ums Leben gekommen. Und seine Tochter, ein vernünftiges Mädchen, hat das Paket, nachdem sie den Inhalt gesehen hat, unverzüglich an mich geschickt, mit der Bemerkung, dass ich damit verfahren kann, wie ich möchte.«

Es war so leise im Krankenzimmer, dass wir Schritte und Stimmen auf dem Gang hören konnten.

»Was war in dem Schließfach, Livia?«, fragte meine Oma schließlich.

Livia verzog den Mund. »Seine Memoiren.«

Mir stockte der Atem. »Hat er etwa in den Memoiren gestanden, dass er Rick als Unschuldigen vors Loch geschoben hat, für die Drogensache in Brasilien damals?«

Livia schnaubte. »Gestanden? Er hat es gefeiert. Hat sich wie einen Helden dargestellt.« Sie hielt Rick die Hand hin. »Und darum möchte ich mich in aller Form bei Ihnen entschuldigen. Für das Leid, das mein Mann Ihnen zugefügt hat. Und auch dafür, dass ich bereit gewesen wäre, Sie für meinen Sohn zu opfern.«

Rick nahm ihre Hand und drückte sie. Er sah aus, als ob

er gerade vor einen Baum gefahren wäre. »Darf ich die Memoiren lesen?« Seine Stimme klang heiser.

Sie nickte und griff in ihre Tasche. »Ich habe eine Kopie bei mir. Das Original ist schon bei der Polizei. Ich denke, es wird nicht lange dauern, bis Sie rehabilitiert sind.«

Meine Oma klatschte in die Hände. »Wunderbar!«

Mein Opa strahlte.

Nur Rick blickte ernst. »Hat Ihr Mann auch Paolo Lungo erwähnt?«

Livia nickte. »Ja. Er hat ihn kurz nach Ihrem Rausschmiss auch belastet, weil er zu unbequem wurde. Und er war mit auf den Bildern zu sehen.«

»Auf den Bildern?«, keuchte ich. »Sollte es etwa eine bebilderte Biografie werden?«

Sie nickte. »Deshalb habe ich *signor* Damiani ja auch sofort erkannt.«

»Che stronzo«, murmelte meine Oma.

»Giulia!« Mein Opa warf ihr einen tadelnden Blick zu.

Livia schluckte sichtbar. »Sie hat ja recht. Und deshalb habe ich mich entschlossen, den Schaden, den Egidio verursacht hat, wieder auszugleichen. Ich möchte Ihnen, *signor* Damiani, und *signor* Lungo gern je eine Million Euro überweisen.«

Mir blieb der Mund offen stehen.

»Das restliche Geld werde ich auf die anderen Opfer meines Mannes aufteilen. Ich möchte jedenfalls keinen Anteil daran haben.« Ihr Mund bebte einen Augenblick, dann wurde er fest. «Und meinem Sohn werde ich von dem Ganzen hier nichts erzählen.«

»Ich glaube, das ist eine gute Entscheidung«, sagte meine Oma und wackelte weise mit ihren grauen Löckchen.

Ich warf einen Blick auf Rick. Sein Gesicht war abweisend und hart. Ich wusste, dass er das Geld ablehnen wollte. »Rick!«, rief ich drängend.

Er schaute mich an wie ein Fremder.

»Berechne zumindest das Gehalt, das du normalerweise erhalten hättest. Darauf hast du ein Anrecht.«

Livia schaute Rick entsetzt an. »Aber … aber Sie wollen doch nicht ablehnen, oder?«

Rick machte eine unwillige Handbewegung. »Es tut mir sehr leid, doch –«

Livia packte ihn am Arm. »Sie müssen es nehmen! Ich werde meines Lebens nicht mehr froh, wenn Sie mir nicht wenigstens diese eine kleine Möglichkeit geben, das Unrecht wiedergutzumachen.«

»Es war nicht Ihr Fehler. Sie sind für die Taten Ihres Mannes nicht verantwortlich.«

»Aber darum geht es doch gar nicht! Oder nur zum Teil! Es geht darum, dass ich keinen Finger gerührt hätte, wenn ich gewusst hätte, dass Sie unschuldig im Gefängnis landen, weil ich meinen Sohn schonen wollte.«

Rick blickte sie an. »Und das ist Ihnen eine Million Euro wert?«

Ihre Augen verengten sich. »Hören Sie, *signor*, ich muss den Rest meines Lebens mit dem Wissen leben, dass mein Mann ein Verbrecher war und mein Sohn ihm aller Wahrscheinlichkeit nachschlägt. Ich muss außerdem damit leben, dass ich Sie bereitwillig geopfert hätte, um meinen

Sohn zu retten, und dass ich damit um keinen Deut besser bin als mein Mann und mein Sohn. Ich habe immer gedacht, dass ich mich auf mich selbst verlassen kann. Jetzt weiß ich, dass das nicht so ist, und ich kann Ihnen sagen, dass mir das mehr Angst einjagt als alles andere, was mir bis jetzt widerfahren ist. Die eigenen Abgründe sind die schlimmsten. Verstehen Sie das?«

Ich hielt die Luft an.

»Das verstehe ich.« Seine Stimme klang rau.

»Gut. Dann nehmen Sie das verdammte Geld und tun Sie damit, was Sie wollen. Aber wagen Sie es nicht, es abzulehnen! Dass ich Sie entschädigt habe, ist der einzige Gedanke, an dem ich mich noch hochziehen kann, wenn ich in der Nacht über mein Leben nachdenke.«

Rick nickte langsam. »Gut. Ich nehme es. Und ich kann Ihnen auch sagen, wo Sie Paolo Lungo finden.«

»Danke.« Sie wandte sich abrupt ab.

Ich atmete wieder.

»Also«, sagte meine Oma. »Wenn es Ihnen so guttut, Geld wegzugeben, hätte ich da noch ein, zwei andere Ideen.«

Epilog

Tonia

Eine Woche später rief Rick mich an. »Tonia, hast du einen Augenblick Zeit für einen kleinen Ausflug? Ich möchte dir etwas zeigen.«

Wir hatten uns jeden Tag gesehen, und ich muss gestehen, dass meine Welt ziemlich rosarot war. Ich entwarf ein neues Kleid, atemberaubender als alle anderen je zuvor, schaffte mit Upsy den Durchbruch, sodass sie wirklich stubenrein wurde, putzte nebenher das Haus bis in die letzte Ecke und sang den ganzen Tag. Nur Bezüge für Jachten nähte ich aktuell nicht. Mein wichtigster Auftraggeber war weggebrochen, und der Skandal von AzurrOro und meine spektakuläre Rettung waren wie ein Lauffeuer durch die ganze Stadt gegangen. Meine Großeltern sonnten sich immer noch im Rampenlicht, und ich hörte mir mit Vergnügen immer wieder die gleiche Geschichte in endlosen Variationen an, denn meine Oma setzte jedes Mal noch ein neues Detail dazu, das ich bis dahin noch nicht kannte. Rick und ich warfen uns in diesen Augenblicken immer einen amüsierten Blick zu und feierten wortlos die Kreativität meiner verrückten *nonna*.

Nur eine kleine Wolke dümpelte am Horizont. Ich wusste nicht, was Rick mit seinem neuen Reichtum anstellen wollte, und ich traute mich nicht, danach zu fragen, denn mir war klar, dass ihm das Geld immer noch ein mulmiges Gefühl verursachte. So richtig konnte ich ihn nicht verstehen – ganz ehrlich, nach allem, was er durchgemacht hatte, war die Million meiner Meinung nach nur angemessen, ein passendes Schmerzensgeld. Paolo jedenfalls hatte sie mit Kusshand genommen und gar nicht gezögert.

Doch eine zweite Sache trieb mich noch viel mehr um, und auch da traute ich mich nicht, Rick zu fragen: Ich wusste nicht, ob er plante, wieder nach Rom zurückzukehren. Die Polizeidirektion hatte sich in aller Form bei ihm entschuldigt. Die Presse hatte ihn gefeiert, und er war über Nacht ein verkannter Held geworden. Ich vermutete, es hatte etwas damit zu tun, dass er so gut aussah ... jedenfalls erschien sein Bild sehr viel häufiger in den Zeitungen als das von Paolo. Gestern war sogar der ehemalige Chef von Paolo und Rick extra nach Viareggio gereist. Er hatte beiden neue Posten angeboten, so viel wusste ich.

Danach hatte Rick mich nur kurz angerufen, und seltsamerweise wirkte er ganz niedergeschlagen und meinte, er müsse es erst einmal alles sacken lassen. Doch nun klang er glücklich und aufgeregt.

»Na klar hab ich Zeit«, sagte ich. »Wo soll ich hinkommen?«

»Zum Hafen. Ich treffe dich vorne an der Treppe.«

Ich zog ein Sommerkleid mit weitem Rock an, schnappte mir Upsy und lief zum Hafen. Als ich mit klappernden Absätzen die Holzstufen der Fußgängerbrücke hinunterkam, lehnte Rick schon am Geländer und lachte mich an.

Mein Herz machte einen Purzelbaum. Seine blonden Haare wurden vom Wind hochgeweht, sein weißes Leinenhemd war an den Ärmeln hochgekrempelt, sodass man seine muskulösen Arme sah, und er trug schwarze Shorts zu schwarzen Espadrilles. Es war ein eleganter Freizeitlook, den er noch nie getragen hatte, doch am besten war das Strahlen in seinen blauen Augen. Sie sprühten vor Glück.

Ich hob die Augenbrauen. »Was feiern wir?«

Er nahm meine Hand. »Komm mit.«

Eine Möwe kreischte, als wir vorbeigingen, und der typische Geruch von Tang und einem Hauch Diesel umfing mich. Rick führte mich tief in den Hafen hinein, an den schaukelnden Jachten vorbei, auf einen schwimmenden Steg, der unter unseren Füßen wackelte. Das Wasser glitzerte blau und klatschte leise gegen die Träger.

Schließlich blieb Rick vor dem wohl hässlichsten Boot im Hafen stehen – es war eine rostige Barkasse, ziemlich lang und breit und dadurch irgendwie klobig, vor allem im Vergleich zu der schnittigen schneeweißen Jacht direkt daneben. Die Persenning, die den Kahn bedeckte, war so alt, dass sich Moos und Salzränder darauf abgelagert hatten. An diversen Stellen war sie eingerissen. Der Holzrahmen der Tür oben war krumm und schief, und die restliche Farbe, die irgendjemand wohl circa 1970 dort aufgetragen hatte, blätterte traurig ab.

Rick strahlte mich an. »Wie findest du sie?«

Ich schluckte. »Sie?«

Er machte eine Handbewegung. »Mein Schiff.«

Ich versuchte, noch einmal zu schlucken, aber irgendwie war meine Kehle wie zugeschnürt.

»Ich habe gerade die Verträge unterschrieben.« Rick sah aus wie eine Werbung für einen glücklichen Jachtbesitzer – nur dass das Boot nicht dazu passte. Er tätschelte den dreckigen Rumpf. »Und schau mal dort.« Er zeigte auf die Bugspitze.

Unter Schichten von Möwendreck und Rost konnte ich grob einen Namen ausmachen. »…ità«, entzifferte ich. »Es tut mir leid, den Anfang kann ich nicht lesen.«

»Felicità«, sagte er feierlich. »Sie heißt Felicità.«

Glückseligkeit. Na, bravo. Mir fiel beim besten Willen nichts Positives ein, was ich zu dem Haufen Rost sagen konnte.

Er warf mir einen prüfenden Blick zu. »Du bist nicht begeistert?«

»Ich … ich verstehe dich nicht so ganz.«

Er nahm meine Hand. »Komm, wir kaufen uns ein *gelato al limon* und gehen am Strand entlang. Dann erkläre ich dir alles. Mit deinem hübschen Kleid solltest du aktuell nicht an Bord gehen, denn es ist noch ziemlich eng und schmutzig.«

Damit war ich voll und ganz einverstanden.

Es dauerte eine ganze Weile, bis Rick mit seiner Erklärung anfing. Ich versuchte, mich auf mein wunderbar limoniges Eis zu konzentrieren, aber es fiel mir schwer. »Nun sag schon«, meinte ich schließlich mit einem Seitenblick auf sein ernstes Gesicht. »Ich sterbe hier gerade auf Raten.«

»Es ist nicht so einfach zu erklären. Ich habe selbst eine

ganze Weile gebraucht, bis ich es verstanden habe.« Er stieß mit einem Fuß in den Sand, sodass er aufflog. »Siehst du, seitdem ich bei der Polizei rausgeflogen bin, habe ich mir wieder und wieder vorgestellt, wie mein ehemaliger Chef zu mir kommt und sich bei mir entschuldigt. Ich habe mir vorgestellt, wie ich wieder arbeiten kann, völlig rehabilitiert, und wie alle zu mir kommen und sagen, dass es ihnen leidtut. Der Gedanke hat mich angetrieben ... zumindest am Anfang, bis ich dann irgendwann die Hoffnung aufgegeben hatte.«

»Und nun ist genau das geschehen«, sagte ich leise.

»Ja. Nun ist es geschehen. Und weißt du was?« Er fuhr sich mit einer Hand durchs Haar. »Es hat mir nichts mehr bedeutet. Ich hatte überhaupt kein Triumphgefühl. Stattdessen war es mir fast egal. Ich bin irgendwie ... aus dem Polizeidienst rausgewachsen. Es ist mir zu eng, zu reglementiert, und das Vertrauen, dass alles, was ich dort tue, gut und richtig ist, habe ich schon lange verloren.«

Ich nickte.

»Und außerdem – und das ist ein ganz wichtiger Punkt ...«, er blieb stehen und schaute mir in die Augen, »war mir völlig klar, dass ich dich niemals nach Rom verpflanzen könnte.«

Mein Herz fing an zu hämmern.

»Also habe ich abgelehnt.«

Ich schnappte nach Luft. »Du hast den tollen Posten bei der Polizei abgelehnt?«

»Ja.« Er grinste wie ein Schuljunge. »Paolo hat ihn mit

Kusshand genommen, doch ich konnte einfach nicht. Ich fühlte mich, als ob ich ins Gefängnis müsse.«

Ich lächelte. »Die Selbstständigkeit ist risikoreich, aber sie bedeutet Freiheit.«

»Richtig.« Er lächelte. »Ich wusste, dass du es verstehen würdest. Also habe ich mich hingesetzt und mich gefragt, was ich mir eigentlich im Leben wirklich wünsche, jetzt, wo ich alle Möglichkeiten habe.« Er warf mir einen Blick zu. »Weißt du, dass es tatsächlich ganz schön schwierig ist, wenn man ohne jede Einschränkung wählen kann, was man tun möchte?«

Ich nickte. »Die Möglichkeiten sind unendlich. Und wenn du unglücklich bist, ist es einzig und alleine dein Fehler. Du alleine hast die Verantwortung für dein Glück.«

»Genau.« Er nahm meine Hand, und wir schlenderten weiter. Das Meer murmelte leise neben unseren nackten Füßen. »Und dann wurden mir verschiedene Dinge klar: Erstens: Ich möchte auf keinen Fall mehr zur Polizei zurück. Stattdessen möchte ich als freier Ermittler arbeiten. Zweitens: Ich möchte gern hier in Viareggio bleiben, hier bei dir.«

Mir stockte der Atem.

»Mit gelegentlichen Besuchen in Rom.« Er schaute mich an. »Kommst du ab und zu mit nach Rom?«

Ich zögerte keine Sekunde. »Ja.«

»Und drittens möchte ich ein Boot haben und darauf leben. Ich habe schon so lange Sehnsucht nach dem Meer und war immer ganz neidisch auf die Leute, die einfach rausfahren können, wenn sie wollen.«

Ich starrte ihn an. »Aber warum kaufst du dir so ein altes Boot? Du könntest dir doch etwas ganz Neues leisten.«

Er schüttelte den Kopf. »Nein. Ich habe gelernt, wie vergänglich finanzielle Unabhängigkeit sein kann. Darum werde ich zwei moderne Ferienwohnungen kaufen, die Teil einer Anlage sind und ständig vermietet werden. Das Geld, das ich daraus ziehe, werde ich für meinen Lebensunterhalt verwenden, falls die Arbeit als Privatdetektiv nicht reicht.« Er grinste. »So kann ich die Fälle ablehnen, die mir nicht in den Kram passen.«

»Das klingt nach einem guten Konzept.«

Er nickte. »Ich lasse nur einen kleinen Teil übrig, um das Boot zu renovieren. Das möchte ich größtenteils selbst machen, wenn ich nicht gerade arbeiten muss.« Er schaute mich forschend an. »Verstehst du das? Das Boot wird meine neue Heimat. Ich werde jeden Zentimeter kennen und werde es Stück für Stück so bauen, dass es zu hundert Prozent meins ist.«

Ich kratzte mich am Nacken. »Na ja, ich gebe zu, dass ich mir die Metamorphose noch nicht so ganz vorstellen kann.«

»Warte es ab.« Er klang ganz zuversichtlich. »In fünf Jahren wirst du sie nicht wiedererkennen.«

»In fünf Jahren? So langfristig denkst du?«

Er lachte. »Na, über Nacht wird es nicht passieren. Aktuell hat sie fast nur Schrottwert.«

Ich war froh, dass er zumindest das erkannte.

Er zog leicht an meinen kurzen Haaren. »Gib's zu, das hast du sofort gedacht«, neckte er mich.

»Ha. Das muss jeder denken, der sie sieht.«

»Sie hat Potenzial.« Er klang sehr zufrieden. »Wunderbare Linien. Und sie ist ein echtes Raumwunder.«

Konnte es sein, dass ich gerade auf ein Boot eifersüchtig wurde? »Ich muss sagen, ich bin wirklich, wirklich froh, dass du nicht nach Rom gehen wirst.«

Er zog mich an sich. »Wirklich, wirklich froh?«

»Ja.«

»Und ich bin wirklich, wirklich froh, dich an meiner Seite zu haben.«

Sein Mund senkte sich auf meinen. Er schmeckte nach *gelato al limon*, nach Sommer und Glück. Ich klammerte mich an ihm fest, um nicht wegzufliegen.

»Rick?«

»Ja?«

»Willkommen in Viareggio.«

»Für Tote gibt's kein Dolce Vita« ist der zweite Band in der Reihe »Mord in Viareggio«. Band 1, »Tote sagen nicht Buongiorno«, ist am 3. Mai 2021 im Ullstein Taschenbuch erschienen.

Die Autorin Carla di Luca schreibt auch unter dem Namen Beate Boeker, unter anderem die Cosy-Crime-Reihe »Florentinische Morde«.
Weitere Informationen über die Autorin und ihre Buchreihen finden Sie auf www.ullstein.de.

Florentinische Morde Band 1 – der Auftakt der beliebten Cosy-Crime-Serie

Eine halbe Stunde vor der Hochzeit ihrer Cousine Emma finden Carlina und Emma ihren Großvater tot in seiner Wohnung in der Altstadt von Florenz. Carlina merkt schnell, dass Emma nicht bereit ist, ihre Hochzeit wegen des plötzlichen Todesfalls abzusagen – ein natürlicher Tod liegt ja auch nahe. Also lässt sich Carlina überreden, ihren toten Opa in seinem Bett zu verstecken und jedem zu erzählen, dass er sich nicht gut genug fühlte, um an der Hochzeit teilzunehmen. Nicht ahnend, dass dies dramatische Folgen haben wird: Am nächsten Morgen finden die Familienangehörigen die Leiche – und rufen die Polizei. Tatsächlich stellt sich heraus, dass Carlinas Opa vergiftet wurde. Und plötzlich ist sie die Hauptverdächtige des attraktiven Commissario Garini …

Beate Boeker

Hochzeitstorte mit Todesfall

Aus dem Englischen von Beate Boeker
Taschenbuch
Auch als E-Book erhältlich
midnight.ullstein.de

MIDNIGHT

Der bisher persönlichste Fall für Commissario Garini und Carlina – Band 3 der Cosy-Crime-Serie

Carlinas unbeliebter Cousin Valentino ist nach langem Auslandsaufenthalt wieder zurück in Florenz und macht nur Ärger. Als er eines Abends erstochen aufgefunden wird, ist niemand überrascht, denn der Banker hatte viele Feinde. Commissario Stefano Garini, inzwischen offiziell Carlinas fester Freund, ist wenig erfreut. Er würde am liebsten die Beine in die Hand nehmen und vor dem neuen Fall im Mantoni-Clan flüchten. Doch sein Chef kann keinen anderen Mitarbeiter entbehren. Während Stefano mit grimmiger Entschlossenheit versucht, die widersprüchlichen Hinweise zum Mord zu ordnen, mischen sich die Mantonis in die Ermittlungen ein und machen alles nur noch schlimmer. Schließlich begreift der Commissario, dass nicht einmal Carlina ihm die ganze Wahrheit erzählt. Ihre Beziehung scheint zum Scheitern verurteilt, bevor sie überhaupt richtig begonnen hat. Und noch immer läuft ein Mörder frei herum ...

Beate Boeker

Mord all' arrabbiata

Aus dem Englischen von Beate Boeker
Taschenbuch
Auch als E-Book erhältlich
midnight.ullstein.de

MIDNIGHT

Ein Mord an derKüste der Toskana – Band 5 der beliebten Cosy-Crime-Serie

Die Familie Mantoni fährt zum alljährlichen Familienurlaub nach Forte dei Marmi am Ligurischen Meer. Auch Carlina und Commissario Stefano Garini sind mit von der Partie. Doch kaum sind sie im Hotel angekommen, wird der unsympathische Hotelmanager erschossen aufgefunden. Der lokale Commissario übernimmt den Fall und verdächtigt sofort Carlinas Cousin Ernesto. Das kann der Mantoni-Clan natürlich nicht hinnehmen und bestürmt Stefano, die Untersuchung zu übernehmen. Dieser hatte sich seinen ersten gemeinsamen Urlaub mit Carlina wahrlich anders vorgestellt, willigt aber ein, Ernesto zu helfen. Auch die Mantonis mischen kräftig mit, halten jedoch brisante Informationen zurück. Schon bald weiß Stefano nicht mehr, wem er noch glauben kann ... und das schließt Carlina mit ein.

Beate Boeker

Mord al Mare

Aus dem Amerikanischen von Beate Boeker
Auch als E-Book erhältlich
midnight.ullstein.de

MIDNIGHT